灯火

Lamplight

Masato Honjo

本城雅人

祥伝社

灯火

装幀
フィールドワーク

カバーフォト
gettyimages

1

夜のしじまを走り、美浦《みほ》トレーニングセンターの外にある駐車場に到着した。軽自動車のヘッドライトを消す。

エンジンを切る前に時間を確認した。午前五時三十分。

助手席に置いたタブレットを摑《つか》み、河口八宏《かわぐちやひろ》は車外に出た。猛暑が続いた今年も十月に入ってようやく気温が下がり、早朝は肌寒さも感じる。八宏はロンTの上にパーカーを被《かぶ》ってきた。

仄暗《ほのぐら》い道からは自分の足音しか聞こえず、深閑《しんかん》としている。ところが身分証を警備員に見せて正門を潜ると、けぶった夜気に蹄《ひづめ》の音といななきが響いた。

これから行われる水曜日の追い切りに向けて、厩務員《きゆうむいん》が馬を曳《ひ》いて歩かせている。

馬に関わる者は、午前三時頃には厩舎に来て馬の世話をする。何人かが、「おはよう、八宏」「河口さん、おはようございます」と挨拶《あいさつ》してくるたびに、八宏も「おはようございます」とお辞儀をして返した。

十五歳で競馬学校の騎手課程コースに入った八宏も、この時間には仕事を始め、トレセン内の同じ景色を当たり前のように見ながら育った。

目指していた誰からも認められる一流ジョッキーにはなれなかった。それでも多くの人の助けを得て、二十年間でＧⅠレースを三つ勝たせてもらった。一度も勝つことなくやめていく者も数多くいるのだ。恵まれたジョッキー人生だった。

ジョッキー時代の八宏は、日々の調教で馬の癖や特徴を摑み、レースではその馬が持てる力をいかんなく発揮できるよう工夫し、勝利できなくとも一つでも上の着順に持ってこられるよう努めた。

今の八宏の仕事は違う。

自分のためではない。自分を信頼してくれるジョッキーのために、勝てる馬を探し、彼らの勝利数を少しでも増やすことである。

八宏のような仕事をしている者を競馬界では「騎乗依頼仲介者」と呼ぶ。日本中央競馬会《JRA》のホームページにも騎乗依頼仲介者一覧が掲載されており、松木《まつき》篤之《あつゆき》、郡司《ぐんじ》慧《さとる》、宇品優香《うじなゆうか》のそれぞれのジョッキーの騎乗依頼仲介者の欄に、《河口八宏》と記されている。

「騎乗依頼仲介者」はあくまでも正式名称であって、現場では海外で使う「ジョッキーエージェント」、もしくは略して「エージェント」と呼ばれている。

「おはようございます、河口さん、今日もお手柔らかにお願いします」

四十歳の八宏より三歳下の競馬専門紙トラックマン（記者）が、分厚いファイルのようなものを脇に抱えて声をかけてきた。穂村《ほむら》といって、競馬ジャパンに勤務しながら、エージェントも兼ねている。

ジョッキー百五十名に対し、エージェントは東西で三、四十人いるが、大半が競馬専門紙のトラックマンだ。

彼らは普段から、どのレースにどの厩舎の馬が出走を予定しているかを取材しているため、騎手が未定であれば自分が担当するジョッキーを乗せてほしいと、頼みやすい。

八宏のようにジョッキー上がりは、地方競馬出身者が一人活躍しているだけで、中央競馬の元騎手では八宏が第一号になった。八宏は、この仕事は本来、元ジョッキーがやるべきだ、それが現役のジョッキーのためにもなると思っている。

「なにがお手柔らかにお願いしますだよ、それじゃあ、俺が穂村さんの馬を横取りしてるみたいじゃない」

多くのエージェントは、自分の担当以外のジョッキーが下手なレースをして負けると、すぐさま調教師に電話を入れて、「次のレース、うちの○○が空いていますよ」と売り込む。

自分の担当ジョッキーの成績を上げるためには当然の仕事だ。

現役時代、他のジョッキーに乗り替えられる悔しさを数多く味わってきた八宏は、ジョッキーの気持ちを優先してそうした略奪はしない。

エージェントが陰でこそこそ動かなくとも、いい馬を選んで、ジョッキーが地道に成績を積み重ねていけば、騎乗馬は自然と増えていく。

「横取りという意味じゃないですよ。河口さんがエージェントになってから、松木さんは急激に成績を伸ばし、去年ダービージョッキーになりましたからね。今年もGⅠ五勝でしょ？　さすが元ジョッキーは、馬を選ぶ目も違うなと感心しているだけです」

「いい馬に巡りあっただけだよ。正直、俺もクエストボーイがダービーを勝った時にはびっくりしたから」

「そうなんですか。僕は、デビューする前から河口さんが『この馬はダービーを勝つから競馬を教えながら乗れ』と松木さんに言っていた、と聞いてますよ」

「そんな計画通りに勝てるなら、他の仕事をしてるさ」

八宏としては、勝ち馬を当てて大儲けする馬券師になっていたと言ったつもりだったが、穂村は別の意味と履き違えた。

「調教師になってますよね。河口さんなら調教師になっていてもトップクラスになっていたんじゃないですか。真面目《まじめ》で研究熱心だし」

「なりたくても試験に受からないって」

「難しくなりましたよね。年々、大卒の調教助手出身が増えて、騎手出身は受かりにくくなってますし」

調教師になるには一次の筆記と二次の面接と二つの試験をクリアしなくてはならず、競争率は数十倍という難関だ。

本音を言うなら勉強でも、大卒の調教助手にも負けない自信はある。それでも八宏は引退後、調教師になる道を選ばなかった。

「調教師より、河口さんはエージェントの方が合ってると思いますけどね」

「トップエージェントの穂村さんにそう言ってもらえると自信が持てるよ」

そう返すと、穂村は笑みを浮かべて去った。

しばらく歩くと、南馬場を見渡せる調教スタンドに到着する。

スタンドは一階がジョッキーたちの休憩場、二階が調教師席、三階が記者席になっている。どの階も出入りは自由だが、八宏は三階の記者席から調教を見る。とくに水、木曜のレースに向けての強めのトレーニングが行われる追い切り日は、自分が担当するジョッキーが乗る馬が好勝負できる状態にあるのか、きつい運動をやり過ぎて疲れが出ていないか、気性の悪さで乗り役に怪我《けが》させたりしないかなどを双眼鏡を使って確かめる。

ジョッキーを勝たせるのが仕事だが、レース中の事故が原因で三十七歳でジョッキーを引退した八宏は、勝つこと以上に大切にしていることがある。

それはジョッキーの安全だ。

記者席では、競馬専門紙の時計担当トラックマンが計測し始めていた。美浦トレセンの南コースは、ウッドチップコース、ポリトラックコース、芝コースと分かれている。そのうち、ウッドチップと芝は自動計測機が設置されたが、ポリトラックはない。そのため彼らはポリトラックの馬を見て、ストップウォッチを片手に計測してはノートに書き込んでいく。

その一人、眼鏡《めがね》をかけた三十代の女性が八宏に気づき、お辞儀をした。八宏も頭を下げた。

ちょうど目の前のウッドチップコースを、自身初の全国リーディングジョッキーに向かって現在勝利数トップを走っている二十年目の松木篤之の馬が通過した。

続いてポリトラックコースを、ジョッキーになって五年目の郡司慧が、二頭の併せ馬の外を馬なりで追い抜いていく。乗馬ズボンに「SATORU」とプリントしているが、そんなものがなくても乗り方で分かる。

二人が乗る二頭とも今週から始まる秋の東京開催で騎乗する馬である。

脚色《あしいろ》を見た限り、体調は文句なし、二頭とも彼らが普通に乗れば勝てるだろう。もっとも馬という生き物を扱う競馬は、普通に乗ることが一番難しいのだが。

東西にある二つのトレーニングセンターの一つ、美浦トレセンに在厩《ざいきゅう》している馬はおよそ四百頭、牧場に放牧に出している馬を含めたらその三倍が現役馬として登録されている。

八宏は、いつどの馬に乗ってくれと頼まれてもいいよう、そのほとんどの血統、過去のレース成績などを把握《はあく》している。分からない時は仕事中、片時も離さず持ち歩くタブレットで調べる。

最初の組の追い切りが終わり、馬場整備で追い切りが小休止すると、トイレに行こうと部屋を出た。キョロキョロと首を回していたベテランの調教師がこちらを見て、「お〜い」と挙げた手を伸ばした。

「僕に用ですか」

「そうだよ、八宏、今週日曜の四レースなんだけど、松木は空いていないか？　頼んでた乗り役が腰痛になったらしいんだ。馬はサカノエースだ」

「ちょっと待ってください」

手にしたタブレットの画面を、右手の人差し指一本で開く。松木が空いているのは頭の中に入っていた。だが気になる点があった。

やはりそうだった。前回のレース、サカノエースはゲート内で暴れたと打ち込んである。狭いゲートで五百キロもある馬に暴れられると、太腿《ふともも》や膝《ひざ》を挟まれてジョッキーは青痣《あおあざ》だらけになる。

痛みが出て動けなくなるほどの状態になるのはひと晩経《た》ってからだが、その日は無事に乗れたとしても、それはベストな騎乗ではない。

日曜四レースの古馬一勝クラスをサカノエースが勝つ確率は多く見積もって三割程度。怪我のリスクのある馬に、騎手リーディング一位を乗せることもない。

「すみません。松木はちょっと他から声がかかってて」

「そっか、松木は無理か」

「郡司なら空いていますよ。郡司は馬への当たりも優しいし、彼が乗ったらゲートの中でも落ち着いているかもしれません」

クエストボーイとのコンビで皐月《さつき》賞とダービーのクラシック二冠を制し、今年は全国一位に立つ松木に対し、郡司はまだ重賞を勝ったこともなく、今年ようやく関東のベストテンに入れるようになったレベルだ。

松木が八宏の二つ後輩の三十八歳、五十歳でも現役騎手がいる競馬界ではようやくベテランの域に入ったのに対し、二十三歳と若手の枠を出ない郡司は、今はたくさんの馬に乗って、競馬を覚える時期である。

「郡司なら、岡崎《おかざき》乗せるよ。前に乗ってもらってるから」

調教師は郡司の一つ上の若手の名を出した。郡司より通算勝利数は上だが、性格が荒っぽくて、逃げ馬で競られるとペースを無視して飛ばすので、せっかく馬に息を入れながら走ることを覚えさせても、彼が乗ると悪い癖がつく。

普通のエージェントなら岡崎よりは郡司の方が上手《うま》く乗りますと説得するだろう。八宏は「ではまた声をかけてください」と言って帰ろうとした。

するとベテラン調教師に「待て、八宏」と呼び止められた。

「おまえには負けたよ」

「負けたってなにがですか」

「八宏と話していると、おまえのジョッキーを乗せたくなるんだよ。郡司に任せる」

岡崎より郡司が上なのは調教師も分かっていた。だから八宏はそう言うと思ったのだろう。だが言わなかった。

調教師だってエージェントの人格を見ている。ここで他のジョッキーの悪口を言って乗り馬をさらうエージェントは、馬の調子が落ちると、今度は調教師を批判して、他の厩舎の馬に乗り替えていく。人間性が大事なのは、仕事が騎手からエージェントに変わっても同様である。

「郡司を乗せてくれてありがとうございます」

感謝をこめて頭を下げた。

「あの子も八宏の教えがいいのか、急に成長したよな」

「僕はなにも教えてませんよ。郡司はアピール下手で、認めてもらうのに時間がかかっただけで、元々腕はあったんです。これからどんどん上達して、松木のいいライバルになります」

自分がたいしたジョッキーではなかったと自認している八宏は、技術的なことは指導しない。ただし、彼らには勝つことよりも重要な条件を突き付けている。

――ジョッキーに怪我はつきものだが、怪我は防ぎようがないものと、あとで後悔するものとに分けられる。ルールを守って乗れば、後悔する怪我は防げる。それができないのなら、俺はいつでもエージェントを降りるぞ。

そこまで言うのは、競馬が厳しい規則の上に成り立っているからである。

なにせ最大十八頭の馬が一団となって走るのだ。たった一人のジョッキーが危険な騎乗をしただけで、人命を失う大事故につながる。

八宏が所属していた厩舎の調教師、小川良夫《おがわよしお》が人の安全を第一に考えていた。

小川は七十歳の定年制度で調教師を引退してからは、実家である北海道の牧場で暮らしていた。

二年前、一度は床《とこ》に就《つ》きながら、夜間放牧している馬が気になると放牧地に出て、急性心不全を発症。放牧地で永眠しているのを朝、夫人が見つけたそうだ。

通夜《つや》で八宏は、亡骸《なきがら》を前に泣き崩れたが、あとになって思えば、牧草の上で馬に囲まれて永遠の眠りについたのは、馬作りに明け暮れた小川にふさわしい人生の幕引きだった。

ふさふさした白髪《しらが》頭の垂れ目で、いつも穏やかだった小川は、スタッフを叱《しか》ることもなかった。

八宏に対してもそうだ。一番人気馬に乗せて負けても平然とし、文句どころか、不満一つ零《こぼ》さない。

ただ時々、苦い顔で八宏が戻るのを待っていた。

そういう時は大概、狭いスペースに八宏が馬を突っ込ませ、他馬と接触して審議対象になった時だった。

——なに危なっかしいレースをしてんだ。慌てなくても、でんと構えて、外を回せば楽に勝てたのに。

新人の頃は「すみません」と謝った。

五年も十年も経てば、乗っている者にしか分からない感覚があり、小川の言葉に反発心が芽生えた。

——先生、無理ですよ。あそこを突いたから勝てたのであって、外を回していたら、届きませんでした。

——だとしても、あんな危険な場所に入るなんて考えられん。俺は自分の弟子がダーティーなジョッキーだなんて、耐えきれんわ。

行儀のよい乗り方をする、だがその言葉の裏返しとして、きれいに乗るけど勝負弱いと揶揄《やゆ》されていた八宏は、師匠の言葉を素直に受け取れなかった。

——ダーティーって、なにもそんな言い方をしなくても……。

審議対象になっても、降着処分は受けなかったのだ。よく乗った、よく勝ってくれたと褒めてくれてもいい。八宏は引かなかった。

――おまえは分かっていないな。俺が一番大切していることはなんだと思ってるんだ。

――分かってますよ。馬を無事に走らせることでしょ。

当然のように言ったが、小川から棄却された。

――ほら、みろ、おまえはなんも分かってない。人の命だよ。馬の世話をするスタッフはもちろん、おまえもそうだし、うちの馬に乗る全ジョッキーが無事にレースを終われるよう、俺は馬作りに励んでんだ。

そこまで言われてしまうと、なにも反論できなかった。

その日はぶんむくれて小川のもとを去ったが、翌朝には「先生、昨日はすみませんでした」と謝罪した。

謝まれば、小川は引きずることはなかった。

だが八宏は、言葉にしたほど改心できていなかった。

アスリートはどんな競技であろうと、自分の限界を知りたがっている。

それは命がけで戦っているジョッキーも同じだ。レース中はアドレナリンが出て、厳しいレースを試したい気持ちの方が強くなり、危ないと思っても突っ込んでいく。

小川に謝罪したのは、心を改めたというよりは、恵まれた環境を放棄しないための打算の方が強かった。

小川から毎度のように煩《うるさ》く言われたことで、馬が躓《つまず》いた程度の小さな落馬はあったが、大きな怪我をすることなくジョッキーを続けられた。

それが三十六歳の時、自分の判断の誤りで、狭いところに馬体を突っ込ませ、数頭を巻き込む大事故になった。

七箇所の骨折以外に神経の断裂などを負い、三度の手術を経《へ》てリハビリに臨んだものの、結局、八宏は復帰することなく騎手免許を返上した。

あの時、俺はなぜ狭い場所に馬を入れたのか。

師匠の教えに真剣に耳を傾けず、うわべだけの言葉で反省した顔をしていたから、大事な時に一番大切にしなくてはならないことを忘れてしまったのだ。

ジョッキーの仕事が大好きだった八宏は、今もあの一瞬を悔いている。

2

その後も八宏は次々と掛かってくる騎乗依頼の電話を処理した。

調教師からもあれば馬主や育成牧場の場長クラスから直接、電話が入るケースもある。

ほとんどが松木の指名であり、郡司を指定してくるのはごくわずか。調教師の中には、早くつばをつけておこうと、一カ月以上先のレースなのに松木に頼んでくる人もいる。

よほど突出した馬でなければ八宏は即答をしない。

この後、もっといい馬が巡ってくるかもしれないし、一度受けてからキャンセルするのは、他にもっと強い馬がいたのでそっちに乗りますと言っているようで、頼んでくれた関係者を不快にさせる。

それでも基本、依頼を受けたらできるだけ早く、その馬の状態や悪癖、同じレースに出走予定の他の馬を調べて、返事をするように心がけている。

松木なら待ってくれるが、郡司レベルだとそうはいかないからだ。

一部のトップクラスを除けば、多くのジョッキーが、来週、再来週と自分に騎乗馬があるのか、不安を抱いている。

乗り馬が一、二頭しかおらず、調整ルームで出番が来るまでぼんやりしている時間ほど惨《みじ》めなものはない。

八宏は引退まで厩舎に所属していたため、小川が毎週必ず何頭か、乗り馬を用意してくれた。小川の弟子で、独立して自分の厩舎を開業している他の調教師も協力的だった。

時間はかかったが、それなりに乗れるジョッキーとして他厩舎からも認知され、騎乗馬に困らないポジションを得た。

今抱えている三人のジョッキーも、乗り馬に心配はないという点では同じだ。

全国一位の松木、関東十位の郡司だけでなく、夏競馬の終盤に負傷をして現在はリハビリ中の新人の宇品優香も、見習い騎手ランキングで上位に入っている。

だがジョッキーの成績は毎年上下する。彼らが低迷すれば、いつかは馬探しに苦労する日が訪れるだろう。

オファーは減っても、自分の仕事は変わらないと八宏は思っている。

人気になりそうな大手馬主の良血馬だからというのではなく、中小馬主だろうが、地味な血統だろうが、次は勝てる、もしくは将来大成しそうだという馬を自分の目で探し、担当ジョッキーの騎乗馬とする。

そのレースは負けたとしても、他に目移りすることなく、俺が見込んだ馬なのだからとホールドし続ける……。

それが、ジョッキーのセカンドキャリアにエージェントという仕事を選んだ自分がすべきことだと、つねに自分に言い聞かせている。

調教スタンドを出ると追い切りを終えた馬が列になって、戻ってきた。

「おはようございます、八宏さん」

馬上から元気よく挨拶したのが郡司慧だ。

明るく礼儀正しく、そのうえ目がきりっとしたイケメン、「ウマジョ」と呼ばれる女子からの人気が上昇しているらしい。

「郡司、その馬で今日は終わりだろう。二階に調教師がいるからお礼を言ってこいよ。その後打ち合わせをしよう」

その調教師は礼儀に煩いので、若い郡司にはそう指示しておく。

「はい」

郡司の小気味いい返事を聞いてから、八宏はジョッキーや厩務員が休む調教スタンドの一階に目をやった。毎水曜日の追い切り終わりには、今週の騎乗馬の確認のミーティングを行う。

一階では何人かのジョッキーが記者に囲まれて談笑しているが、その輪から離れた椅子《いす》に松木がぽつねんと座っている。

「松ちゃん、おはよう。郡司が終わったら、ミーティングやろう」

返事もせずに歩き出した松木に、近くにいた記者が道を空けた。

三十八歳にもなっていまだに眉毛《まゆげ》を細く、襟足《えりあし》を伸ばしたとっぽい面貌《めんぼう》をしている松木は、レース前後のコメントも雑で、メディア受けはよくない。

根は悪い男ではないのだが、日々の態度でこの男は損している。マスコミに対してだけでなく、負けた時に、ほとんどのジョッキーが言う「すみません」のひと言が調教師に言えなかったり、乗り替わりを命じられた時に、あからさまに嫌な顔をしたり……。いくら実力があっても、調教師はそうした態度の悪いジョッキーに、いい馬を任せようとは思わない。

かつての松木は年間五十勝程度だから、毎年七、八十勝はしていた八宏より下、今年すでに六十勝を挙げた五年目の郡司より勝てていなかった。

重賞は八宏と近い数を勝利していたが、ＧⅠは未勝利だった。

それが一昨年《おととし》の年初、八宏がエージェントになってから一変した。その年の秋にはマイルチャンピオンシップで初めてGIを制覇すると、二年目の去年はクエストボーイとのコンビで、無敗で皐月賞とダービーを制した。秋は脚部不安で三冠最後の菊花賞《きっか》出走を見送ったが、クエストボーイは今春に復帰。大阪杯と宝塚《たからづか》記念とGIを二勝した。松木は他の馬でも上半期だけでGIを三つ勝ち、勝ち数だけでなく獲得賞金部門でも全ジョッキーのトップを走っている。

六月の宝塚記念後、自厩舎で夏を過ごしたクエストボーイは、今週の毎日王冠をステップに、天皇賞秋、ジャパンカップを目指している。

育成技術が進化した最近の競馬は、休み明けからぶっつけでGIを使うケースが増えた。クエストボーイを管理する関西のベテラン調教師は昔気質《かたぎ》の人で、必ず前哨戦《ぜんしょうせん》を使う。宝塚記念を勝った時から、「秋は毎日王冠から行くので、松木を空けておいてくれ」と言われていた。

松木篤之が急に乗れる騎手になったのは、河口八宏が指導し、松木の性格を変えたから——そう言ってくれる人もいるが、幾分丸くなったとはいっても、相変わらず性格は尖《とが》っている。

変わった点をあげるなら、彼の競馬への考え方だ。

それまでの松木は、自分の考えだけでレースに臨んでいた。

腕に自信のある者にありがちな傾向だ。馬に乗っている者にしか伝わらない感覚もあるが、一方で自分の馬のことばかりに頭がいき、レース展開や他の馬に乗るジョッキーの心境など、レース全体を客観的に判断できなくなることも多い。

自分の考えのみを最優先にしなくなった証拠に、口数が少なくて無愛想な男が、レース前になると「俺はこう乗ろうと考えていますけど、八宏さんはどう思いますか」と相談してくる。

若手の頃から競馬に真剣に向き合っていた。酒は飲むが深酒はしない。他のジョッキーは、全休日の月曜日にゴルフやサッカーをやったり、釣りに出掛けたりしたが、松木が彼らと一緒に遊んでいる姿は見たことがない。

松木が休日に過ごすのはジム。

八宏も遊びより、体のケアやトレーニングに休日を充てたが、背が一六七センチもあったせいで体重的に筋肉をつけられずジムでは体幹を鍛えるトレーニングが中心だった。

他方、一六二センチとジョッキーでは平均的な身長の松木は、いつも汗だくになってウエイトトレーニングをしていた。

――俺、河口さんにエージェントをやってほしいんです。お願いします、どうか俺を手伝ってくれませんか。

八宏の家に松木が前触れもなくやってきて頭を下げたのは、三年前のダービーの二週間後、八カ月にも及ぶリハビリを続けても体が戻らず、騎手免許を返上した直後だった。

競馬学校の二年後輩だが、会えば挨拶をされる程度で、仲が良かったわけではない。八宏は他の騎手と普通に接していたが、性格が悪いと言われていた松木は、いつも孤独だった。

松木には年配のトラックマンが長年エージェントとしてついていた。けっして馬集めの悪いエージェントではなかった。

それがなぜ経験のない自分なのか。引退した時はもう二度と馬に乗れないと、競馬界から足を洗って別の仕事に就こうと考えていたのだ。

理由を問うと松木は、記憶からすっぽり抜け落ちていた昔話を持ち出した。

八宏が初めてGIを勝った二十八歳当時、松木も重賞を二勝して、ちょうど売り出し始めた頃だった。

新潟《にいがた》二歳ステークスという夏の二歳重賞に、松木は乗り馬が二頭いた。その一頭を松木が選んだため、もう一頭はデビュー二年目の若手が乗ることになった。

ところが火曜日、松木が乗る馬に故障が発生し、レース回避が決まった。

すると松木は水曜の追い切り日、若手のもとへ行き、「俺の馬だったんだから、俺が乗る」と若手に決まった馬を返せと告げた。

その若手はエージェントもおらず、調教師も松木の方が腕は確かなので、そのまま松木に決まりそうな気配だった。

近くで経緯を見ていた八宏は黙っていられなかった。

——松木、おまえが自分で別の馬を選んだんだろうが。なのに故障したからといって、力の弱い後輩の馬を奪ってんじゃねえよ。後輩が可哀想《かわいそう》だろ。

他の調教師や騎手、メディアまでがいる中で言ったものだから、管理する調教師もまずいと思ったようだ。その馬は結局、若手に戻った。

——あの時、誰も若手の味方をしなかったのに、河口さんだけが本気で俺を叱ったんです。正直驚きました。この人、なんで無関係な若手のために、こんなに怒るんだって。だけど、俺は思ったんです。なにかあって俺が追い込まれた時、本気で俺を守ってくれるのはこういう人なんだなと。

その余計なお節介が松木の記憶の中に残り、引退して競馬以外の仕事をする当てもなかった八宏に、考えもしなかった仕事を頼んできたのだから、人生はどう転ぶか分からない。

その場では自分にできるとは思えず、松木にはしばらく考えさせてくれと時間をもらった。

エージェントについて調べていくと、いろんなことを知った。今は競馬専門紙の記者が中心でやっているが、元々は騎手会の役員に名を連ねるトップジョッキーたちが、ジョッキーのセカンドキャリアになればと、制度化を提案したという話を聞いた。

それなら八宏には、ふさわしい仕事ではないか。

怪我や不振が原因で引退に追い込まれた、けれども調教師や調教助手にもなれず、競馬界から去っていく後輩のためにも自分で道筋を作っていきたい。

そう思って松木に快諾《かいだく》する旨を伝えた。

実際にエージェントになったのは年が明けてからだが、それまでは口も利いたことのない調教師も含めて、東西の全厩舎を回って挨拶。さらに毎週の調教やレースを見ては、ジョッキー時代には知り得なかった厩舎の傾向や、放牧から戻った馬を何週後に使い、どういった過程で勝負レースに持っていくのかを研究した。

そうして手探りで自分なりに、外から馬を見る目を学んだ結果、今では馬を見るだけで、この厩舎でこの状態なら何週後のどのレースに使おうとしているかなど、おおよその想像がつく。

二階への外階段の踊り場で、調教師に「ありがとうございました」「おお、日曜頼むぞ」「頑張ります」と会話をする郡司の声が聞こえた。郡司が降りてくるのを待って、八宏は調教スタンドに入る。

打ち合わせをする一階の隅では、すでに松木がパイプ椅子に腰を下ろしていた。

「おはようございます、松木さん」

郡司の大きな挨拶は間違いなく届いているが、スマホを見たまま松木は知らん振りをしている。

あと数歩の距離まで近づき、八宏が「松ちゃん、気付いてんだろ。頭くらい上げろよ」と注意する。彼は顔を上げて「八宏さん、おはようございます」と言った。

「おはようございます」

郡司がもう一度、挨拶する。

「ああ」

郡司にはあらかたこんな感じだ。

冷たくされても明るい性格の郡司は一向に気にしない。八宏と郡司は空いていたパイプ椅子に腰かけた。

「今朝、松木さんが乗っていた二歳馬、メチャ馬体いいですね。いつ使うんですか」

「知らねえよ、八宏さんに聞けよ」

話題を振った郡司に、松木は取り付く島もない。こんな調子だから二人が踏み込んだ話をしているのは聞いたことはない。松木が後輩ジョッキーに技術的なアドバイスをすることじたい、皆無《かいむ》に等しい。

同じエージェントといっても、同じレースに乗ればライバルになる。そこはある意味、プロフェッショナルらしい姿勢だと八宏は松木を評価しているが、ひと回り以上離れているのだから、もう少し優しく接してもいい。

「松木さんの馬、いつ使うんですか」

郡司は八宏に顔を向けて、同じことを尋《たず》ねた。

「正式に決まっていないけど、慎重な成瀬《なるせ》厩舎だから、一カ月は先になるだろうな。先に松木くんを押さえといて、と成瀬先生に頼まれたから」

競馬社会では調教師は慣習的に「先生」と呼ぶ。一番権限があるのはサラブレッドを何千万円、何億円もの高い金を払って購入した馬主だが、裁量が与えられるのは調教師だ。馬主、調教師、騎手の三者で、騎手の力関係が一番弱く、そのためにも間に立って交渉できるエージェントが必要となる。

「いいなぁ、松木さんは次々といい馬が回ってきて。来年のダービー候補と呼ばれる馬で新馬を勝ってるし、本当に羨《うらや》ましいです」

「おまえ、まだ重賞も勝ってねえのに、ダービーなんて十年早えんだよ」

棘《とげ》があるが、その棘を痛みと思わないタフさを郡司は備え持っている。

「八宏さん、ダービージョッキーから十年早いと言われたので、僕も十年後にはダービージョッキーにしてください」

「馬鹿、言ってるな」

八宏は却下する。

「無理ですか？」

郡司の困惑顔に、松木が薄笑いを浮かべる。

すぐに八宏が語を次いだ。

「十年なんて待てないよ。もっと早く、今の松ちゃんと肩を並べるまで押し上げてやるよ」

「マジっすか」

表情を弾けさせた郡司の横で、松木がつまらなそうにそっぽを向いた。

「それより今週だけど、松ちゃんは土曜五鞍《くら》、日曜三鞍。郡司は土曜十鞍、日曜は九、いや四レースに瀬上《せがみ》厩舎のサカノエースが入ったから、土日で二十鞍だな」

「サカノエースって前走二着でしたよね。ありがとうございます」

目を輝かせて郡司が礼を言う。松木が口を尖らせて割り込んできた。

「どうしてこいつが二十鞍で、俺は八鞍なんですか。日曜の四レースなら俺も空いてますよね」

「あの馬はちょっとゲートで危なっかしいところがあるんだ。日曜は毎日王冠だ。クエストボーイを見たいがために、たくさんの人が競馬場に来る。もし鞍上《あんじょう》に松ちゃんがいなければ、ファンはがっかりするだろ」

「怪我なんて考えてたら、ジョッキーなんてやってられませんよ」

競馬は土日で十二レースずつ、計二十四レースある。八宏は松木の勝ち星が大幅に増えた去年から、乗り数を減らし、一日三〜五レースに絞った。人気のあるなしに関係なく、八宏が勝てると思って厳選した馬だ。

その勝てるチャンスを松木は確実にモノにする。二着以下が少ない彼は今年、最多勝利騎手、最多賞金獲得騎手だけでなく、最高勝率騎手のタイトルも獲得するはずだ。そうなれば騎手三冠、ＪＲＡでは騎手大賞として特別表彰される。

そうした八宏の配慮が、松木には伝わらない。自分が乗らなかったレースを郡司が勝つものだから、余計にフラストレーションが溜《た》まっているようだ。

八宏が難しい馬を含めて郡司に数多く馬を用意するのは、彼が若いからに過ぎない。

若いというのは年齢的なものではなく、ジョッキーとしての未熟さだ。今はいろんなタイプの馬に跨《また が》って、どんな時に悪い癖が出るのか、癖が出た時にどう対処すれば馬が機嫌を損なうことなく真面目に走るのかを、怪我のリスクを背負ってでも覚えなければいけない段階にある。

松木は違う。怪我をすれば大レースに勝てるチャンスをみすみす逃すことになる。

「俺はプロですよ、他のジョッキーが乗れない癖馬《くせうま》でも乗りこなしてみせますよ」

言うだろうと思ったことを松木は口にした。

頂点に立とうとしている者ならなおさら自信に満ちている。ただし、その自信が時に過信へと変わる。

「俺だって、松ちゃんなら乗りこなせると思ってるさ。だからと言って予期せぬ動きをするのが馬だ。斜行して騎乗停止にでもなったら、この秋、有力馬を松ちゃんに頼もうとしている関係者に迷惑がかかる」

「大丈夫ですって。八宏さんと約束した通り、俺は、最低限の制裁で済ませてるじゃないですか」

予期せぬ動きをすると馬目線で言ったのに、松木は自分の責任に置き換えた。

斜行して他馬の邪魔をしたり、狭いコースに入って危険な騎乗をした場合、騎乗停止や罰金とともに、制裁点数が加点される。一定の制裁点数を超えたら、八宏はエージェントをやめると言ったのを松木は覚えているのだろう。

かつての松木は、強引な競馬で、毎年のように騎乗停止処分を受けていた。それが八宏がエージェントになってからは、クリーンなジョッキーになった。去年は制裁の少ない者に与えられるフェアプレー賞を受賞した。

「もう決まったんだからしょうがないよ。次からは松ちゃんの馬も増やすから。それより今週の確認だ」

増やす気もないのにそう言って話を先に進めた。

競馬は個人スポーツだ。これが諸外国の場合、同じ馬主や厩舎内で、ペースメーカーになったり、エースを勝たせるように作戦を立てたりする。公正確保が絶対の日本では、出走馬全頭が全力で勝利を目指さねばならない。

そのため個々の作戦会議はそれぞれと一対一で行う。二人一緒に話すのは天気と馬場の傾向くらいだ。

「今日から週末まで降水確率はゼロ。開催替わりの一週目とあって、東京競馬場はベストコンディションだろう。時計は間違いなく速くなる」

「そうなるとクエストボーイはこれまでより前めにつけた方がいいですかね」

松木が眉を寄せて訊《き》いてきた。強がっているが、根は純粋で、勝負師が勇気と同じだけ持たなくてはならない臆病に近いくらいの慎重さも潜ませている。

本来はレース前まで余計な情報はプッシュしないようにしているが、訊かれた時は答える。

「いやクエストボーイは別格だよ。これまで通り、松ちゃんはクエストボーイのレースをすればいいんじゃないか。後ろからでもクエストボーイなら、外を回しても勝てるよ」

クエストボーイはこれまですべてのレースで、後方からの追い込みで勝っている。最後方ぽつんと置かれた位置取りから、直線だけでごぼう抜きして勝ったレースもある。

「ドスローだけは勘弁してほしいですけど」

松木はまだ心配していたが、八宏はなにも言わなかった。ここからレース当日の昼間までは、自分自身で悩む時間だ。先にアドバイスを与えるより、孤独の中で考えた方が引き出しは増える。

松木が、郡司に顔を向けた。

「郡司のバーなんちゃらって馬、ゲートは早いんだろ」

「バーなんちゃらでなくて、バーミングフェアです。覚えてるんだからちゃんと名前を呼んでくださいよ」

「知らねえよ、条件馬まで全部覚えきれねえよ」

「二走前に福島《ふくしま》で一緒に走ったじゃないですか。バーミングフェアが一着で、松木さんの馬が一番人気で二着、レース後メチャ悔しそうにしてたくせに」

「悔しがってなんかいねえよ。たまに先着したからって、自慢するな」

先輩に言われても、堂々と言い返すところが、郡司の成長の表れだ。

元々、物怖《ものお》じしない性格だったが、優等生キャラでなによりも頭がいい。騎乗フォームも安定していて競馬もクリーンだ。

ジョッキー同士はレースになれば敵同士になるのだから、喧嘩《けんか》は大いに結構と、二人が言い合っている時は、八宏は静観している。

負けたくないと思う気持ちは、同じ人間が馬集めをしていたとしても持っていてほしい。

ところが途中から静観できなくなった。

「郡司の馬、どうせ勝ち目がないんだから、逃げろよ。そしたらペースが遅くなる心配はなくなる」

「それだと松木さんが漁夫の利を得るだけじゃないですか」

「大丈夫だよ。直線もゴール前まで俺は簡単に抜かない。そしたらおまえも二着に入れる。人気薄を毎日王冠で二着に持ってきたら、おまえの評価も上がるぞ」

「やめろ、松木！」

聞くに堪《た》えなかった八宏は、呼び捨てで注意した。

ＪＲＡの馬券の売り上げは世界のどの競馬先進国を見渡しても、ずっと世界一だ。ファンがそこまで応援してくれるのは、競馬に関わる者がファンを裏切らないルールを遵守《じゅんしゅ》してきたからだと八宏は思っている。騎手然《しか》り、調教師然り、もちろん、馬主、生産者、ＪＲＡ職員然り。誰か一人がそのルールを破っただけで、先人たちが築いたすべてが汚れ、ファンから見放されてしまうかもしれない。

「いいじゃないですか、ここだけの話だし、誰も聞いちゃいませんよ」

口笛でも吹くような顔で松木は周りを見る。調教終わりでいつしか一階からも人は消えている。

「聞いていなければいいという問題ではない。俺が公正確保にうるさいことを知っているはずだ。そんなこと言うのなら、俺はおまえから降りるぞ」

よほど怖い顔をしていたのだろう。向こうっ気の強い松木も「すみませんでした」と謝った。

3

厩舎が並ぶ舗装されたトレセン内の通路を北側へと歩いていく。一番奥にある厩舎で、紺《こん》のウインドブレーカーを着たショートカットの女性が、腕組みして馬の横に立っていた。獣医がいるので、馬の健康状態を確認しているのだろう。相変わらず熱心だなと思いながら通り過ぎていくと、女性が気付き「八宏」と呼んだ。

成瀬美也子《なるせみやこ》。女性調教師の一人で、三年目なのに去年、今年と重賞を勝つなど大ブレークしている。スターダストファームの生産馬、アラブの王族の馬なども預かっている。

「たぶん大丈夫だと思いますけど、様子を見てください」

「一度放牧に出します。ありがとうございます」

美也子から礼を言われた獣医はステーションワゴンに乗り、次の厩舎へと移動していった。厩務員が馬を馬房にしまうと、彼女は立ち止まっていた八宏に近づいてくる。

「さっき、二階を探したけど、見当たらなかったので、助手に訊いておいたよ。今週は松木に一鞍、郡司に二鞍で変わりなしでいいんだよな」

周りに記者がいる時は「成瀬先生」と呼び、丁寧な言葉遣いで話す。二人だけの時は常体だ。

彼女は八宏が所属していた小川良夫厩舎で調教助手をやっていた。

国立大学の獣医学部出身なので、競馬学校三年生の十七歳から実習生として厩舎に入った八宏の方が七年ほど先にこの世界に足を踏み入れた。同じ歳とあってお互い下の名前で呼び合った。

「坂路《はんろ》に行ってたのよ。戻ってきた時、グレーのパーカーが見えたから声をかけようかと思ったけど、八宏が曲がっちゃったから」

秋から冬にかけてはウインドブレーカーやダウンジャケットといった脱着しやすい重衣料を着

ている関係者が多い中、八宏は冬場でも被りのパーカーだ。ダウンも一応持っているが、それも一般的な前開きではなく、頭から被る形になっている。

「考え事をしていたから、声をかけられても気づかなかったかもしれないけど」

「うちの馬は抜群の動きだったわよ。今週は六頭出すけど、三つは勝てるかも。そしたら念願の三十勝よ」

「三十勝したら、調教師リーディングの二位になるな」

「それって他の調教師が一勝もしなかったらでしょ？」

「他の調教師だって、三年目の成瀬美也子に負けたくないと、目の色変えてるよ」

「それを言うなら、女調教師、成瀬美也子に負けたくない、だよ」

あえて自分から口にするところが、美也子の負けず嫌いなところだ。

「三勝するのはいいけど、そこにうちのジョッキーに頼んだ馬は入ってるんだろうな」

成瀬厩舎の馬は、仕上げはもちろん馬への教育も行き届いているため、勝てそうな馬なら松木、まだ勝ち負けになるのが先の馬は郡司で受けている。

ただ美也子は関西や、新潟や福島といった裏開催（第三場での開催）にも遠征するので、厩舎の勝ち星のすべてを独占することはできない。それでも成瀬厩舎は、ジョッキーを安全かつ確実に勝たせてくれる厩舎で、外されては困る大事なお得意様である。

「松木くんに頼んだ馬は一番人気だから、勝ってもらわないと困るけど、郡司くんの二頭もいいわよ。私が言った三頭は全部八宏の馬。八宏に頼んだということは勝てる計算をしてるってことよ」

美浦トレセンは南馬場、坂路コースと二つの馬場がある。ベテラン調教師になると一箇所から動かず、他は助手任せになるが、美也子は追い切りのたびに原付バイクで移動して、自ら指示を出し、走り終えた後の息遣いまで確認する。

熱心なのは追い切りだけではない。この後は朝食も取らずに車で一時間の育成牧場に行き、午後も厩舎に来て朝の運動後の健康状態をチェックしたり、装蹄師《そうていし》を呼んで蹄鉄《ていてつ》を付け替えたりする。何ごとも自分の目で確認しないと気が済まない性格だ。

「成瀬厩舎の馬は俺も計算に入れているから、いい状態でなきゃ困るよ。言わなくても美也子は完璧に仕上げてくれてるから、心配してないけど」

「なに言ってるのよ。どうかなと思っても、八宏が松木くんを乗せてくれと言った段階で、私はこれは勝てるんだなと自信を持ってんだから」

「それじゃ、どっちが調教師か分からないじゃないか」

「お世辞で言ってるんじゃないわよ。私は馬を仕上げるのが仕事、八宏は勝つ馬を探すのが仕事。前に、私が一億円で馬主さんに買ってもらった良血馬を八宏が断った時、『俺の仕事は人気馬にジョッキーを乗せることじゃない。勝つ馬に乗せることだ』と言ったのよね。あの時はムッときたけど、よくよく考えたら、調教師だって好レースしただけで満足していたらいけない、競馬の二着には意味がない、一着だけが勝者だという鉄則を忘れているって自分に言い聞かせたから」

「そんな偉そうなことを言ったか。そのくせ、馬の選び間違いは結構してるけど」

照れ臭くなって忘れた振りをした。その話をした日付けまで覚えている。エージェントになった一年目、八宏の三十八回目の誕生日だった。「バースデー祝いよ」と美也子は言ってきたのだが、八宏は勝つのはその馬ではないと断った。

途中で美也子に電話がかかってきた。八宏は去ろうとしたが、電話に出ながら、てのひらを開いて待っててと示唆《しさ》されたので、話し終えるのを待つ。

電話は一分ほどで終わった。相手は育成牧場らしく、入厩予定だった馬の歩様《ほよう》に乱れが生じたようだ。

馬の体調を優先する美也子は、「二、三日様子を見て、入厩する予定は一旦、白紙にしましょう」という話し声が聞こえた。

「次々と馬に異常が出て予定が狂っちゃうわ。生き物を扱っているんだから、異常が出て当たり前なんだけど」

自分を窘《たしな》めるようにそう言って、美也子は戻ってくる。そう言えばさっき獣医が診《み》た馬も、放牧に出すと言っていた。あの馬は確か……。

「獣医さんが診ていた馬、先週、松木が乗って勝った馬だよな。どこか痛めたのか?」

松木が無理したのかと思った。だが予想外のことを言われる。

「レース中にちょっと接触したから、念のために診てもらっただけ。郡司くんの馬に当てられたの」

「そんなことあったっけ？」

日曜の八レース、一勝馬クラスの平場《ひらば》戦だ。確かに直線を回ったあたりで内が密集となり、ごちゃついた。

その中に松木と郡司の馬がいたのは分かっていたが、八宏は、後方にいたライバル馬の脚色を確認しようと双眼鏡を動かしていたため、二頭がぶつかっていたことには気づかなかった。

「松木の馬が被害馬か。だとしたら松木は、レース後に郡司に文句を言ってそうだけど」

「言ってなかったわよ」

「本当かよ」

「八宏に嘘《うそ》言ってどうなるのよ。松木くんも去年ダービージョッキーになって、大人になったんじゃない。もともとカッコつけてただけで、人が言うほど性格は悪くなかったから」

美也子はよく観察している。

松木がそうした悪態をつくのは、八宏にとっての小川のような弟子思いの師匠がおらず、ジョッキーは馬よりもまず自分をコントロールする方が大事だということを教えてくれる人がいなかったからだ。

成績が出ていない若い時分は、負けたら言うまでもなく、勝っても走る馬は上のクラスのジョッキーに乗り替わりになる。そんな不条理を繰り返されたら、大抵、性格が歪《ゆが》む。

「さすが成瀬先生は馬だけでなく、人の心まで摑んでいる。成績が上がるのも当然だ」

「ちょっとその成瀬先生って呼ぶのはやめてよ。八宏に言われると、なんか調子が狂っちゃうんだよ」

「美也子って呼び捨てにしろってことか、そんな言い方をしたら、昔付き合ってたことがバレるよ」

「そんなのみんな知ってるよ」

美也子が八宏にばかり騎乗を頼むので、競馬サークル内では二人が元さやに戻ったのではないか、と噂《うわさ》しているらしい。

元恋人どころか、二十八から三十三歳まで六年も一緒に暮らしたのだから、事実婚も同然だった。別々に住んでいた期間を含めれば、交際期間は八年に及ぶ。

八宏は彼女となら家庭を築いてもいいと思っていたが、その頃から調教師を目指していた美也子に結婚願望はなかった。

喧嘩もよくした。土日以外は比較的、時間がある八宏が、家で美也子の帰りを待つことが多かった。夕食を一緒に食べようと待っていても、馬に異常があると帰りは遅くなる。そんな時は「連絡くらいしろよ」と文句を言った。

美也子も日曜のレースで人気馬に乗って負けて落胆している八宏に「毎週競馬をやってるのに、いちいち落ち込まないでよ」と不満を口にした。

お互い本気で仕事に取り組み、生活のすべてが競馬中心で回っていた。

日々の仕事や大事にしなくてはいけないことが、ジョッキーと調教助手とではまるで違う。

理解していたつもりでも、当時の若い二人はなにもかもが未熟で、自分のダメなところには目もくれず、付き合う相手はこうあるべきだと理想ばかりに囚《とら》われていた。自分に非があることを感じていても、ごめんなさいのひと言が言えなかった。

「じゃあ美也子さんって呼んでよ。こう見えても私は、メディアからは成瀬先生ではなく、美也子さんって呼ばれてるんだから」

「先生はつけさせないんだ？」

「呼ばないでって言ってるわよ。私とマスコミは対等、調教師だからって偉いわけではないんだから」

そうした謙虚《けんきよ》なところも美也子らしい。

「師匠は、小川先生と呼ばれていたけど、記者を呼び捨てにせずにさんづけで呼んでたな。あれだけ有名な調教師に名前を憶《おぼ》えてもらえるだけでも記者は嬉しそうだった」

「そうだね。良き競馬人になりたかったら、まず人に好かれなさいが先生の口癖だったから」

小川は生涯で二十以上のＧⅠを勝った。そのほとんどは、八宏が新人ジョッキーとしてデビューする前のこと。大レースを勝つ機会が減ったのは、馬主からの強い要望がない限り、弟子の八宏を優先的に乗せたからだ。

他のジョッキーならもっと小川厩舎の勝ち星は増えるのに……小川だけでなく、美也子たちスタッフからもそう思われていただろう。そんなことを悩みながら主戦ジョッキーとして乗り続けるのは苦しかった。

それでも同じミスを繰り返さないように注意し、幾度も味わった悔しさを乗り越え、八宏はＮ

HKマイルカップとスプリンターズステークス、ダートのフェブラリーステークスと三つのGⅠを勝てた。

小川が我慢して八宏を使い続けてくれたのは、八宏の生真面目《きまじめ》な性格も関係している。

競馬学校時代から教官に好かれ、同期では一番上背《うわぜい》があったのに、毎日三回の体重測定では、一度も規定をオーバーしたことがなかった。

競馬学校三年目の厩舎実習でも、朝は一番に厩舎に来て、自分がすべきことを探し、全力でやった。

先輩が乗っている時は、自分となにが違うのか騎乗フォームを穴が開くほど見て、併せ馬に乗せてもらう時は、隣のジョッキーがどうやって馬と呼吸を合わせているのか、心の中まで覗《のぞ》こうとした。

少しでも競馬を舐《な》めた思いがあれば、小川は誰よりも先に見抜いて、八宏を厩舎から放り出していたはずだ。

——八宏、人というのは必ず誰かが見ているんだ。真面目にやっていれば、いつか誰かが認めてくれるよ。

朝の仕事後、厩舎内の自宅で奥さんが作ってくれた朝食を二人で向かい合って食べた時にポツリと呟《つぶや》かれた。八宏は驚きで箸《はし》が止まった。

八宏がクラシックに行けると期待していた他厩舎の馬から、降ろされた日だった。小川には伝えずにいたが、隠してもすべてお見通しだった。

松木たちにルールを守れとうるさく言うのも、その場限りの慰めより、正しいことを貫く方が必ず報われる時がくると、小川が教えてくれたからだ。

「小川先生ほど、人から愛された調教師はいないよね。またお墓参りに行かなきゃ」

「この前、平石《ひらいし》さんたちと行ったんだろ？　どうして俺を誘ってくれなかったんだよ」

その理由も聞いている。元小川厩舎のメンバーは八宏も誘おうと言ったが、美也子が「八宏は先生と話したいことがたくさんあるから一人の方がいいのよ」と言い、全員が納得したらしい。

美也子同様、小川厩舎の調教助手だった平石勇樹《ゆうき》は、美也子と同じ年に調教師試験に合格し、小川が定年退職した後の厩舎を美也子と半分ずつ引き継いだ。二人の愛弟子《まなでし》が厩舎を引き受けたのだから、小川も幸せだったはずだ。平石は重賞こそ未勝利だが、美也子同様、馬主や牧場から高く評価されている。

「今の私があるのは、先生のおかげよ。チーム小川の全員が、先生に感謝してるだろうけど」

「その全員に、俺は入っているよな」

「当たり前じゃない。先生のことを一番考えていたのが八宏なんだから」

「俺が考えていたんじゃない。先生が俺のことを考えていてくれたから、俺は二十年もジョッキーを続けられたんだよ」

「先生が考えてくれてたのは私たちに対してもだよ。だからスタッフだけでなく、馬主さんまでが『小川先生とダービーを勝つのが夢』と言っていた。最後にダービーを勝った時なんか、ライバルの馬主さんや調教師さんまでが、みんなで拍手して祝福したんだから」

八宏の心がざらついた。その心の中までを、美也子に見破られた。

「ごめん」

笑みが消えた美也子に謝られた。

「なにが」

八宏は惚《とぼ》ける。

元恋人の強がりな性格を熟知している美也子は口角を上げて、話を替えた。

「そうそう、六月に新馬戦を勝ったロングトレイン、もうすぐ戻ってくるのよ。新馬戦は能力だけで勝ったようなものだけど、今はスターダストファームの育成場でも一番動くと言われるほどのダービー候補に成長したの。スターダストの場長さんには、次は松木くんに頼むって河口さんに伝えたって言っておいたから、もし競馬場で会ったら話を合わせておいてね」

「そんなありがたい話、聞いてなくても合わせるよ」

ロングトレインのデビュー戦当日、松木は宝塚記念騎乗で東京にはいなかったため、短期免許を取得した外国人ジョッキーが乗った。

「平石さんのところのタイエリオットとかち合わなきゃいいんだけど」

平石の二歳馬も六月にデビュー勝ちをした。その時は松木が騎乗した。

二頭ともまだ二歳夏前のレースとあって、子供っぽさが抜けず、ふらふら走っていた。

それでも他馬を相手にすることなく圧勝した。来年のクラシックは、小川厩舎一門の平石と美也子の争いになるのではと、八宏は予感している。

「大丈夫だよ、平石さんはタイエリオットを阪神《はんしん》のデイリー杯に使うと言っていた。美也子は関西遠征なんか考えてないだろ」

「関西遠征をするとしたらＧＩの朝日杯《あさひ》かな。そこを使うかも分からないけどね。目標はクラシックだから」

二頭ともスターダストファームの生産馬で、プラチナセールで美也子と平石が選んで購入した馬だ。

美也子の方が七千五百万円、平石のは七千万円。

結構な額だが、プラチナセールでは最高額が五億円、一億円以上の馬が毎年三十～五十頭は出るのだから、二頭はそこまで評価が高くなかった部類に入る。

それがこの二年の育成期間で成長した。他の調教師や馬主が大金を惜しむことなく競った高馬《たかうま》たちに目もくれず、現時点でのベストツーを選んだ二人の相馬眼《そうまがん》には恐れ入る。

「今日松木が乗った馬より走るんだろ？」

「あの仔《こ》はスプリンターだからタイプが違うわ。ロングトレインはダービー向き。でも次もマイルを使うつもりだけど」

日本には二〇〇〇メートルの新馬戦もあるが、海外では二歳戦の多くが一マイル、一六〇〇メートルとなっている。

レース体系そのものが、一マイルを基準にされているのだ。

欧米にも研修に行き、そのいいところを採り入れている美也子は、二歳馬に二〇〇〇メートルを走らせるのは負担が大きいと考えている。

美也子が時計を見た。育成牧場に行かなくてはならないのだろう。

「郡司がぶつけた馬、なんともなくてよかったよ。あとで郡司によく注意しとく。成瀬先生が、いやもとい、美也子さんが怒ってたぞって」

「いいよ、言わなくて。審議になったわけでもないのに。余計なことを言って、郡司くんがうちの馬に乗ってくれなくなったら困るし。全然、たいしたことはなかったんだから」

「成瀬厩舎の馬を断るジョッキーなんていないよ。これからいくらでもでっかいレースを勝たせてもらうんだから」

そう言うと、「じゃあ」と言ってその場を去った。

美也子も手を振っていた。ジョッキー時代、調整ルームに入る金曜日の夕方は必ずこうして見送ってくれた。

色褪《いろあ》せた記憶が紅葉のように色づいた。

4

八宏が三十六歳になると、小川の定年が近づき、ダービーを狙うには最後の世代となる二歳馬が入ってきた。その中にとりわけ馬っぷりがよく、脚が長く二四〇〇メートルもこなせそうなコクトーという馬がいた。

名門スターダストファームの生産、同ファームの一口クラブの馬で、そうした馬はこれまで外国人ジョッキーや、八宏より格上のジョッキーが乗っていたが、八宏が新馬戦の鞍上を任された。

――この馬、牧場側はアラン・グリーズマンを乗せてほしいと言ってきたんだけど、先生がそろそろ八宏にクラシックを勝たせたい、と頼んでくれたんだぞ。

調教助手の一人から教えられた。

ジョッキーになったからにはダービーを勝ちたい。その上、定年が近づいていた小川を、最後のチャンスであるこの馬で、ダービートレーナーにして恩返しをしたい。八宏は強い気持ちで、デビュー戦に臨んだ。

十一月の東京一八〇〇メートル、十六頭立てのメンバーには兄姉に重賞勝ち馬がいる良血馬が揃《そろ》ったが、一番人気に推《お》されたのはコクトーだった。

小川が距離を持たせるように、普段の運動から息を抜いて走らせることを教え込んでいたのを知っていた八宏は、ゲートはそろっと出し、馬の息を落ち着かせることを重視して、自然と後方のポジションとなった。

焦ってはいなかった。この馬の瞬発力があれば外を回し、直線だけのレースでも勝てる。

ところが前半の八〇〇メートルを過ぎたあたりから、嫌な予感が過《よぎ》り始めた。

ペースが上がっていかないのだ。しかも二番人気の馬が楽に逃げ、二番手の馬にせっつく気配がない。

コクトーは後方のインで、外の馬に蓋《ふた》をされているような状態。外に出すには一旦後ろに下げる必要があったが、ここでばたばたしていたら、この馬の末脚《すえあし》をもってしても、先行馬を捕まえられない。

急遽《きゆうきよ》、インを狙う作戦に変更した。三コーナーを回ったあたりからじわじわとポジションを上げ、六、七番手で直線を回った。

東京の直線は五〇〇メートルと長い。慌てる必要はなにもなかった。

それなのにあの時の八宏には、どこを通っても前が詰まるイメージしかなかった。

この馬はダービーを勝つ馬だ。デビュー戦から黒星をつけるわけにはいかない。一刻も早く包まれた馬群から抜け出したくて、開きそうなスペースを探した。

最内《さいうち》と二頭目の間隔が開いた。ここだ——八宏は手綱《たづな》をしごいた。

いつもならけっして狙わない狭いスペースだが、抜け出せるだけの幅はあった。馬も真っ直ぐ走って突き抜けようとした。だがインの馬が突如《とつじよ》として体を寄せてきた。

五百キロの馬がぶつかり合うすごい音がした。

コクトーはバランスを崩し、八宏は必死にしがみつこうとしたが、鐙《あぶみ》が足から外れ、真横に落とされた。コクトーの後脚で肩を蹴られ、さらに後続の馬に手や太腿を踏まれ、病院に搬送された。右手の指と胸骨の骨折で、全治半年の診断を受けた。

内臓にダメージを受けなかったのは不幸中の幸《さいわ》いだったが、それよりもバランスを崩したコクトーが無事だったと聞き、胸を撫《な》で下ろした。

十一月から半年だと、復帰はダービー直前になる。馬主にしても復帰したてのジョッキーを大事な本番に乗せてくれない。なんとか一冠目の皐月賞より前、できれば二月中に戻りたいと目標を立てた。

一番ひどかった肋骨《ろっこつ》の骨折は、手術でボルトを入れたことで、早くリハビリを開始できた。だが神経の修復手術をした指が思うように動かない。

言うことを聞かないのは右手の中指と薬指の二本だけ。

その二本は、五本の指で、馬を操縦するのにもっとも必要な二本だった。

八宏がリハビリしている間、コクトーは日本で通年免許を取得した外国人ジョッキー、アラン・グリーズマンが乗って、未勝利、共同通信杯《きょうどうつうしん》、皐月賞と三連勝、そして一番人気で迎えたダービーも制した。四戦とも、小川が描いていた通り、後方から外を回して、他の馬とは次元が違う瞬発力で差し切るレースだった。

俺はどうして新馬戦で、小川が求める競馬ができなかったのか。なぜ焦ってインを狙い、あんな狭い場所をついたのか。

人の命が大事だ。うちの馬に乗る全ジョッキーが無事にレースを終われるよう、俺は馬作りに励んでいる。あれだけ口酸っぱく言われていたのに……。

観戦に行ったダービーでは、馬主や他の調教師に加え、スタッフや、すでに調教師試験に合格して小川厩舎で研修していた美也子も寄り添い「先生、優勝おめでとうございます」と祝福していた。

八宏も笑顔を作って祝辞を伝えたが、胸の中では自分に対する情けなさに圧倒されていた。

その夜の祝勝会にも参加したが、誰となにを話したのかすら覚えていない。

そのダービーの翌朝、小川がなんの連絡もなく、八宏のマンションにやってきた。無理矢理ダービーを振り返りながら、先生良かったですね、先生がやってきた集大成が最後の一年に実るんですから、先生は持っていますね、など思いついたことを口にした。

小川は笑っていたが、なにか話すわけではなかった。思案に暮れてからぽつりと呟いた。

——俺は本当は八宏とダービーを勝ちたかったんだけどな。それだけが心残りだよ。

——なに言ってるんですか。俺ではコクトーを勝たせることはできなかったですよ。

無理して笑顔を作った八宏に、小川は「こんなこと言っても慰めにもならなかったな、すまん」と詫びて帰った。

その日の夕方、今度は美也子が来た。今朝、小川が来て、こう言われたと伝えた。美也子からは「私も同じだよ」と言われた。

——私だって八宏とダービーを勝ちたかったよ。

涙ぐんだ美也子に、八宏の涙腺の栓が外れて、号泣した。

ダービー馬を出したというのに、みんなが自分に同情してくれていた。

引退を決意したのは体が完全に戻らなかったからだが、体よりメンタルの方がダメージはきつかった。

期待されるのではなく、同情されるようなジョッキーに、もし自分が調教師なら、大事な馬を任せられない。

ムチを置くには充分な理由だった。

5

十月第二週の日曜日。東京競馬場は天気こそ秋晴れだったが、緑一色の芝は表面に水滴がつき、どこか重そうだった。

今週は雨が降らないはずだったのが、一昨日の朝から予報が一変。昨日の午後のレース中から雲に覆《おお》われ、深夜になって強い雨が降った。朝方には止《や》んだが、日曜の馬場は「やや重」でのスタートとなった。

日が射しているため、メインの毎日王冠前には「良馬場」まで回復しそうだが、開幕週なので芝の状態がいいのは間違いない。ただ、どれくらいの時計が出るのか、前に行くのが正解なのか、後ろで構えて末脚勝負で勝てるのか、読みにくい馬場となった。

四レースに郡司が乗るサカノエースが出走した。前走はゲート内でチャカついていたが、郡司が乗った今回はじっとしていた。

レース前に相談を受けた八宏が「ゲートで馬がキョロキョロしてても好きにさせてろ。そして係員が離れて扉が開きそうになったら、鬣《たてがみ》を握《にぎ》って馬を集中させろ」と伝えたのも功を奏したようだ。

ポンとゲートを出たサカノエースを、郡司は難なく先頭《ハナ》に立たせ、そこからは淀《よど》みのないペースで逃げ、後方待機馬に脚を使うチャンスを与えることなく逃げ切った。これまでコンビを組んでいた中堅ジョッキーより、間違いなく上手に乗りこなしていた。

八宏は郡司の成長したレースを見ながら別のことを考えた。

気になったのはクエストボーイが出走する毎日王冠である。

松木には水曜のミーティングでは、いつも通り後方から外を回しても勝てると口にしてしまったが、その戦法は間違っている気がした。

雨が降ったため、ジョッキーは慎重になって前半のペースは速くならない。だからといってジョッキーが思っているほど雨の影響はなく、後半の時計は速くなり、前につけた馬たちはバテない……。

関係者用席で観戦する八宏は、席を離れて通路の端まで移動した。周りに人がいないのを確認して電話を掛ける。

「休日に申し訳ない。もしかしてお出かけ中かな」

平田《ひらた》まさみ――競馬ゼットの時計班、眼鏡をかけて馬の追い切りのタイムを取っている女性トラックマンだ。

〈なに言っているんですか。いつも通り、家で競馬を見てますよ〉

幼な子の声がする。彼女はシングルマザーで、五歳の男の子がいる。

数あるトラックマンの中から平田を頼りにしているのは、エージェントになった年のある日、競馬ゼットの《今日の馬場》という小さな記事に目が惹《ひ》かれたからだ。

《東京競馬場は芝丈10センチ、良馬場。仮柵なしのAコース。トラックバイアスはやや内有利。内柵から3頭目がベストポジションで、一頭外に膨らむたびに1馬身不利になる。前が止まらないため、大外を回っても最後は脚が一緒になる》

その程度の小さな分量だったが、思わず唸《うな》り声をあげたくなるほどの衝撃だった。この女性は毎週、穴が開くほど競馬を見ている。だからこそ、天気とその週の芝の状態を確認しただけで、ここまで分析ができるのだと。

それでもすぐに信じたわけではなく、数週間、彼女の記事と実際の競馬を照らし合わせた。ほぼ彼女の書いていた通りの結果になった。これだけの馬場予想、何年も続けてデータを取っておかないと、判明できない。

とある水曜日、追い切りの計測を終えた平田を呼び止めた。ぽかんとしていた彼女に「平田さんは、長いこと、馬場と馬の通ったコースを記録しているんじゃないですか」と尋ねた。彼女は少し間をおいてから、「そうですが、それがどうかされましたか?」と訊き返してきた。やはりそうだった。八宏はその場で頭を下げた。

――平田さん、俺のアドバイザーになってくれませんか。毎月アドバイザリー料を支払いますから。

——馬に乗ったことがない私が、元ジョッキーの河口さんにアドバイスできることなんてありませんよ。

最初は断られたが、八宏は諦めなかった。

——聞きたいのは時計と馬場差、それも参考意見として知りたいだけです。俺は聞かれない限り、ジョッキーにも伝えないようにしているし、アドバイスをもらっても、思い通りに乗れないのが競馬ですから。

その後も「自信がない」「河口さんに迷惑をかけられない」となかなか首を縦に振ってくれなかったが、説得を続けてどうにか受諾してくれた。

それからというもの、毎週のように電話をしている。要件を言わなくとも平田は分かっていた。

〈毎日王冠ですが、雨が降っても開幕週なので、内有利で変わりなしです。内から六頭分以上外を回したら、時計一つ（一秒）違います〉

「前残りが濃厚かな」

〈先行馬に上がり三ハロン（ラスト六〇〇メートル）を三十四秒〇でまとめられると、後方待機のクエストボーイが外を回した場合、三十二秒二くらいで走らないと届きません〉

「クエストボーイの過去最速の上がりはダービーの三十二秒〇だよ」

〈今日の馬場で三十二秒台は厳しいです。逃げ馬に前半の四ハロン（八〇〇メートル）を四十七

秒まで落とされると、なおさら後ろからでは苦しくなります〉

会話は遠慮気味なのに、中身についてははっきり言う。データに自信を持っている表れだ。クエストボーイの足を以《もっ》てしても三十三秒台が精いっぱい。そうなるとスローになった場合、後方から外を回していては届かない。結論は出た。

「ありがとう。平田さん、助かったよ」

階段を降りて、検量室前まで行くと、表彰式から戻ってきた郡司を松木が呼び止め、なにやらこそこそ話している。会話の内容が読み取れた。

あれだけ注意したのに、毎日王冠がスローペースにならないよう、郡司にペースメーカーになれと指示しているのだ。

「松木！」

叫び声に、松木は一瞬、拙《まず》いといった顔をした。

「おまえ、また余計なことを郡司に言ってるんじゃないだろうな」

「言ってませんよ」

松木は視線を逸《そ》らす。

「俺がルールに煩いのを知ってるよな」

これ以上やったら今の成績であっても俺は本気で降りるぞ、そう意思表示したつもりだった。

「すみません。どうも朝から嫌な予感しかしなくて」

松木は謝った。

言い訳せずに非を認めるのは、八宏が関わるようになって、彼が変わった点でもある。

松木の気持ちも分からなくはない。ＧⅠ四勝の現役世代の主役が、秋競馬の初戦で無様な負け方をしたら競馬全体が盛り下がる。

一度も負けないまま、この秋の目標である天皇賞、ジャパンカップに臨んでほしいというのが、馬主、厩舎スタッフ、そしてたくさんのファンの願いだ。松木がプレッシャーを感じるのも分からなくはない。ただ勝利よりも大事なことがある。

「郡司も言うこと聞くなよ。二人はライバルでもあるんだ。フェアに戦え」

「はい」

返事は聞こえたが、松木に遠慮してか声が小さい。

「八宏さんが来たということは、なにか思いつきましたか。教えてくださいよ」

松木から切り出した。三年の付き合いで、自分から訊かないことには八宏が答えないことを松木は分かっている。

八宏は自分より小柄な松木の肩に手を回し、郡司に背を向けた。小声で話す。

「どの馬が行くか分からないけど、思うに前半の八〇〇メートルが四十七秒より遅いと、前は粘る。スタートから出していくことはないけど、これまでのように下げたら間に合わない」

「八宏さんならきっとそう言い直してくるだろうなと思ってましたよ。僕も逃げ馬から六、七馬身後ろのポジションでないと厳しいと考えていました」

松木も午前中のレースを見て同じことを感じていたようだ。

ジョッキーには体内時計が組み込まれていて、自分がどのペースで走っているのか、コンマ数秒の誤差内で判断できる。

松木クラスのトップジョッキーだと自分の馬だけでなく、前の馬が何秒、後ろの馬が何秒で走っているのかまで見極められる。

「あくまでも四十七秒より遅い場合だけど、その場合、次の二〇〇メートルからペースを上げていくしかない」

「どれくらいですかね」

「ポジションにもよるけど」

「前から六馬身、それ以上は下げないように気をつけます。六馬身なら十一秒九くらいですか？」

「いや、それだとギリギリ届かないな。十一秒七。速すぎるかな？」

そこからラップごとにペースアップしていくのだ。普通の馬なら最後はガス欠になる。

「問題ないです。やれます」

「もし二番以降が逃げ馬についていかず、四コーナーで逃げ馬に並んだとしても気にするな。それだけペースアップした流れで、後ろからクエストボーイを差せる馬なんていない。四コーナーは結構な馬場差があるから、外は回さず、できるだけ内柵近くを通した方がいい」

リスキーな作戦だ。負けたら早仕掛けだと非難されるだろう。悩み抜いた末にこう結論を出した。

「郡司、なに盗み聞きしてんだよ、あっち行けよ」

松木が声をあげた。八宏が振り返ると郡司がブーツを脱いで、片足で立っていた。

「ブーツの砂を取ってるだけじゃないですか」

盗み聞きという言葉に憤慨したのか、郡司にしては珍しく頬を膨らませ、片足は靴下のまま検量室に入っていった。

6

十一レースの毎日王冠、どの馬が逃げるか、八宏は双眼鏡《そうがんきょう》でゲート内の各ジョッキーの気配を探っていた。

ゲートが開き、手綱をしごいて先頭に躍り出たのは、十番人気のバーミングフェアに乗る郡司だった。これまで逃げたことなどないのに……。

頭に浮かんだのは松木だった。まさかまた松木が郡司に命じたのか。松木の野郎、あれほどフェアに戦えと言ったのに……。

ところが八〇〇メートルを通過して、双眼鏡から目を外し、スプリットボタンを押したストップウォッチの数値に目を疑った。

四十七秒ジャスト。

強引に先頭《ハナ》に立ったように見えた郡司だが、いつしかペースを落としていたのだ。

最後方からレースをしてきた松木も一・八倍の圧倒的一番人気に推されたクエストボーイをいつもより前め、バーミングフェアより六馬身ほど後ろの六番手のインにつけていた。これも彼が事前に言っていた通りのポジションだ。

松木は逃げ馬のペースが四十七秒であることを察知していた。

残り八〇〇メートルの標識を過ぎてから、クエストボーイを動かし、一頭、また一頭と抜きポジションを上げていく。次の二〇〇メートル、八宏は再びストップウォッチを見る。十一秒七、八宏が言った通りの時計である。

次の二〇〇メートルも松木は十一秒七で二頭抜き、バーミングフェアの二番手で四コーナーの入口に入る。八宏の予想だと、逃げ馬と並走しているはずだった。

ところが、後ろの馬は速くなったペースに追走できなくなったのに、バーミングフェアはまだクエストボーイの二馬身前にいた。

郡司もペースを上げたのだ。

松木は焦らずに、四コーナーはバーミングフェアと同じ、コースロスのない最内を通った。これも平田の情報を伝えた通り、正解だ。

直線の立ち上がりから一頭分、外に出す。まだ手綱は持ったまま。松木は登り坂に入ってから追い出しを始める。

いつもなら自分が関わるジョッキーの馬は平等に応援するが、この日は双眼鏡を下げ、裸眼でクエストボーイだけを追った。

差せ、差せと呟く。無敗馬なのだ。前哨戦で土をつけてほしくない。

坂を上がってもバーミングフェアとの差は縮まらないが、そこからクエストボーイが一完歩《いちかんぽ》ごとに差を詰めていく。

松木が急がずに脚を溜めたことで勢いがある。

追い詰めて馬体が並ぶ。

郡司もしぶとく、また前に出て抜かせない。クエストボーイはハナ差届かずにゴール板を過ぎた。

現役最強馬が、前走まで条件戦を走っていた馬に敗れたのだ。場内は騒然とする。

八宏もショックだったが、掲示板の時計、上がり三ハロン三十三秒五という表示を見て気持ちは切り替わった。

逃げ馬がその時計で走ったということは、クエストボーイは、平田が「今日の馬場では厳しい」と言った三十二秒台の末脚を発揮したことになる。

松木はクエストボーイに初めて中団につける競馬をさせながらも、持ち味をいかんなく発揮させた。

だが松木以上のレースを郡司がした。

一分四十四秒四の勝ち時計も、日本レコードとコンマ三秒しか変わらない。郡司にとってはデビュー五年目にして初の重賞制覇となった。

この日は松木の日ではなく、郡司の日だった。

今日は俺の日ではなかった――完璧に乗ったのに勝てずにそう自分に言い聞かせた経験は、八宏にも何度もある。頭を切り替えて検量室に向かう。

「やったな、郡司、見事な逃げだった」

満面の笑みでレース後の検量を受けていた郡司を、握手で祝福する。

「ありがとうございます。八宏さんがこの馬を探してきてくれたからです」

「なに言ってんだよ。正直、俺も本格化するのは来年だと思ってたよ。今日は郡司の大胆な騎乗の結果だよ」

松木に言われて逃げたのかと思ったが、彼自身が午前中のレースを逃げ切り勝ちしたことで、ハナを切る方が好勝負できると決め打ちしたのだろう。

クエストボーイに並ばれてしまうと、瞬発力勝負となって一瞬で抜かれてしまう。だから距離を取って直線を迎えた。それでいて自分の馬も直線でスパートできるだけの脚を残し、最後まで息を持たせた。

「初重賞が伝統のある毎日王冠だなんて、八宏さんにエージェントをお願いして良かったです」

「俺の方こそ、自分の担当ジョッキーでワンツーなんだから鼻が高いよ」

そこで顔を洗っていた松木の顔が見えた。

祝福はここまでだ。今度は敗者を慰める番だと足を踏み出す。

だが松木は顔を背け、検量室への奥へと引っ込んだ。

7

八宏は、祖父が調教師、父も調教助手と、いわゆる競馬一家に育った。姉がいる長男なのに名前に「八」がついたのは、競馬にゆかりのある数字だったからだ。今でこそ馬連、馬単などゼッケンの番号で馬券が買えるが、昔は枠でしか売られておらず、その枠は八枠までだ。それと、祖父が唯一《ゆいいつ》勝った八大競走（当時はGⅠ、GⅡ、GⅢのクラス分けがなく、天皇賞やダービーなど八つの大レースをそう呼んでいた）が、八番ゼッケンの馬だったこと。河口家にとって縁起のいい「八」に、祖父の宏一郎《こういちろう》、父の明宏《あきひろ》の「宏」がつけられた。

物心がついた時から身近に馬のいる環境で育ったことで、八宏は将来ジョッキーになるのが当然だと考えるようになった。

骨太だった父はその体型のせいで騎手になるのを諦めたが、母親似だった八宏は、幼少時から背の順に並ぶと前の方で、体重の心配はなかった。

運動神経には自信があった。父がジョッキーになるために役に立つからと、乗馬のみならず体操教室にも通わせてくれ、中学は体操部に入って県大会で入賞した。バク転などの激しい動きより、きれいに倒立したり、鉄棒で静止したりと、他の子供が苦手とするバランス系が得意だった。

乗馬教室では基礎から徹底的に教わり、競馬学校に合格。同期生では誰よりも馬に乗る技術は優れていたと思う。

同期が十人いたが、八宏のように馬に乗り慣れた生徒は、素人《しろうと》から始めた生徒とは別の組で、教官から上級技術を教わって鍛えられた。競馬学校では毎学期、筆記と実技の両方でテストがあったが、卒業するまで八宏は一位で通した。

競馬学校を卒業した頃、祖父はまだ現役で、父も祖父の厩舎で調教助手をやっていたため、そこに入るものだと思っていた。

そこに小川が「お孫さんが厩舎に入ったら、宏一郎さんは身内ばかり乗せていると馬主に不満を言われるでしょう」と、八宏を預かると言い出してくれたのだった。

実績は祖父よりはるかに上だった小川だが、調教師になりたての頃、祖父から馬主を紹介してもらうなど、世話になったそうだ。

——河口さんたちに代わって、八宏くんを一人前の騎手に育てますから。

祖父だけでなく、父とも約束したらしい。

その言葉通り、小川によって一人前に育ててもらった。「大きな声で挨拶をしろよ」「時間を守るのは当然、目上の人と約束した時は必ず先に着いておけ」「自分の都合ではなく、相手の都合で考えろ」……指導されたのは競馬より、日頃の生活についてのことの方が圧倒的に多い。

ある時、小川と話している時に、八宏の携帯電話が鳴った。八宏は画面表示で着信相手だけを確認して携帯電話をポケットにしまった。すると、小川に訊かれた。

——八宏、今の電話は友達か。

——調教師です。

——だったらどうして出ない。

——先生と話していたからです。あとでこちらから折り返しかければいいだけなので。

——俺と話していることなんて相手は知らないだろ。電話に出て、今、電話ができませんので、あとでかけ直しますがよろしいですか、そう言えばいいだけの話ではないのか。

——今話せないなら同じじゃないですか。

——違うよ。目上の人だけでなく友達でも同じだ。向こうは用事があるからかけてきたのに、おまえは相手のことをなにも考えていない。そんなことだからレースでライバルの心が見えてこないんだよ。日々の行いがすべてに直結する。長く勝てるジョッキーはみんなそれができる。うんざりするくらい説教された。ただ毎回指導されていくうちに、相手がなにを考えているのか、考える習慣がついた。

エージェントをやれているのも、調教師や馬主がどのようなレースをしてほしいか、どういう馬に育てていきたいかを、それぞれの立場になって考えて、契約するジョッキーに伝える。そうした普段の姿勢が認められたからだと思っている。

世間知らずのまま一人前になったと勘違いしていたかもしれない自分を、乗り役であるより先に一社会人として育ててくれた小川には、心の底から感謝している。

8

十月も残りわずかとなった月末の月曜日、八宏は大学病院に向かった。

今日もたくさんの人が診療を待っている。消毒液の匂いが漂う診療室を通り抜け、無味乾燥な廊下を歩いていくと、スポーツ医学室の看板が見えてきた。

八宏は大怪我からのリハビリをここで行った。退院して自宅静養になってからも、どんなに体調が悪くても休むことなく通った。リハビリは八カ月に及んだが、元の体には戻れなかった。今も胸の中に苦味が広がる。

ノックすると、「どうぞ」と青柳《あおやぎ》博《ひろし》理学療法士の声がしたので開ける。

男女二人が座面に座り、板を足で押すレッグプレスというマシーンを使って、ハムストリングスなど下半身を鍛えるトレーニングをしていた。

「あっ、おじさん」

女性の方が足の動きを止めて声を出した。姪《めい》で、八宏が契約する三人のジョッキーの一人である宇品優香だ。

「おじさんはないだろう。上茶屋《かみちゃや》くんもいるのに」

「小さい時からそう呼んでるんだからいいでしょ。それに『八宏さん』と呼べと言われたのは、競馬に関係する時だよ。ここ、病院だし」

姉の娘である優香には、競馬の仕事をしている時は血縁は関係ないぞと言っている。

「相変わらず理屈っぽいな。そういう性格だと厩舎の人から嫌われるぞ、なぁ上茶屋くん」

「いえ、まぁ」

優香の強気な性格に押され、上茶屋はおどおどしていた。

二人は同期で、ともに二年目、まだ百勝以下の見習い騎手である。見習い騎手は、勝利数に応じて男は一〜三キロ、女は三〜四キロ、他のジョッキーより軽い斤量《きんりょう》で騎乗できる。

二人とも、去年デビューした新人の中ではトップクラスの成績だったが、二カ月前のほぼ同じ時期に怪我をした。

上茶屋は勝利を焦って強引に外に出して隣の馬と接触して落馬、肋骨の骨折で全治三カ月と診断された。

優香の場合は馬が躓いて転倒するという、ジョッキーとしては不可抗力の事故だった。が、落ちた優香が咄嗟《とっさ》に頭を下げたから良かったものの、そうしていなければ後ろの馬に頭を蹴られて大怪我となっていた。

医師の診断は打撲《だぼく》だったため、八宏は胸を撫で下ろしたが、翌週の朝の乗り運動で、優香はまだ肘《ひじ》の痛みが消えないと訴えた。

念のために再検査した結果、肘の遊離軟骨《ゆうりなんこつ》が神経に当たっていると診断され、その骨を除去する手術を行った。復帰時期はほぼ上茶屋と同じで年明けから。どんな理由にせよ、怪我をしてジョッキーに得はない。

二人とも休んでいた間に落ちた筋肉を戻すため、まずは怪我とは関係のない下半身を中心に、青柳がリハビリメニューを組んでいる。

馬を追う時に使うのは上半身の筋肉だが、下半身が安定していないと、体がブレて上半身の力を効果的に馬に伝えられない。

肋骨にボルトを入れる手術をした八宏も、リハビリ当初は青柳から徹底的に下半身を鍛えられた。あの時は、たった数週間ベッドに寝ていただけで、こんなにも体が言うことをきかなくなるのかとショックを受けた。

「どうですか、河口さん、最近は」

青柳に訊かれた。

「相変わらずですね。というか、先生に言われているように、二度と動かないと、勝手に脳に植え付けられているだけかもしれません」

「右の中指と薬指以外は動くんだから、おじさんなら馬に乗れるのに」

「優香」

八宏は注意した。指の不自由さで引退したことは、一部の者しか知らない。

「ごめんなさい」優香は謝ってから「上《かみ》ちゃん、今のは聞かなかったことにして」と伝えた。

「一度聞いたものを忘れることができるか。上茶屋くん、言い触らさなければ、忘れなくていいからな」

「は、はい」

上茶屋は返答に窮《きゅう》していた。指二本が動かないだけでどうして馬に乗れないのか、優香が言ったように、そっちの方が理解できないのだろう。

鐙《あぶみ》に足をかけるだけの姿勢で手綱を使って馬を操縦するジョッキーは、全力で追っている時はすべての指に均等に力を入れる。だがスピードを加減する時、あるいは馬の調子がいいのか悪いのか、どれだけ余力が残っているか、そうした馬との会話は、中指と薬指の二本を使う。

現役のジョッキーでもこの二本の指を使えていない者がいるくらいだから、指が動かなくても、調教助手としてどこかの厩舎には雇ってもらえただろう。調教師試験の受験資格に問題はなかった。

だが調教師をやるからには、自分で馬に跨って状態を確かめたいと思っていた八宏は、馬からの伝達サインを知る肝心の二本の指が動かないのに、いい馬など作れないと思った。

「できるだけ動かそうと意識した方がいいですよ、医学的な見地で言うなら、河口さんの指の神経には損傷はないわけですから」

青柳からはこれまで何度も指摘されたことを言われた。

手術後、複数回にわたって検査したが、指の神経は縫合され、問題なく繋《つな》がっていた。それなのに動かない。青柳からは心療内科の受診も勧められた。

心療内科では、その二本の指は動かないと脳が勝手に信号を送っているのではないかと診断された。

繊細にできている人間の体は、すべて脳でコントロールされている。学校に行きたくない子供には、病気でもないのに熱が出るし、大人でも出かけたくないと思うと、お腹や腰、関節などが痛くなる。八宏の場合、ジョッキーに戻りたかった。それなのに……。

――もう馬に乗りたくないという気持ちに心当たりありませんか。

心療内科医から言われた時には、「そんな馬鹿なことはありません。俺は馬に乗ることが怖いとは思っていませんから」と否定した。

だが引退届を出した後、どこか安堵《あんど》した自分がいた。俺はもう戦わなくていいのだ。厩舎の仲間のプレッシャーを背負って、勝とうとしなくていい……。

海馬《かいば》がジョッキーへの復帰を拒否している。医師の言葉はあながち間違っていなかった。

「意識して動かそうとしなければいけないのは分かっているんですけどね。でも私生活で、この二本の指が使えなくて困ることはあまりないので」

心が通じなくなった右手の二本の指を見ながら、八宏は苦笑いを浮かべた。

そこには幾分かの強がりが混じっている。

被りもののTシャツやパーカーしか着ないのも、ボタンやファスナーを中指と薬指を使わずに留めるのが面倒だからだ。

ノートではなくタブレットを使うのは、右利きの八宏はペンを持つこともできないため。

右側のキーが人差し指一本での操作になるパソコンは苦手で、怪我をしてから一度も使っていない。

それでも箸《はし》は、親指と人差し指で摘まんで中指の背に載せることで苦労なく食べられるし、指が動かないことを誰からも指摘されたことはない。

車の運転は、運転免許センターを訪れ、適性検査で許可を得た。乗っていた大型SUVを、狭い道でも走りやすいように軽自動車に買い替えたが、運転に不便さは感じない。

「俺の体の異常に真っ先に気づいた優香には驚いたけどな。優香もそんな細かいところまで目が行き届くようになったのかって」

「そりゃ、おじいちゃんの法要の食事会に、ラフな格好で来たらおかしいとは思うでしょ。ジョッキーの時は、関西の競馬場に乗りに行く時でも必ずシャツにジャケット姿だったのに」

最初に気づいたのは美也子と優香の二人だった。美也子からはスマホやタブレットをタップする指が、中指から人差し指に変わったことで「もしかして中指が動かないの?」と見抜かれた。

そうした細かい変化に気づくのは女性だ。

元恋人や姪だからではなく、女性の方が繊細なのだ。男性より女性の方が、時間の流れに寄り添うかのようにゆっくり過ごすから、男が見えないものまで見えるのかもしれない。

日本の競馬は男性が八割以上の、圧倒的な男社会である。

ところが欧州に行くと厩務員の多くが女性で、凱旋門《がいせんもん》賞など大きなレースになると、スカートにハイヒールの女性が颯爽《さっそう》と馬を曳き、レースに華やかさを添えている。

女性の曳く馬が暴れているのはあまり見たことがない。ジョッキーにしても、気負わずに馬を走らせる技術は、男性より女性が長《た》けていると八宏は見ている。

日本では、女性ジョッキーはまだ十人程度しかおらず、男女比は大きい。が、数年前にＪＲＡが海外に倣《なら》って、体力差がある女性に減量を終えても二キロ減の斤量差をつけたことで、いずれは女性ジョッキーがＧＩレースを勝ち、リーディングの上位に入る時代が来ると思っている。それが優香だとしたら、嬉しい。

「あっ、昨日の天皇賞はおめでとうございました。さすが河口さんですね」

上茶屋は体を正してお辞儀をした。

「俺はジョッキーの手伝いをしただけだよ」

「なに謙遜《けんそん》してんのよ、おじさん。自分が担当をするジョッキーで一、二着するなんて他の人は羨《うらや》ましがってるよ。普通のＧＩじゃない、天皇賞だし」

優香からも称えられる。

天皇賞を制したのは、松木が乗るクエストボーイだった。二着には前走の毎日王冠でクエストボーイに初めて黒星をつけた郡司のバーミングフェアが入った。

前走では郡司の思い切った逃げに苦杯を嘗《な》めた松木だが、昨日は、ライバルはバーミングフェアだと言わんばかりに密着マークした。

ハナに行きたい馬が多かったことで、向正面《むこうじょうめん》では逃げずに三番手に控えたバーミングフェアだったが、その真横に追い込み馬のクエストボーイがつけたことで、場内がざわついた。

同じペースで走れば実力差は明らかだ。直線で松木が追い出すと、クエストボーイは瞬く間にバーミングフェアを抜き去り、五馬身もの大きな差をつけて快勝した。

善戦したのは郡司で、直線でバテかけたバーミングフェアを必死に追って、どうにか二着に粘らせた。

レース当日の昼休み、八宏は二人から別々に相談を受けた。

——ライバルはどの馬ですかね？

そう訊いてきた松木には「俺は郡司のバーミングフェアだと思う」と即答した。

——クエストボーイ以外の相手は警戒した方がいいですか？

と尋ねてきた郡司には「クエストボーイ以外は気にしなくていい」と言った。

——八宏さんならどう乗りますか？

二人ともまったく同じことを尋ねてきた。

——相手より自分の馬を信じて、ペースを乱さないように乗る。どれだけ馬を信じて乗れるかだよ。

同じ回答をした。二人にいい顔をしているようだが、彼らを公正に戦わせるため、最低限のアドバイスにとどめたつもりだった。

そのアドバイスがどこまで生かされたのかは分からないが、二人とも馬の持てる力を最大限出し切った。

「だけど俺の夢はＧＩの一、二、三着を自分が関わるジョッキーの馬で独占することだけどな。

一着は松木でなくていい。宇品優香という、今は見習いだけど、才能のある女性ジョッキーでもいいんだけど」

「そんな夢、おじさんが五十歳になるまでに叶うよ」

私なんて無理だと遠慮するかと思ったが、結構強気なことを言ってくる。

「五十歳と言ったら十年後だろ?」

「まだ全然若いじゃん。私だって三十だし」

「俺が不満なのは、優香が余裕に構えていることだよ。そんな呑気《のんき》なことを言ってたら、毎年出てくる後輩に抜かれるぞ」

「じゃあ、いつを目標にすればいいの」

「五年だな。五年以内に俺は優香をGIジョッキーにする。だから優香もそれくらいの覚悟で普段から過ごせ」

「五年って早すぎでしょ。郡司先輩だってまだGIを勝ってないのに」

「郡司は近いうちにGIを勝つよ」

「本当?」

優香の声がいっそう高くなる。なにかアテがあるわけではない。バーミングフェア以外、郡司には重賞を勝てるチャンスがある馬すら回せていない。

それでも最近の郡司の騎乗を見ていると、実現できそうな気がしてならない。

「そういえば郡司も、『十年後にはダービージョッキーにしてください』って謙虚なことを言ってきたよ。俺は、十年なんて待てねえよと言ったけど」

八宏にエージェントを頼みに来た時の郡司は、技術的に未熟だった。それがこの一年半、八宏が描いた成長曲線を大きく上回るほど成長している。

郡司は腕だけでなく、頭でも乗れるジョッキーだ。

人気薄の馬で王者クエストボーイの連勝を止めたのも、レース展開を事前に読み、クエストボーイの脚力を以てしてもこのペースなら届かないと考えた、絶妙な判断だった。

昨日の天皇賞では、これまで郡司など相手にしていなかった松木を本気にさせた。

すでに来年のクラシック用に有力新馬を二厩舎から頼まれていた八宏は、無事二頭ともクラシック路線に乗せられれば、どちらか一頭を郡司に回してもらおうと思っている。

鉄は熱いうちに打てではないが、注目されている間に郡司に勝てる馬を用意して、関係者が安心して任せられるジョッキーにしたい。

「郡司先輩もいつの間にか松木さんのライバルになったよね。土曜日のレースでもバチバチだったし」

優香は郡司のことは先輩、松木のことはさん付けにする。十八歳も違う松木には口も利きづらいが、三つ上の郡司とは冗談を言い合っている。

二人がやり合っていたのは、土曜日のメインレースだった。

一番人気になった松木の馬は逃げ馬で、他に同じ脚質の馬がいないことから、楽勝できると思っていた。ところが人気薄に騎乗した郡司がスタートから手綱を押してハナを主張し、二頭がハイペースでやり合う形になった。

途中で松木が控えたことでペースが落ち着き、松木はなんとか一着に入って人気に応えた。だが前半のペースが速いと見て後ろで控えたグリーズマン騎乗の馬にハナ差まで迫られた。

逃げた郡司もけっして玉砕《ぎょくさい》したわけではなく、十五番人気の馬を五着に粘らせた。松木に逃げさせて、二番手で競馬をしていたら二着もあったが、二人とも本気で戦いにいった末の結果だから、仕方がない。

心配だったのはレース後だ。松木の性格だと、メディアのいる前で、「俺の馬の邪魔をしやがって」と郡司に食って掛かることを危惧《きぐ》した。

急いで検量室前まで降りたが、その心配は無用だった。

馬を降りた松木は、硬い表情だったものの、鞍を外して、そのままレース後の検量をするため室内に入った。

五着だった郡司がその後に続いて検量を受けるが、松木は文句一つ言わず、その後に行われた表彰式に向かったのだった。

——今日の松ちゃんは立派だったな。トップジョッキーにふさわしい大人の対応だったよ。

表彰式後にそう褒めた八宏の言葉の裏側を、松木は説明しなくとも理解していた。

——あいつが競《せ》りかけてくるのは読めてましたよ。

——そうなのか。

——八宏さんのそばで同じような馬に乗っていると、見たくもないところまで見えてくるんですよ。

——どう見えたんだよ。

——俺に先手を取られたら、あいつの馬ではどう足掻《あが》いても、俺には勝てません。でもハナを奪いに行けば、一番人気に乗っている俺は二番手に控える。まぁ、今日に限っては人気薄を五着に粘らせたのだから、ヤツの好騎乗ですけど、長い目で見たらどうですかね。あの馬、次から逃げるしか戦法がなくなる。そうしたら他のジョッキーの標的にされて潰される。俺は、人間の欠点は長所のすぐ近くにあると思ってますから。

長所のそばに欠点があるとは、いかにも松木らしい分析だ。

今は大胆さが評価される郡司だが、この先壁にぶち当たるとしたら、相手の作戦を壊す側から、自分の作戦が壊される側に回った場合だろう。

土曜のメイン、もし郡司の馬が本命の逃げ馬で、そこに予想に反して松木が仕掛けてきたら、郡司は松木のように即座に作戦を変更して控えただろうか。無理に離しにかかっていけば、それこそ待っているのは自滅だ。頭がいいのと機転が利くのとは、似て非なるものだ。

「天皇賞、私はテレビ観戦したけど、上ちゃんは東京競馬場まで観に行ったんだよ。勉強家でしょ」

優香の声で我に返る。

「そうなんだ、上茶屋くんは熱心だな」

「はい、昨日も郡司先輩のフォームを動画に撮りました。でも優香が羨ましいですよ。専門のコーチがいるんですから」

きらきらした目で八宏を見つめてくる。

「違うよ、上茶屋くん。俺はコーチではないよ」

「そうなんですか。優香からは毎週、追い切り後にミーティングをしてるって聞きますよ」

「あれは今週の乗り馬を確認して、あとは馬場傾向など俺が得た情報を話しているだけだよ」

「レース前にアドバイスもしてくれているじゃない」

優香が言った。どうやら優香も勘違いしているらしい。

「優香がどう乗ればいいかと訊いてくるから、俺は自分の意見を言っているだけだよ」

「そういうのがコーチなんじゃないの？」

「違うよ、俺は優香たちが困った時のヒントになればいいと思って話しているに過ぎない。コーチだったら、教えた通りに乗らないと怒る。優香がどんなレースをしても、俺が文句を言ったことはないだろ？」

実際、心の中では、せっかく言ったのになぜあんな騎乗をしたのかと落胆することはある。だが競馬は一人でやっているわけではない。他にも同じ考えのジョッキーがいれば同じポジションは取れない。

「困った時のヒントをくれてるんだから、コーチと変わらないと思うけど」

優香はまだ納得しないので、八宏は少し思案してから別の説明をした。

「コーチというのは勝利に導く誘導灯だと俺は思うんだ。その通りにやれば勝てる。でも生き物を相手にする競馬という競技は、コーチの思い通りにはいかないし、実際に俺が馬に乗っているわけではないから、レースの中でなにが起きているかまでは見えない。だから誘導灯ではなく、懐中電灯みたいなものだ。ジョッキーが真っ暗な中で探し物をしている時、パッと明かりがつけば、答えを探せるかもしれないだろ」

懐中電灯でも言いすぎなくらいだ。ただ馬上で迷った時、八宏は小川からの教えを思い出した。いつも小川の言葉通りにできたわけではないが、レース中に声が聞こえて幾度も窮地を脱した。小川のような陰で支えられる存在になりたい。

「誘導灯と懐中電灯がどう違うのか、私にはさっぱり分からないけど、そこまで言うなら、コーチだという意見は撤回しますよ」

優香は鼻に皺《しわ》を入れていじけた。上茶屋の顔を見る。彼も首を傾《かし》げている。

「穂村さんはどう？　参考になるようなことは言ってくれるか？」

上茶屋の騎乗仲介はデビューして以来、トップエージェントの穂村が担当している。

「伊勢《いせ》さんや関根《せきね》さんには話していますけど、僕にはなにも言ってくれません。僕も河口さんみたいな人がエージェントだったら、いろいろ訊けるんですけど」

「穂村さんとおじさんとでは比較の対象にはならないよ。穂村さんは専門紙のトラックマンであって、馬に乗ったことがないわけだし」

優香が嘴《くちばし》を入れてくる。

「乗っていない方が俯瞰《ふかん》できることもある。今の上茶屋くんには、たくさんの馬に乗って自分で経験しろと、穂村さんは言いたいんじゃないかな。必ずきみの将来についても考えてくれているはずだよ」

そう言って励ましておく。穂村は、過去にリーディングジョッキーになったことがある松木の一つ下の伊勢、さらにもう一つ下で毎年、関東リーディングで三位以内に入る関根、そして五十代に入ったがかつてのトップジョッキーで、GⅠを二十以上勝っているベテランの大宅《おおや》の三人を抱えている。若手まで手が回らないのかもしれない。

馬券を買ってはならないという以外にも、エージェントには決められたルールがある。

その一つが、担当できるジョッキーの人数に限りがあることだ。担当できるのは三名プラス通算百勝以下の見習いが一名、計四名までと定められている。

松木、郡司に加え、今は見習い騎手として扱われる優香の三名だけを担当している八宏は、この先、優香の減量特典がなくなっても何も変わらない。一方、上茶屋は、減量がなくなれば穂村から離れなくてはならない。

「上茶屋くんはさっき、競馬場まで行って郡司の動画を撮ったと言ったけど、郡司のなにを学ぼうとしてるんだ。確かに郡司の騎乗フォームはきれいだけど」

体が柔らかく、その上、鐙を短くしているので、ヨーロッパのジョッキーのような低いフォームで騎乗している。そうはいってもまだGⅠも勝っていない若手だ。模範にすべき上位ジョッキーはたくさんいる。

郡司のことだから、後輩にも優しくアドバイスをしてくれるのかと思った。

「自分をプランニングして、ジョッキーをやっていることです」

「プランニングって、郡司がか？」

「はい、自分がどうすればトップジョッキーになれるか、デビュー前から考えていたそうです。郡司先輩って、所属していた厩舎を九カ月でやめているじゃないですか」

「あれは調教師と意見が合わなかったんだよな」

「そうです。郡司先輩はデビューして三年間はローカルで乗り、ローカルリーディングを獲って名前を売ってから、東京や中山《なかやま》でも乗りたいと考えていたそうです。でも調教師が土曜日の運動まで自厩舎の馬の手伝いをさせて、裏開催に行かせてくれなかったので」

関東は東京、中山、関西は京都、阪神が中心で、時期に応じて新潟、小倉《こくら》、福島などが加わり三場開催となる。大レースが行われる主場はトップクラスが集まるため、若手や勝てない中堅は、裏開催と呼ばれるローカル競馬場に乗りに行く。そこなら乗り馬に恵まれないジョッキーでもチャンスをもらえるのだ。

しかし三年でローカルリーディングを獲り、名前を売ってメインの競馬場で勝負しようと考えるなんて……。自分がデビューしたての十代の頃は、与えられた目の前のレースで小川や調教助手の言う通りに乗るのに必死で、先のことなど漠然《ばくぜん》としか考えられなかった。

「そんな話、郡司と関わって二年になるのに、ひとことも聞いていなかったよ」

「照れ臭いからですよ。でもローカルリーディングを獲る理由が途中から変わったそうです」

「変わったって、どう変わったんだよ」

「河口さんにエージェントを頼む、そのためにリーディングを獲るって」

「えっ、俺なのか？」

「そうですよ。だけど三年目の秋まで一度も獲れず、秋の福島でも一勝差で負けてしまいました。普通だったら二位で満足しますが、郡司先輩は獲るまでローカルで乗ると言って、一月の小倉でついにリーディングを獲り、自分で決めたルールを達成したんです」

そこまで言われて、郡司に頼まれた日を思い出した。

それこそ去年の一月の小倉開催が終わった頃だった。朝の気温が三度くらいまで下がり、松木とのミーティングもスタンドの端ではなく、ストーブのそばでしていた、水曜の朝だった。

優香はまだデビュー前だったので、その頃の八宏が騎乗馬を探していたのは、松木だけだった。

――おはようございます。

調教スタンドに入ってきた郡司の大きな声が聞こえて振り向いた。郡司はこちらを見ていたが、挨拶を交わすくらいの関係でしかなかった八宏は、自分に向けて言われたとは思わず、返事もしなかった。

ところがそこから郡司はダッシュして、八宏のすぐ近くまで来て姿勢を正した。

――河口さん、今、よろしいですか。

――えっ、ああ、打ち合わせは終わったからいいよ。そうだ。小倉リーディングを獲ってたね、おめでとう。

取って付けたように祝福したが、真顔のまま八宏を見つめていた郡司は、直立姿勢から深く頭を下げた。

――河口さん、僕のエージェントをやってくれませんか。

――えっ、俺が？

――はい、よろしくお願いします。

いつもの八宏なら、馬の騎乗依頼と同様、少し考えさせてくれと保留にしていた。なにせ郡司については、最近ローカルでよく勝っているなと思う程度で、どんな性格で、ここからどれほど伸びしろがあるのかも考えたことはなかったからだ。

唐突《とうとつ》に、しかも正面切って依頼されたことに思考停止状態に陥《おちい》った八宏は、気付いた時には「俺でよければ」と返事をしていた。

驚いたのはそれだけではない。郡司は呆然《ぼうぜん》と眺めていた松木にも体を向けて頭を下げた。

――松木さんもそれでよろしいですか。精いっぱい頑張《がんば》りますので。

――別に八宏さんがいいなら、俺は構わないよ。

ぼそぼそした声で松木は答えた。

松木からも直訴《じきそ》されて引き受けたが、一般的にはもう少し回りくどい方法で依頼する。八宏が現役時代に頼んでいたエージェントは、小川厩舎を担当するトラックマンだった。まず小川に相談してから、小川が「八宏の面倒を見てやってくれないか」と頼んでくれた。他のジョッキーも、そのエージェントと契約しているジョッキーを介すのがほとんどだ。

だが郡司に関して言うなら、あの方法がベストだった。

松木に仲介を頼めるような間柄ではない。

では松木がいない場所で、八宏に頼んだらどうなっていたか。松木の依頼でエージェントを始めた八宏は、おそらく「松木に相談させてくれ」と答えたと思う。

松木の同意は本心ではなかっただろう。

三月からは姪の優香の面倒を見ることが決まっていたし、松木にしてみたら、それまで自分一人のために馬を集めてくれた八宏が、いきなり三人分の馬を探すことになるのだ。

松木は前年、八宏が探してきた馬で初ＧＩを勝ってはいたが、その一勝のみ。あの段階ではクエストボーイはまだ新馬、オープンを連勝した二戦二勝馬だった。「松ちゃん、皐月賞は勝てるよ」と密かに言ってはいたが、おそらく松木は半信半疑、そう言った八宏にしたって、ダービーを圧勝するとは考えていなかった。

勝利数ランキングも八宏がエージェントを任されて大幅に上がったが、伊勢、関根に次ぐ関東三位、全国では八位くらいで、こちらが動かなくても騎乗依頼が殺到するほど、厩舎関係者からの信頼を摑《つか》んではいなかった。

「私もその話を聞いた時、いかにも郡司先輩らしいと思った。そこまで計画してたから、近くに松木さんがいるのに、正面切って頼みに行ったんだね。私だったら足がすくんじゃう」

郡司に頼まれた経緯《いきさつ》を知っている優香は、改めて感心していた。

「確かに度胸はあるよな。ジョッキーのほとんどは、俺が松木に頼まれてこの仕事に就いたことを知っている。おっかない先輩の松木に納得してもらうには、松木がいる前で俺に頼み、その上で松木からも許可を得るのが一番正しい方法だ。やっぱり度胸より上茶屋くんが言うプランニングかな」

思えばあの日から、今の郡司の活躍が始まっていた気がする。いや、八宏に受諾させるため、ローカルリーディングを獲ると決め、本当に獲った時から物語は始まっている。

「上ちゃんが郡司先輩を尊敬するのも分かるわ」

優香にそう言われ、上茶屋も自分のことのように顔を綻《ほころ》ばせていた。

「そろそろ休憩をやめて、トレーニングを再開しようか」

理学療法士の青柳が手を叩いた。

「すっかり邪魔をしてしまいましたね。青柳先生、すみません」

八宏が詫びると、青柳は思いついたようにテニスボールを二つ持ってきた。

「河口さん、ボールキャッチの見本を見せてあげてくださいよ。二人にさせているんですけど捕れなくて。宇品さんなんか『これができる人がいたら見てみたい』って言うもんですから」

「なんだ、優香、こんなこともできないのか。おまえよくジョッキーやってるな」

そう軽口を叩いてから、「いいですよ、青柳先生、僕が模範を見せましょう」と青柳に近づき、正対して立つ。

青柳は手にしたテニスの硬式球を肩の位置まで持ち上げた。

向き合う八宏は、ボールを握る青柳の手の甲に両手を添えた。

ジョッキーに戻れた時に感覚が削《そ》がれていないよう、毎日トレーニングの最後に行っていた反射神経を鍛える訓練だった。

「さぁ、いつボールを離してもいいですよ」

体の隅まで神経が行き届くように集中し、目にも力を入れて青柳の左右の手を見る。

「いきますよ」

そう言ったが、すぐにはなにも起こらない。

数秒置いて右手から、さらにコンマ数秒の差で左手から、青柳はボールを離した。

八宏は瞬時に青柳の甲から手を動かし、まずは左手で、さらに右手でボールをキャッチした。

右手は親指と小指でボールを摑むことになるが、何度も練習したので難なく捕球できた。

「すごい」

優香と上茶屋が同時に感嘆《かんたん》した。

「どうだ、二人とも俺を尊敬したか」

八宏は自分の腕を二回叩いた。

「まさか一発で決めてしまうとは」優香が口を丸くすると、上茶屋も「神業《かみわざ》ですね」と感心した。

「毎日訓練していけば、二人もできるようになるよ。俺も最初はできなかったけど、青柳先生と続けているうちに、脳が鍛えられたんだよ」

「この訓練が脳のトレーニングに繋がったんですか」

そう言われても目や体の動きと違って上茶屋にはどう鍛えられたのか、ピンと来ないようだ。

「そう、無意識に脳が判断することが、ジョッキーには大事なんだよ。だってレース中の馬の動きなんて、目で確認してからでは手遅れだ。馬の本能には人も本能で対応しないと対応できない。迷っている時間はコンマ一秒でも遅いくらいだ」

「二人もやってみようか」

青柳は優香と上茶屋を近くに呼ぶ。

手本を見せたのが良かったのか、いつしか二人ともアスリートの顔に戻っていた。

9

病院から戻ってきたのがちょうど正午、昼食時だった。

現役時代に五十一キロを維持していた八宏の体重は、ジョッキーをやめても微増しかしていない。競馬学校に入学してからジョッキーをやめるまで食事に気を遣っていたため、胃が小さくなっているのだろう。

今も毎朝、起きたら真っ先に体重計に乗る。だいたい五十三キロだ。

せっかく作ってもらって、残したら店に申し訳ないため、自炊が増えた。

この日も昼食に土鍋で白飯を一合炊き、その三分の一に、筋子《すじこ》を載せた。筋子はスーパーで買って来たものだが、炊き立てのご飯の上に載せると充分ご馳走《ちそう》になる。

白米は八宏がGIを勝った三頭の馬主の一人が毎月送ってくれる、五郎兵衛米《ごろうべえまい》という長野の有名な品種で、「河口さん、お米は土鍋で炊くと、粒が立って全然違うよ」と言われてから、信楽《しがらき》焼の土鍋を購入して愛用している。

土鍋は水につけっぱなしにできず、食洗機も使えないが、炊けば炊くほど鍋と米が一体化して、米の旨味が沁《し》み込んでいくようで、うまくなる。

ご飯の残りは冷ましてからラップに包んで冷凍する。

あとは野菜不足にならないよう、キャベツの千切《せんぎ》りに胡麻《ごま》ドレッシングも少量だけかけて食べた。これはいわばビタミン剤のタブレット代わりだ。

競馬の世界では「全休日」と呼ばれる月曜日を、八宏はトレーニングやマッサージなど体のケアに充てたが、今はジョッキー時代とは比較にならないほど忙しい。

調教師から騎乗依頼の電話があるし、騎乗者未定のいい馬がいれば、「〇日の〇レース、松木は空いていますが、どうですか」と営業の電話を入れる。

その上でどの馬を頼まれてもいいように、録画している土日の全レースを確認する。

画面に映るのはコースの外から撮影した映像だが、八宏は自分が騎乗している景色に脳内で変換する。

馬群の中で包まれている馬だとしたら、映像に映っているわけではないのに、前の馬がどれくらいの脚色で、隣の馬がどれくらい接近しているのかを想像する。

馬群の中は、外から見るより閉塞感《へいそく》がある。天候にも左右され、靄《もや》がかかっていたりすると、二番手の馬が逃げているように見えて、四コーナーを回ってまだその先に一頭いることに驚愕《きょうがく》することすらある。

ジョッキーには考えなくてはいけないことがたくさんある。自分がどれくらいのペースで走っているのか。ゴールから逆算して前の馬をかわすにはどこでスパートさせればいいのか。後ろの馬の脚質はどうなのか……。

なによりも馬群には人の感情が溢《あふ》れている。

大別するなら思惑《おもわく》と焦り。

その二つの感情を読み取りながら、一方で自分の感情は隠す。

ジョッキーにはそれぞれ長所があり、それを活かした独自のメソッドを持っている。郡司で言うなら、スタートが抜群にうまい。思い切って逃げることもあるが、天皇賞のように一番人気馬に密着マークされても、自分の馬のペースに徹するといった、見た目に反して腹の据《す》わった騎乗もできる。

今は減量特典のある優香は、斤量が軽いのでスタートダッシュもよく、逃げて勝つことが多いが、彼女の長所は、馬に負担がかからない優しい騎乗だ。

松木クラスになると長所は一つや二つでは表せなくなる。おそらく彼は、八宏の現役時代より多くのストーリーを想定している。それこそスタートがよくて他に行く馬がいなかった時、ハイペースになった時、ゲートの出が悪くて後方からの競馬になった時までを想定し、スタートしてからのコンマ数秒で、どのストーリーが今日はふさわしいのかを選択する。

途中で他馬が割り込んでくる、前が詰まるなどの予期せぬ事態に陥れば、どうすればこのピンチを脱却できるかを判断し、他のジョッキーより先に、瞬時に馬を動かす。

八宏がレース前、ジョッキーから尋ねられない限り答えないのは、所詮は「元」ジョッキーでしかないからだ。

今、自分に見えている世界は、三年以上前のもの。

毎年、走破時計が速くなっているように、サラブレッドは進化しており、ジョッキーの腕も上達している。

たった三年でも今のジョッキーと八宏とでは、見えている景色からして違うだろう。

馬に乗っていない者が分かることには、限界がある。

10

上茶屋から、思いのほか郡司が大人びた考えを持っていることを聞いたせいかもしれない。八宏はこの数カ月間の松木と郡司のレースを見直した。

最初に見たのは毎日王冠の前の週、松木が乗る美也子の厩舎の馬が、郡司の馬にぶつけられたレースだった。事前に郡司に確認したが「すみません。馬が制御できずに松木さんに迷惑をかけてしまいました」と謝っていた。

ＪＲＡの公式ページからアーカイブになっている動画を確認すると、四コーナーを回った付近で、内に入った松木の馬に被せてきた郡司の馬が、内によれて、ぶつかった。

松木がスパートをかけかけた時だったため、普通は馬が興奮状態に陥り、気持ちが空回りして伸びなくなる。

そうした難局にも対処できるのが今の松木である。

一旦後ろに下げることで興奮した馬を宥《なだ》め、今度は郡司の外のスペースを狙った。ペースを落とした分、スピードに乗るのに時間はかかったが、最後の五〇メートルで郡司の馬をクビ差かわした。

馬の力を信じて勝ったとも言えるが、信じるだけではこんな芸当はできない。

故意ではなくとも馬が勢いに乗る一番大事なところで、矢庭《やにわ》に郡司にぶつけられたのだ。

松木は優しくブレーキを踏むように減速させながら、下げた場合、今度はどこから抜け出せるか、他馬のポジションを確認した。

そこから先は彼の技術だ。もう一度、馬を走る気にさせ、大外に出すのではなく、郡司が内に寄って作られた外のスペースから抜け出した。

数秒のうちにこれだけのことを考え、実践できる技術は、今は松木が断トツかもしれない。

次に映像を、昨日の日曜日のメイン、天皇賞に変えた。

松木が乗るクエストボーイは三枠三番、毎日王冠でそのクエストボーイに土をつけた郡司のバーミングフェアは七枠十三番と、ゲートは離れていた。だがスタートから松木が郡司を意識しているのが窺《うかが》い知れた。

いいジョッキーは顔をきょろきょろと動かさない。真っ直ぐ前を向いたまま、他の乗り役の頭の位置、肘の高さ、腕を折り曲げる角度、鐙の高さ、腰の高さなどで、馬と人間とを把握する。

これまでとは違って少し押し気味でクエストボーイを出していった松木は、一コーナーを回った段階で、三番手につけたバーミングフェアに外から並びかけていく。

相手は郡司のバーミングフェアだと言ったのは八宏だが、松木の乗り方はいくらか極端すぎる。前走逃げたバーミングフェアを好位で落ち着かせようとしている郡司に、外から目に見えて圧をかけることで、心理的揺さぶりをかけているように見えた。

だが二人がやり合ったのはそこまでだ。

三コーナーからペースを上げて、四コーナーでは先頭の馬のすぐ後ろまでつけた郡司とは異なり、松木はもうバーミングフェアは捕まえたとばかりに、郡司の背中を見ながらクエストボーイを気分よく走らせていた。

五番手で、四コーナーの内から三頭目あたりを回り、直線は馬場のいい外に出す。追えばいくらでもスピードに乗りそうだったが、早く抜け出して馬が気を抜かないよう坂の途中まで追い出しを待った。

そして早めに先頭に立っていたバーミングフェアを楽にかわし、ほとんど鞭《むち》を使うこともなく五馬身もの差をつけて勝利した。

クエストボーイを管理する関西の調教師は、この後は四週間後のジャパンカップを使うと明言している。松木は中三週でも疲れが残らないよう、おつりを残した競馬をした。

五番人気のバーミングフェアを二着に持ってきた郡司は大健闘したと言えるが、こうして映像を見直すと欠点が見えた。

三番手という絶好のポジションにつきながら、早く動き過ぎた。向こう正面で仕掛けたりせず、松木のように直線まで追い出しを待っていれば、勝つまではいかなくとも、もう少し僅差《きんさ》になったのではないか。

ここにも、長所のそばに欠点があるという松木の言葉が垣間見《かいまみ》える。

他にも逃げ馬がいると判断し、前走逃げ切ったバーミングフェアを三番手に控えさせたのは、郡司の好判断だった。だが思い描いた通りのポジションを取ったことで油断が生じた。想定外に松木に迫られ、郡司は早くクエストボーイとの距離を離そうとした。結果的にそれが最後の伸びの差に繫がった。

それを引き出したのは松木だ。松木が自分の姿を見せたことで、郡司の描いていたストーリーを壊した。

騎手同士の高いレベルでの駆け引きに、一人の競馬ファンとしても八宏は痺《しび》れた。

他のエージェントなら、なにも身内同士でこんな競い合いをやらなくてもいいと顔をしかめるのだろう。

しかし公正確保を重んじる八宏の考えは違う。

身内同士だろうが、勝つために全力を出すのがルールだし、こうした技術のぶつかり合いが、ファンを感動させるドラマを生む。

松木が本気になったのは毎日王冠の郡司のせいだ。次の天皇賞では松木が経験の違いを見せつけ、郡司は自分の判断力の甘さを知った。次に同じ場面が訪れれば今度は我慢させようと今頃省《かえり》みているはずだ。

ジョッキーを成長させられるのはレースだけだ。

だから自分の担当ジョッキー同士だろうが、バチバチと火花を散らすのを、八宏は歓迎している。

11

水曜日の追い切り前、軽自動車を降りていつも通りトレセンの中へと歩いていく。正門を通り過ぎてしばらく行ったところに、髪を後ろに束ねた眼鏡をかけた女性が立っていた。

「おはよう、平田さん、どうしたんだよ」

今朝もスウェットにズボンという服装だ。

「今回は多めに振り込んでいただき、ありがとうございました」

彼女は両手を前で合わせてお辞儀をした。

「なんだよ。そんなことを言うために寒い中、待っていてくれたのか。別にいいのに」

十一月最初の水曜日、今朝は木枯《こが》らしのような冷たい風が巻いていた。今週から馬場の開放時間は冬時間の七時になった。朝の気温は七度だ。

「直接会ってお礼を言おうと思って。私なんか大してお役に立てていないのに」

「なに言ってんだよ。平田さんの情報でどれだけ松木や郡司が助かったか。平田さんほど馬場が読める人、ジョッキーにだっていないさ」

「でももらいすぎです」

平田には毎月十万ずつ払っている。ダービーを勝った去年の五月は五万円プラスした。天皇賞を勝った今回も、五万多く振り込んだ。

松木が四コーナーで外に振らずに、内めを回ってきたのも、平田が〈内を通った馬と外を回った馬とでは、トラックバイアスが五馬身違います〉と教えてくれたからだ。そのことは松木と郡司に別々に伝え、二人とも前に馬がいても外には出さずに我慢した。

彼女がそこまで馬場読みできるのは、小学校が休みの土日は子供の世話をしながらテレビで観戦、両手にストップウォッチを握って、同じ脚色の内を通った馬と外を通った馬のタイムを計測し、ゴール前でどれくらいの差が出るか確認しては、パソコンに打ち込んでいるからだ。

一度、パソコンを見せてもらったが、細かい数値で埋め尽くされ、眩暈《めまい》がしそうだった。

「河口さんには本当に助けられています。トラックマンは年々、給与が下がっているので」

昔は、競馬場を訪れるファンは必ず競馬専門紙を持っていた。今はネットでも出走表を見られるため、専門紙を買う人は減った。

「こちらこそ安い情報料でお願いして申し訳ないくらいだよ」

「私にこんなに払ったら河口さんの分が……」

そう言って彼女は口を噤《つぐ》んだ。彼女は八宏のエージェント料を知っているらしい。

「すみません、余計なことを」

慌《あわ》てて頭を下げる。

「いいんだよ、競馬ゼットにもエージェントをやってる者が何人もいるから、俺がいくらもらっているかは平田さんの耳にも入っているだろうし」

「はい、安さにびっくりしました」

「普通は歩合《ぶあい》制にして賞金のパーセンテージでもらうべきだけどな。その方が俺たちも頑張る」

エージェントの収入は、ジョッキーの賞金額の五パーセントが相場だ。稀《まれ》ではあるが十パーセントの者もいる。

天皇賞の一着賞金は二億二千万円。その五パーセントがジョッキーの進上金なので、松木は千百万円稼いだことになる。

今年はリーディングトップを行くので少なく見積もって彼の進上金は一億五千万円。もう一人の郡司も土日に五勝と固め打ちして七十勝となり、関東六位、全国十一位まで急浮上した。獲得賞金は七千万円を超えるのではないか。五パーセントの契約をしていたら、二人の合計額二億二千万円のうち、千百万円が八宏の収入になった。

だが月給制にしている。

松木は最初から月二十五万、郡司は十五万円からスタートしたが、去年自己最多の五十勝を達成すると、彼の方から「僕も松木さんと同じ二十五万円にしてください」と言ってきたので、そうした。

見習いの優香からは、減量特典が取れるまでは要らないと、一円ももらっていない。

歩合の方が勝てば勝つだけ収入が増えるわけだから、日々のモチベーションにもなる。

八宏がそうしないのは、歩合にすると無意識に自分に欲が出て、勝つ確率が低く、その上、気性が荒くて危ない馬でも引き受けてしまうと思うからだ。

馬の不慮の故障による止むを得ない事故は競馬につきものだが、あとで後悔する怪我は、できる限り防がなくてはならない。

むやみやたらに騎乗依頼を受けることは、ジョッキーの安全を一番に考えるという、この仕事を始めた時の自分の信条に反する。

固定給なので、月五十万で年間六百万円、これにやがて優香も加わるので、生活していくには充分な額である。

平田に情報料を支払うなど出費もあるが、現役時代に貯めた預金もあるし、世間から同情されるのが嫌で断ろうとしたが、騎手クラブの事務局から「いつお金がかかるか分からないので」と勧められ、障害者手帳を取得した。そのため医療費が無料になるだけでなく、税制での優遇も受けている。

ジョッキーでもエージェントでも、ともに勝っているのは俺の力なんだからと、ジョッキーが歩合の引き下げを要求してきたり、逆にエージェントが上乗せを要求したりと、揉め事をよく聞く。

そうしたケースが生じると、両者が別の者と契約するなどして、騎乗依頼仲介者一覧で公開されている名前がころころと変わる。

金で揉めるというのは、お互いが自分の力を過信し、相手へのリスペクトが欠けているから。勝ったのは自分ではなく相手のおかげ、その気持ちがないと信頼関係など築けない。

「河口さんはエージェントの中でも馬を選ぶ目は頭一つ抜けていますし、成績がくすぶっていた松木さんをトップジョッキーにしました。郡司さんも天皇賞で二着に入るまで成長させたのだから、もっともらっていいと思います」

「俺は無趣味だから金をもらっても使い道がないんだよ。それに平田さんのように教育資金が必要なわけではないし」

美也子と付き合う前も、交際した女性がいたが、その時は八宏が結婚を考えられなくなり別れた。異性関係で嘘をつかれ、それが許せなかったのだ。

どうやら自分はあまり器が大きな人間ではないらしい。警戒心が強く、一度揉めるとしばらく引きずる。すぱっと水に流して元通りというわけにはいかない。

「平田さんがそう言ってくれるなら、来年から松木には値上げしてくれって、交渉してみようかな」

「いくらにするんですか」

適当に口にしたことだったが、平田に訊かれて今度は返答に困った。

「月五十万円にしたいところだけど、二倍となったら、松木もちょっと厚かましすぎませんかと怒りそうだ」

「河口さんにダービーも天皇賞も勝たせてもらったのだから、安いくらいですよ。それにジョッキーには賞金以外にも収入がありますし」

レースの騎乗手当、日々の調教の手当など、郡司、松木クラスだとそれだけでも数千万円にのぼる。

しかし八宏に欲が出てきたと松木が感じた時点で、今の釣り合っているバランスに揺れが生じるような気がする。

八宏はコーチのような指導はしていないが、自分が納得できない危険な競馬をした時はいつでも降りると宣告している。

彼らが八宏の言うことに従うのは、八宏が必死になって馬を探してくれていると感じてくれているからだ。うちのエージェントは俺のおかげで贅沢《ぜいたく》な暮らしをしている、そう考えだした途端、八宏の言葉が偉そうに聞こえ出し、言っても聞かなくなるだろう。

「いくらが適当な額かは分からないけど、そのうち松木に賃上げ交渉してみるよ」

する気もないが、彼女が気兼ねなく八宏の振り込みを受け取れるようにそう言っておく。

「それがいいと思います」

「受けてくれなきゃ、ストライキだな。その時は平田さん、いくらで妥協《だきよう》すべきか相談に乗ってくれ」

「ストライキなんかになるわけないじゃないですか。松木さんも郡司さんも、河口さんの存在なくして今の成績を出せないことは分かってますよ」

硬かった彼女の表情がようやく緩んだ。

「だといいけどね。それより早く行かないと追い切り始まってしまうよ」

あと五分ほどで馬場は開場する。そこから先はおよそ四時間、時計班の彼女は馬とストップウォッチを交互に見る時間が続く。

「急ぎます。河口さんが見落とした馬がいたら言ってください。松木さんと郡司くんが乗っている馬はしっかり見ておきますので」

「大丈夫だよ、俺もチェックしておくから」

レースで乗る馬すべてに二人が乗るわけではなく、調教助手や手伝いの騎手が跨るケースもあるが、そういう馬でも八宏は、スケジュールを聞いて見落とさないようにしている。

「ありがとうございました」

彼女は頭を下げて去った。

トレセンだけでなく競馬場でも、男性トラックマンはジャケット姿が多い。一方、彼女は飾り気のないカジュアルな格好をしている。丸い眼鏡もけっして似合っているとは言えない。平田さん、コンタクトにしたらいいのに……どこぞの男性トラックマンがそのような話をしているのを聞いた。

ただ、八宏が四十歳になる今日まで一度も結婚していないのと同じで、誰にもそれぞれ考えがある。平田が女性らしい服装をしないのも、女として特別視されたくないのかもしれない。

子供は同居している母親が見てくれているとは聞いたが、プライベートには踏み込まないように注意して会話をしているので、それ以上は知らない。

平田が毎朝、眼鏡の奥の目を細め、次々と馬が駆けていくたびにストップウォッチを押している時は、声などかけられないほど真剣そのものだ。

その姿を見ているからこそ、馬場状態で悩んだレース当日は、彼女のアドバイスが聞きたくなる。

知っていることはそれで充分であり、それ以外の情報は必要がない。

12

平田まさみと話した水曜日、八宏は忙しい一日を送った。

いつも以上にスマホが鳴り、調教師から「○日の○レース、松木空いているか」「郡司、うちの馬に乗ってくれないか」と騎乗依頼が絶えなかった。

これも天皇賞効果だ。松木だけでなく、郡司にも騎乗依頼が増えた。

〈河口さん、十二月の一週目なんだけど、松木くんは乗れないかな。中山を使う予定なんだけど〉

「松木はその日はチャンピオンズカップの予定なので、中山にはいません」

ダートのＧⅠが名古屋の中京《ちゆうきよう》競馬場で行われる。松木は春のフェブラリーステークスで四着に来た馬に騎乗予定で、たぶん七、八番人気くらいだろう。

実は三番人気くらいの馬から騎乗依頼が来たが、勝つのはドバイで世界最高額のレースを勝ったグリーズマンが乗る馬だ。それなら今まで乗せてくれた馬主を大事にしようと松木に相談した。「八宏さんがそう言うなら、俺は任せますよ」。不人気馬を選んで松木から文句を言われたことはない。

〈じゃあ、郡司くんは?〉

これまでなら松木を断った段階で、電話は終わっていた。

「郡司は中山にいます」

〈空いているってことか?〉

ありがたいことだが、中山に残る郡司は、有力ジョッキーがこぞって関西に行っている間に複数勝利を目指しているだけに、すぐに決めたくなかった。

松木の馬だけでなく、グリーズマンや他の上位ジョッキーのお手馬が回ってくる可能性もある。

「一応、馬名と希望レースを言っておいてくれませんか。早めに連絡しますから」

〈四つあって、一つは二レースの未勝利戦で……〉

調教師の説明を、八宏は右手の人差し指を使ってタブレットに打つ。四週間も先のレースなので、すぐには返事はしないが、一度決めたら、キャンセルはしない。

こちらが不義理をするから、相手も不義理をしてくるのであって、信頼の積み重ねは年輪のように、人間関係を幹から太くする。

この仕事を始めたばかりの頃は、一旦松木で決まった馬を、直前で「八宏、悪い。グリーズマンが空いたからそっちでいく」と頻繁にドタキャンされた。今はそうした失礼なことはされなくなった。

馬場の閉場時間が迫っていた。この日は最後に平石厩舎の馬に、松木と郡司が併せ馬をすることになっている。

通常、どの厩舎も馬場が荒れていない開場間際の早朝、もしくはハロー掛けといって馬場が均《なら》された中間時間に行う。

だが郡司が乗る馬の精神面が若く、他厩舎の馬に迷惑をかけるかもしれないと、平石は馬が少ない遅い時間を選んだ。馬場は空いているし、他に同じような考えの厩舎がいなければ、最後になるだろう。

騎乗馬探しのため各厩舎を訪れていた八宏は、急いで南馬場まで戻りたかったのだが、また電話が鳴った。

クエストボーイを管理する関西の調教師だった。立ち止まって電話に出た。

〈中条《なかじょう》先生、おはようございます。すみません、これから併せ馬があって、長く話せないのです。あとで折り返しますので、よろしいですか〉

一度出て断りを入れる。中条も〈急ぐ話でもないからゆっくりでいいよ〉と言ってくれた。

その前にも一人かかってきたので、折り返しは二人だ。忘れないようにタブレットのメモ画面を開き《大津、中条に電話》と打ち、メモ画面のまま閉じておく。

スマホの履歴には残っていても、追い切り後にまた急ぎの電話などがかかってくると忘れる。電話に出ておいて折り返しを待たせてしまうと、小川に言われた相手への思いやりからして本末転倒になる。

調教スタンドに辿り着いた時には十時四十九分になっていた。

十時五十分から併せ馬をすると聞いていたから、もう時間がない。

階段を上がろうとして、また電話がかかってきた。今度は関東だが、来年には定年を迎える、過去に多くのＧⅠを勝っている名調教師からだった。

「先生、すみません。もうすぐ追い切りなのであとでかけ直してもいいですか」

〈構わないよ。そうだ、天皇賞、クエストボーイ優勝おめでとう。あの馬、プラチナセールで俺も競ったんだけど、こんなにすごい馬になるとは思いもしなかったよ、新馬戦から松木を売り込んだのだからきみは見る目があるな〉

「騎乗馬がいなかったのでそれならとお願いしただけですよ。先生から見る目があると言われると嬉しいです」

時間がないので切り上げようとしたのだが、調教師はまだ会話を続ける。

〈郡司も上手くなったよな。二着の馬もきみが見つけてきたのか〉

「偶然空いていた時に、頼まれただけです」

本当は一勝馬クラスでもたついていた頃、八宏が目をつけアプローチをしたのだが、そう話すと理由を尋ねられそうなので流しておく。

〈河口くんがうちの厩舎のラインナップを見て、この馬が走ると思ったら逆に教えてほしいくらいだよ〉

内心は早く電話を切りたくていらいらしていたが、この調教師にも世話になっていて、邪険には扱えない。電話を切った時には十時五十二分になっていた。タブレットにその調教師の名前も打っておく。

「まずい、追い切りが始まってる」

たとえゴール板を過ぎたあとでも、馬の息遣いや乗り役二人の手応えだけを見られればいい、そう思って階段に足を踏み出す。

階上にベースボールキャップを被った平石の顔が見えた。

「平石さん、終わってしまいましたか」

間に合わなかったことを悔いたが、穏やかな平石の顔つきが違う。

八宏など目に入っていないのか、階段を結構なスピードで駆け下りてくる。

「どうしたんですか、平石さん」

「大変だ、落馬した」

「落馬って、松木ですか、郡司ですか」

三頭併せで、確か内が平石厩舎の調教助手、真ん中の馬に松木、外の馬に郡司が乗ったはずだ。だが返ってきた言葉は考えもつかない内容だった。

「松木が肘打ちをして、郡司を突き落としたんだ。郡司は背中から落ちた。しばらく動いていなかったから頭を打ったかもしれない。今、うちの助手に馬場委員に連絡させた」

「突き落とした？」

なにが起きたのか頭の中で整理できない。今心配なのは落馬した郡司の容態《ようだい》だ。

外に出て、建物の外から回るように走って馬場の柵まで辿り着く。五つあるコースの外から二番目、ウッドチップを敷き詰めたコースの、ゴール板の手前一〇〇メートル時点で、郡司が仰向《あおむ》けで倒れていた。

手が動いた。大丈夫だ、意識はある。

ＪＲＡの職員もやってきた。馬場委員が中止の指令を出したのか、それともこの日の追い切りの最後だったか分からないが、後ろから馬は来ていなかった。八宏は平石より先に柵を潜って馬場へと入っていく。

「郡司！」

呼びかけると郡司が頭を上げようとしたので「動かずじっとしてろ」と制した。脳震盪《のうしんとう》の可能性があり、その場合、しばらく安静にしていないと後遺症が残る。

「馬は、どうなりましたか、無事ですか？」

平石の顔が見えたのか、郡司は倒れたまま、馬の行方《ゆくえ》を気にした。

「大丈夫だ、厩務員が捕まえたから」

木片が敷き詰められた馬場に膝立ちして平石が言う。馬によっては乗り手が落ちた後、何周も走ってしまう馬がいる。そうなると疲労困憊《こんぱい》して、予定したレースに使えなくなる。

「松木に落とされたって本当か？」

同じように郡司の傍《そば》で膝立ちした八宏が質《ただ》した。

「僕の馬がちょっと内によれてしまって、松木さんの馬に近づきすぎたんです。そしたら松木さんの肘が出てきて、気づいたら馬から落ちてました」

「悪いな、あの馬、少しふらふらした走りをするので」

平石は平謝りする。確かに郡司が乗った馬は真っ直ぐ走るのが苦手な馬で、だからこそ松木ではなく、郡司で受けた。

郡司の無事を確認したことで、八宏の怒りは松木に向いた。

ふらふらした走りだろうが、寄ってこられようが、肘打ちで落とすなんて言語道断だ。絶対にしてはいけない危険行為である。

馬場監視委員もやってきて、救急車を呼んだというので、しばらく待つことにした。

「松木」

平石の声に、八宏は振り向いた。

馬を降りた松木がいた。落としたのなら、駆け寄って郡司の容態を案じるものだが、彼は両手をジーンズのポケットに突っ込み、不貞腐《ふてくさ》れた顔で立ち止まっている。

「松木、おまえ、郡司に肘打ちしたのか」

八宏は立ち上がって、松木を睨《にら》みつけた。

「こいつが寄ってくるからですよ、併せ馬をする前から、寄るなと言っておいたのに」

寄るなと言っても、人間の思い通りに走れないのが競走馬だ。乗り手が手綱を動かし、ムチを使って制御しても、悪癖は簡単に修正できない。

「平石さんなら分かっていると思いますけど、俺が乗った馬、神経質なんで、そばに馬が寄ってくると頭を上げて嫌がるんですよ」

松木が平石を見たので八宏も視線を移動させる。

「確かに松木の言う通りだ。臆病な一面がある」

平石は認めたが、八宏は納得できなかった。

「だからって、おまえ……」

言いたいことは山ほどあるが、前代未聞《ぜんだいみもん》の出来事に言葉が出ない。

「それに俺は、馬一頭分は必ず開けろと、事前に郡司に言いました。それぐらい開けていれば、寄られても問題ないので。なのにこいつはずっとくっついてきて」

「そうなのか」

今度は仰向けのままでいる郡司を見る。

「えっ」

口籠《くちごも》ってから「はい」と返事をした。

そんな指示は受けていない。先輩の松木に怒られるのを怖がって、被害者である郡司が責任を被っているように八宏には感じた。

「どんな理由があるにせよ、人を落とすなんてありえない。ホースマンとしてあってはならないことだ」

「こいつ、今日だけじゃないですよ。土曜日のメインだって俺の馬の邪魔をしたし、その前だって……」

この期《ご》に及んでまだ言い訳をしてくる。八宏は我慢の限界だった。

「おまえがやったのは最低の行為だ。打ちどころが悪ければ命を落とす可能性だってあった。殺人行為に等しい」

「殺人って、そんな大袈裟《おおげさ》な」

松木が口元を緩める。彼が見せた半笑いに八宏の怒りが沸点に達した。

「俺はそんな危険なジョッキーのエージェントを金輪際《こんりんざい》やるつもりはない」

「やるつもりはないって、俺をクビにするってことですか」

「クビじゃない、俺がおまえから降りるんだ」

対等の立場なのだから、クビになどできない。いずれにしても、こんな危険なジョッキーのために、厩舎を回って馬を集める気にはなれなかった。

「俺をクビにしたら、八宏さんの勝ち星は三分の一以下に減りますよ」

「構うものか。おまえが抜けたら俺はあらたに二人ジョッキーを雇える、二人いたら今のおまえより勝たせてみせる」

「そんな簡単なものじゃないでしょう」

「だとしたら郡司でおまえを超えるさ」

郡司の名前を出したのが気に入らないのか、松木は睨みつけてきた。八宏もそのふてぶてしい顔に視線をぶつける。

「どうぞご勝手に」

そう言って松木は体を翻《ひるがえ》そうとした。

「おい、待て。おまえ、まだ郡司に謝罪していないだろう。謝ってから去れ」

そう叫んだが、松木は振り返ることすらしなかった。

救急車が到着し、救急隊員が担架を持って走ってくる。

病院に検査に行きましょうという救急隊員に、郡司は大丈夫ですと断っている。

その間も八宏は、松木の背中を追い続けた。

たくさんの関係者が馬場の柵のすぐ外まで集まっていた。

カメラを持つメディアもいるというのに、その群れを切り裂くように、松木の背は遠くへ消えた。

13

十二月最初の日曜日、朝六時に起床した八宏は、中山競馬場に出掛ける前に、トレーニングウエアに着替え、ランニングシューズの靴紐を固く結んで自宅を出た。

師走《しわす》のきんと冷えた空気に身が引き締まる。

アキレス腱を伸ばし、屈伸《くっしん》運動をして、左手に嵌《は》めたアップルウォッチの画面をストップウォッチにして、走り始める。

土日の朝にランニングするのはジョッキー時代からの習慣だ。ジョッキーの多くが朝の六時くらいから第一レースの準備が始まる九時くらいまで、時間帯はまちまちだが、馬場を歩いたり走ったりする。

目的はこの日の馬場状態を自分の足で確かめること。芝はどれくらいの長さか、どのあたりが剝《は》がれているか。競馬場の馬場造園課が毎レース後、手作業で剝がれた芝を修復しているが、根付いていない芝は馬が脚を取られてバランスを崩しやすい。

そうした場所を知っておくのと、知らずにレースに臨むのとでは、いざと言う時に対処の仕方に大きな違いが出る。勝負事に必要なのはいかに事前に準備しておくかということ。準備が万全であれば、レース中に予期せぬ事態になっても慌てることなく対処できる。

引退して三年になるのに、馬場から自宅周辺の一般道に変えてまで土日に走るのは、運動不足解消のためでもあるが、人間は長年培《つちか》った習慣からは簡単に解放されないからだ。いやゲン担《かつ》ぎと言った方がいいか。

やめてしまうと、土日のレース中、もし契約するジョッキーが事故に巻き込まれれば、それは自分が走らなかったからだと悔いる気がする。

馬場を確認しながら走る癖がついているため、アスファルトの上でも目線は下、おそらく猫背で、スピードはマラソン大会に出たらタイムオーバーで打ち切られるレベルだ。今朝も毎週見かける老若男女《ろうにやくなんによ》のランナーたちに次々と抜かれた。

松木との契約を打ち切って一カ月が経過した。

あの後、郡司は救急車で搬送され、病院で脳波の検査を受けた。

そうさせたのは、一階から見ていた平石厩舎の厩務員が、起き上がろうとした郡司がふらついたように見えたと話したからだ。平石も郡司はしばらく起き上がれなかったと話していたし、脳にダメージを受けたのは間違いなかった。

病院での検査に異常は出なかった。ただし脳震盪の怖いのはここから先で、検査で異常がなくとも、夜になって頭痛に悩まされたり、記憶が飛んだりする。

そのため最近、海外のスポーツでは脳震盪プロトコルが組まれ、時間を置いての医師による二度の診断を経て、ようやく復帰できるようになっている。ＪＲＡでも近年、脳震盪への問題意識は高くなっており、審判部もレース復帰には慎重になっている。

幸いにも郡司は二度目の診断をクリアして、その週の土日から休むことなく、レースに騎乗した。

大変だったのは、騎乗馬を調整する八宏だ。

最初にしたのは当週の土日、さらには次週、次々週と、松木が乗ることになっている厩舎の調教師に電話をかけて、事情を説明することだった。

——松木は郡司が必要以上に寄ってきたからだと言い、郡司自身も寄ったことは認めています。ですが松木がしたことは、同じ馬乗りを生業《なりわい》にしていた僕には、とても許せません。今後も松木を乗せるかどうかは先生にお任せしますが、僕はもう松木とは関わらないので、彼に騎乗を依頼する場合は本人か、もしくは新しいエージェントに伝えてください。

松木がしたことは言語道断《ごんごどうだん》なのだから、郡司が馬を寄せてきたなどあえて言う必要はないのだが、状況を把握できるようできるだけ丁寧に説明した。

救急車まで来たことで、松木が郡司を落馬させたニュースは瞬《またた》く間に競馬サークルに広がった。説明せずとも電話をかけた調教師のほぼ全員が知っていて、皆、松木に憤慨していた。

——河口くんの言う通りだ。あんな男、俺は二度と乗せないよ。

明らかなジョッキーのミスでも不満を口にしたことがない、温和で知られる調教師までが怒っていた。その人は調教師会の関東本部長をしていて、ＪＲＡとの会議にも毎回出席している。

——よく大事故に繫がらなかったと思うよ。私はその知らせを聞いた後、審判部に電話して、松木を永久騎乗停止処分にすべきだと言ったんだよ。ライセンスを返上させろと。

——そんなことまでしてくれたのですか。審判部はなんて言ってましたか。

——美浦トレセンの職員から本部にも連絡が入っていて、すぐに松木を事情聴取したみたいだな。今、河口くんが言ったのと同じ言い訳をしたみたいだけど。

ＪＲＡの職員にも自分の正当性を訴えていたのか。打ちどころが悪ければ、大事故に繫がっていたというのに。

——松木に処分が下るのですか。

永久騎乗停止や騎手免許の返上は重すぎると思ったが、せめて無期限にして、ある程度時間が経過して、反省を示したら復帰させる。それくらいの懲罰《ちょうばつ》があってもいい。

——それがビデオがないので、正確な処分が下せないというんだ。

——追い切りビデオがあるじゃないですか。

水曜日の追い切りは、CSの競馬専門チャンネルが各馬の追い切り模様を撮影している。

——あの時は、他のコースで重賞出走馬が出ていたため、撮っていなかったみたいだな。

松木が乗っていた馬が古馬二勝馬クラス、郡司と調教助手が乗っていたのは一勝馬クラス。松木の馬は将来オープンクラスまで出世できると思っているが、性格が幼くて出世が遅れている。

馬場閉場時間が近づいていたため、事件を目撃した者は少なかった。競馬ゼットの平田まさみに尋ねたが、彼女もポリトラックを走っていた重賞出走馬の時計を計測していたため、「落ちたぞ」という声を聞いて、初めてウッドチップコースに目を向けたそうだ。

「落ちた」と声を出したスポーツ新聞の記者にも、平田は訊いてくれた。

記者が言うには、郡司の馬が寄ってきたタイミングで、松木がはっきりと肘を張ったのが見えたそうだ。そして郡司の体が浮き、突き飛ばされるように背中から落ちた。これで松木が肘打ちしたことは疑いの余地がなくなったが、証拠のビデオがあるわけではない。

調教師だけでなく、ジョッキーまでが怒りを露《あら》わにしていた。それでも下された処分は戒告《かいこく》のみで、松木はその週から騎乗できた。騎乗予定だった馬の大半はキャンセルになったが。

調教師や馬主から嫌悪されたことで、この一カ月、松木の乗鞍は激減した。十一月の四週間のうち、これまでなら週に八〜十二レース、四週あれば約四十レースは乗っていたが、一カ月トータルで十レース少々。土日騎乗馬ゼロと、騎乗停止処分を受けたのと同然の週もあった。

初の全国リーディングを獲得するはずだったのに、乗る予定だった有力馬に、二位につけていた三年連続全国リーディングのグリーズマン、昨年までの関東一位の伊勢が乗ることで、大きく離していた勝利数は瞬く間に詰まった。十一月の三週目にはグリーズマンに、四週目には伊勢にも抜かれた。

四週目、松木は一勝だけだった。

それが昨日のジャパンカップのクエストボーイだった。

管理する関西のベテラン調教師も当初は松木に憤怒《ふんぬ》していた。ところが一週前になって、やけに遠慮した声で電話がかかってきた。

——河口さん、松木がしたことは俺も許せず、二度と乗せるべきではないと馬主に伝えたんだ。だけどクエストボーイはデビュー戦から松木しか乗ってないだろ。馬主は乗り替わりを心配していた。クエストボーイはこのジャパンカップで引退して、来春から種牡馬《しゅぼば》になることが決まってる。最後にジャパンカップを勝って種牡馬になるのと、負けて終わるのとでは、種牡馬になってからの価値が変わる。松木はこの一カ月で騎乗馬が減り、ファンからも批判されて、ネットでは殺人騎手とあだ名をつけられているそうじゃないか。ある程度の社会的制裁は受けたと思うんだよ。河口さんには申し訳ないけど、ジャパンカップでも松木を乗せていいかな?

調教師が長々と話せば話すほど、八宏に気を遣《つか》ってくれているのは伝わってきた。

——先生、僕のことは気にしないでください。クエストボーイはオーナーのものですし、オーナーがそう言うなら、堂々と松木でいってください。ジョッキーがどんな問題を起こしたかなんて、クエストボーイはなにも知らないのですから。

最後に、松木がしたことは許せないですけどと言おうとしたが、言えば調教師の決心が鈍《にぶ》ると、呑《の》み込んだ。

そのジャパンカップ、松木は前めにつけた天皇賞とは一変、これまでと同じく後方から外を回して快勝した。

ジャパンカップには郡司が乗るバーミングフェアも出走していたが、夏場から使いっぱなしで来た疲労が出ていたのだろう。いいところがなく十着に敗れた。

松木が後方から行ったのは、同じ競馬場、同じ距離の日本ダービーを圧倒的強さで勝った自信の表れでもある。同時にバーミングフェアの追い切りを見て、調子落ちしていると判断した。

そのクエストボーイを除けばもう一勝しかできなかった松木に対し、郡司は一カ月で十五勝と、大きく勝利数を伸ばした。

八十五勝なので、百十五勝している松木には及ばないが、松木が乗っていた馬の六割以上は郡司に回っている。

八宏の計算では、十二月の一カ月間だけでも月間十五勝して、多くのジョッキーが目標に掲げる年間百勝に到達できるのではと見ている。

百勝できれば関東では伊勢、松木に続く三位、全国リーディングでも六、七位に食い込める。競馬は最大でも十八頭で行われ、乗れるジョッキーに限りがある。上から順番に乗り役が選ばれるわけではないが、六、七位なら、来年以降、ダービーや有馬《ありま》記念といった大きなレースで、どこかしら声をかけてくれるはずだ。八宏も馬を集める苦労が減る。

デビューして五年目、二十三歳の郡司にここまでいい馬が集まっているのは、やはり彼の性格にあるように思う。レースだけでなく、日々の乗り運動でも、彼はたくさんの人に挨拶して、乗り終えたら「ありがとうございます」と調教師だけでなく、厩務員にも礼を言う。

八宏にも感心する出来事があった。落馬した翌週の火曜日、彼は相談がありますと、いつもミーティングをする調教スタンド一階の端に八宏を呼び出した。

――すみません。僕のせいで、八宏さんにまで迷惑をかけてしまって。

――なにが迷惑だよ。馬は人間の操縦がすべて利くわけではないんだ。郡司に責任はないよ。悪いのは全部、松木だ。

競馬は白線が引かれていないだけで陸上のトラック競技と同じだ。コースを変更するにしても、百パーセント安全だと確認してから、馬を動かせ――八宏に依頼してきた直後は、勝つことに必死で、周りが見えていなかった郡司には、よくそう注意した。

八宏がうるさく言っていたことを思い出し、自分が真っ直ぐ走らせなかったことに責任を痛感しているのかと思った。わざわざ呼んだのはそのことだけではなかった。

――松木さんがいなくなった分、八宏さんの収入が半分に減ってしまいましたね。来月から僕の支払いを倍の五十万にしてください。

――そんな額はもらえないよ。それに郡司が気にする必要はないんだって。松木との契約を解消したのは俺なんだから。

郡司の今年の進上金は、この後に増えたとしても九千万円から一億円くらいだ。月に五十万、年間六百万円ももらったら、五パーセントの歩合制にしている大方のエージェントより多くなる。

——でも今回の責任の一端は僕にもありますし。僕が落ちなきゃ、ここまでの騒ぎになっていなかったわけだし。

——落ちなくてもその行為をあとで知ったら俺は松木と袂《たもと》を分かっていた。ああいう危険な行為を馬の上でする男はまたいつかやらかす。

頭に血が昇りやすい男なのは、ともにレースで戦い知っていた。騎乗仲介を頼んできて以降、八宏のルールを徹底させたことで、忍耐強さが身に付いたと思い込んでいた。

——俺の懐《ふところ》具合なら心配するな。大丈夫だ。間もなく優香も復帰する。

——宇品からは一円ももらわないんでしょ?

——それは彼女がまだ見習いだからだよ。復帰したら三年以内に通算百勝に乗せる。見習いを卒業したら彼女からも郡司と同じだけもらうから。姪っ子だけどそこは贔屓《ひいき》なしだ。

実際は年間五十以上勝っても、黙っていても馬が集まるまでは半額にするつもりだが、そう言えば郡司が余計に気を回しそうだ。

そこまで言ってもまだ郡司の顔が晴れることはなかった。

——心配しないでくれ、郡司は知らないかもしれないけど、俺はこう見えても現役の頃は馬一筋で、外車や高級時計、ファッションやらと物欲に振り回されることはなかった。ゴルフは何回かやったけど、下手のままなのですぐやめた。実は金は持ってんだよ。誰にも言ったことはないけど、ちゃっかりNISAで積み立てもやってる。

——積み立てしてるんですか。ジョッキーで初めて聞きましたよ。

——それはジョッキーの常識が、社会の非常識だからだよ。

そう言うと、初めて郡司は笑った。

遊んで暮らせるほどではないが、世の四十歳と比べたら充分すぎるほど貯金はある。マンションのローンは完済しているし、結婚もせず、気ままな一人暮らしなので、郡司からの収入だけでやっていける。

——八宏さんが競馬に専念していたことは、僕はまだ新米ジョッキーでしたが、分かっていました。僕は年間百勝するか、GIを勝ったら、自分へのご褒美《ほうび》にポルシェを買おうと思っていましたが、恥ずかしくなりました。八宏さんに倣《なら》ってやめておきます。

八宏が余計なことを言ったせいで、彼の夢まで壊したようだ。

——ポルシェくらい乗った方がいい。トップジョッキーがしょぼい車に乗っていたら、若手があの程度しか稼げないのかと、夢をなくしてしまう。

——車より大レースに勝ちたいです。

——それも大丈夫だ。俺がGIを勝てる馬を用意するから。勝った時はポルシェなんていわず、フェラーリでも買え。まだ若いんだから。

——フェラーリは恥ずかしいですけど、それくらいの気持ちでいます。ありがとうございます。

最後のお礼は、ＧⅠを勝てる馬を用意すると言ったことに対してだろう。大きなことを言い過ぎたとは思わなかった。これまで松木が乗っていた有力馬の大半が郡司に回るのだ。他に取られないよう、これまで以上に綿密に調教師と連絡を取り合っておけば、郡司も松木に近い成績を残せる。

話した時点ではＧⅠを勝てる見込みがある馬といえばバーミングフェアくらいで、他にアテはなかった。ところが言霊《ことだま》になったのか、その翌日、将来性豊かな二頭の二歳馬が郡司に巡ってきた。

一頭は平石厩舎のタイエリオット、もう一頭は成瀬厩舎のロングトレイン。ともにスターダストファームの生産、プラチナセールで個人馬主に高額で落札された馬で、二頭とも六月に新馬戦を勝って、夏場は休養に当てていた。

松木で勝ったタイエリオットはもちろん、松木が宝塚記念に遠征したため、短期免許の外国人ジョッキーでデビュー戦を勝ったロングトレインも、美也子から、次走からは松木で行くと約束をもらっていた。二人にも事件後、八宏はすぐに連絡した。

——うちの馬は二度と松木は乗せないよ。

説明するより先に平石が言った。

——ありがとうございます。

——八宏が礼を言うことはないよ、うちの馬は郡司が落とされたことで放馬したんだ。柵にでも激突していたら大怪我を負っていた。松木クラスの乗り役が、厩舎のことも考えずに利己的な行為をしたことが俺は許せない。

あの場では狼狽《ろうばい》していた平石だが、厳しい口調で松木を非難した。

――そうなると、タイエリオットの鞍上は誰になりますか。

こわごわと尋ねる。

――郡司に決まってるじゃないか。それ以外、誰がいるんだよ。

――感謝してます、平石さん。

電話だというのに八宏は頭を下げた。

美也子からも「松木くんは乗せないけど、そうなるとロングトレインの鞍上は誰がいいと思う」と訊かれた。

平石とは違って郡司の名はすぐに出なかった。となると候補には入っていないのか。不安に思いながらも、ここは売り込むしかないと、自分から名前を出した。

――郡司を乗せてくれよ。今の郡司なら松木と遜色《そんしょく》ないレースができる。

――心配しなくて大丈夫よ。訊いただけで、最初から郡司くんで行くと決めていたから。

心配は杞憂《きゆう》だったようだ。美也子はあっさり了解してくれた。

平石が次走に選んだのは十一月二週目、京都競馬場で行われるデイリー杯二歳ステークスだった。五カ月ぶりにもかかわらず、タイエリオットは一番人気に推された。

余計なことを言えば郡司にはプレッシャーになるが、覚悟を持って乗ってほしいと、「この馬は平石調教師が馬主に頼まれてプラチナセールで高額で買ってもらった馬なんだよ」と伝えた。

――そのことは知っています。

――新馬戦は少頭数だったこともあって、松木は逃げて勝った。スタートダッシュが他馬とは違うので、今回、郡司がなにもしなくてもハナに行ってしまうだろう。同じ逃げるにしても先を考えて、その上で勝ってくれよ。

――はい、わかりました。

八宏が課したプレッシャーも跳ねのけ、郡司は返し馬からテンションが上がらぬよう慎重に走らせていた。

予想通り、抜群のセンスでゲートを出たタイエリオットは、一完歩ごとの速さの違いで最初の一〇〇メートルで先頭に立つ。ハイペースになる危険性もあったが、手綱を抑え、馬の気を害さないよう無理にスローペースに落とさず、平均ペースよりやや速いラップを刻んでいく。

それが郡司の感じたタイエリオットの理想的なペースだったようだ。直線でも手綱は持ったまま、気配で後ろの馬が来ていないことが分かっていたのか振り返らなかった。二着以下に十馬身差以上をつけた大差勝ちとなった。

ひと夏を越した馬の成長もあるが、新馬戦の松木より上手く乗った。血統的にはスピード色は高く、ダービーの二四〇〇メートルとなると注文はつくが、今日の内容なら来年の皐月賞は勝てる。

その前に十二月に組まれる朝日《あさひ》杯フューチュリティステークスとホープフルステークスという、二つある二歳のＧＩを勝つ確率は、ぐんと高くなった。

郡司にとっては毎日王冠に続く二つ目の重賞制覇となった。なかなか重賞を勝てず、同期にも先を越され、焦りもあっただろう。精神的に苦しい中、ひたむきに騎乗技術を磨いてきたジョッキーは一つ勝つと二つ目は早い。郡司の騎乗を見ていると、重賞でも平場と同じ自然体で構えているように見える。八宏もそうだし、松木にしても郡司の歳の頃は、あたふたしていた。

その二週間後の十一月の四週目、同じ郡司とのコンビで、タイエリオットに強力なライバルが出現した。

それが美也子のロングトレインで、外国人騎手が乗った新馬戦の内容から、圧倒的一番人気となった。

タイエリオットより血統表に中、長距離で活躍した国内外の名馬が多く入っていて、こちらは皐月賞よりダービー向きだ。

だが二歳馬はまずはペースに淀みのないマイル戦から競馬を教え込むのが美也子の考え方で、前週の一八〇〇メートルの二歳重賞でも勝負になったのに、ジャパンカップ当日の八レース、二歳一勝馬クラスの一六〇〇メートルの特別戦を目標に置いて調整していた。

十二頭立てと、二歳戦にしては比較的多頭数になったわりには逃げる馬がおらず、スタートが巧みな郡司のことだから、前めで競馬をすると八宏は見ていた。それがタイエリオットとは対照的に、郡司はロングトレインを馬群に入れた。

一枠二番。多頭数の内枠で馬群の中団となると、行き場を失って勝ち損ねるリスクはあるが、先々を考え、競馬を教えるという意味では馬群に入れるのは正解だ。

中団のインでじっとした郡司は、直線で内が空いたところを抜け出し、危なげなく勝利した。二着以下とは三馬身差、派手さはタイエリオットより劣るが、先に繋がるレースをしたという意味では、ロングトレインの方に分《ぶ》がある。大物感が漂う内容に、レース後にはマスコミが郡司を囲み、「タイエリオットと比較してどうですか」「クラシック候補が二頭になりますけど、どっちに乗りますか」などと質問攻めしていた。

余計なことを言うなよ、郡司。二頭とも別の馬主だし、厩舎だって違うんだからな。

遠目から八宏はそう願った。

——まだ二戦目ですし、二頭とも馬の能力で勝っただけで、僕は何もしていません。でも走る馬ということだけは間違いありません。伸びしろがすごくある馬たちなのでこれからの成長が楽しみです。

見事なまでの模範解答だった。

自分と一緒に戦いたいなどという言葉も言うべきではない。

次に誰を乗せるかを決めるのは馬主であり調教師だ。自分が乗るものだと先に発信すると、彼らはいい気がしない。

「河口さん、おはようございます」

この一カ月間に起きた様々な出来事を振り返りながら走り続けていると、ランニングタイツを穿《は》いた競馬好きだという年配のランナーが軽い足取りで、八宏を追い抜いていく。

我に返った八宏は、「おはようございます」と、自分よりはるかに美しいフォームで走るランナーの背に挨拶した。

中山競馬場に到着すると、タブレットを開いて、ＪＲＡのサイトで出走表を出す。今日の郡司は全部で九レース。午前中は第一、第二レースに騎乗予定だ。二頭とも人気は真ん中くらい、残念ながら勝ち目は薄いと八宏も見ている。

二頭とも松木なら乗るのは無意味だと断っていた。だが郡司に無意味なレースは一つもない。それでも第一、第二レースは引き受けるべきではなかったと後悔した。

レース前に発表された馬体重が、師走に入って気温が急激に下がったというのに、二頭とも十キロ以上減っていたのだ。

発汗の多い夏場の体重は気にしない。冬に減るということは、飼い葉食いが悪く、内臓の調子がよくないということだ。食欲不振は、脚や腰など下半身の痛みから来ていることもある。そうした馬はレース中に故障を発症しやすく、そうなればジョッキーが怪我を負う。

現役時は馬体重など気にならなかった。馬に跨れば、背中から伝わってくる気配から調子は把握できる。馬に乗らない今は数字ばかりが気になり、無事走ってくれよと安全面に気が走る。

第一レースは五着、第二レースは四着、八宏が考えていた以上の着順に郡司は持ってきた。冬毛に覆われた馬体は見栄《みば》えが悪く、次に頼まれたら断ろうと決めていたが、上位馬に入る賞金を得たことで、二頭とも調教師から「ありがとう、また頼むよ」と言われた。

「はい、よろしくお願いします。今日はありがとうございました」

次走を受けるか受けないかは頼まれてから考えればいいと、そこは礼を返しておく。

「河口さん、ちょっといいですか」

背後から声がした。振り向くとエージェントの穂村が気難しそうに顎《あご》に皺《しわ》を寄せて立っていた。

「どうした、穂村さん、そんな顔をして」

「ここではなんなんで、向こうでもいいですか」

他のエージェントがいたため、穂村はウイナーズサークルの隅へと移動する。エージェント同士が馬を回すこともルールで禁止されていて、こそこそ話はおかしな誤解を生みかねない。穂村の様子がいつもと異なるため、あとに続いた。

「どうしたんだよ、こんな場所まで移動して」

「言いにくいんですけど、松木さんから頼まれてエージェントをやることになりました。大宅さんが調教師試験に合格して、引退することになったので」

予想もしていなかったことに言葉を失った。が、表情には出さずに淡々と返す。

「言いにくくはないだろう。俺はもう松木とは関係ない。あいつには誰もいないわけだし、穂村さんもジョッキーの枠が一つ空いた。穂村さんがやってくれるのであれば、あいつも助かるんじゃないか」

救世主のように言ったが、言葉の真意は違う。欲深い穂村らしいと思った。

穂村が契約するジョッキーは全国リーディング二位の伊勢、五位の関根、それと見習い騎手で今は優香と一緒にリハビリをしている上茶屋だ。伊勢、関根に加え、そこに全国三位まで落ちたが、今年だけでGⅠを六勝している松木が加わる。

そうなれば、伊勢や関根が乗れなかった馬は松木に騎乗させ、他のエージェントに馬を奪われなくて済む。行き着くところ、三人プラス見習い一人というルールは、いいジョッキーをたくさん抱えているエージェントが有利な制度になっている。八宏の場合、郡司が乗れないと、優香が戻ってきても二年目の見習い騎手というわけにはいかず、その馬が穂村のような有能なエージェントに回ると、二度と戻ってこない。

策略家の穂村のことだから、ほとぼりが冷めた段階で、松木に声をかけようとタイミングを計っていたのではないか。

乗鞍が減ったことで、最近は暴力行為の話題も薄れていき、先週のジャパンカップを勝った後も、松木はファンからとくに罵声《ばせい》は浴びていなかった。

インタビューでも訊かれた質問に普通に答えていたし、その後の記者の囲み取材でも勝利に水を差すわけにはいかないと、記者は落馬事件には触れなかったようだ。

思い返せば松木はあの件について、メディアの前でひとことも謝罪もしていない。単にクエストボーイを応援しているファンに救われただけだ。

「松木さんも今回のことは反省しています。大変危険な行為だった、もう二度としないと僕に言いました」

「それならまず郡司に謝罪しにいくべきだろ。俺は郡司から謝罪を受けたとは聞いてないけど」

「それは郡司くんとはそれまでいろいろな経緯《いきさつ》があったからであって……」

「ほら、全然反省してないじゃないか」

そういうと穂村は唇を嚙み、眉間《みけん》に皺を寄せた。しばらく不穏《ふおん》な時間が続く。

「それでしたら、松木さんに言って、河口さんにお詫びをさせにいきます。松木さんも、自分がここまで来られたのは河口さんと二人三脚でやってこられたからだと、感謝していますから」

「いいよ、そういうお上手は」

「本当に言ってるんですよ」

「だとしても俺より、郡司に謝罪する方が先だ」

また穂村は黙った。松木は郡司には謝罪したくないのだろう。それができないのでは、なにも解決しない。

そう考えながらも、俺はなにを余計な口出しをしているのかと、自分に問い詰めた。

自分に松木を裁く権利はない。穂村がエージェントになることを許可する立場にもなく、JRAが戒告処分にした段階で、この件は一件落着したのだ。

社会的制裁、禊《みそぎ》といったことも八宏には関係ない。

松木には一生、暴力ジョッキーというレッテルが付いて回るだろうが、クエストボーイで勝ったように批判を覆《くつがえ》す活躍をして、カッと血がのぼる性格を直すよう努めれば、以前のようにいい馬が集まる。それを手助けしようとしている穂村に皮肉を言うとは、これではまるで松木に関わるなと穂村に強制しているみたいだ。

「ごめん、すべて余計なことだった。今日言った話は全部忘れてくれ」

「えっ、あっ、はい」

八宏が急に態度を変えたので穂村は戸惑っている。

「松木は懐《なつ》かない猫みたいな性格で、けっして行儀がいいとは言えないけど、それは最初にデビューした厩舎で、まったく馬に乗せてもらえず意地悪をされたせいなんだよ。俺は現役の頃から、この男は寂しがり屋なだけで、誰かの助けがあれば俺なんかよりはるかに勝てるジョッキーになれると思っていた」

幼い頃に虐待《ぎゃくたい》に遭《あ》った子供と同じで、人間形成ができていない見習いの時に厩舎のスタッフから冷たくあしらわれると、ジョッキーは人を信じられなくなる。思い返せば八宏に頼んできた時の言葉も、「本気で俺を守ってくれるのはこういう人なんだな」だった。

「本人が反省しているなら、それで終わりでいいんじゃないのか。郡司への謝罪はあいつが本心から謝る気になってからでいいし、まして俺に謝る必要はない。二度とあのような事件を起こさないよう、穂村さんが常日頃から言ってくれれば、松木だって自制するだろう。今回のことで干されて、相当堪《こた》えているだろうし」

「河口さんにそう言ってもらえると、僕も気兼ねなく松木さんのために馬を集められます。ありがとうございます」

「だから俺に礼なんか要らないんだって。俺と穂村さんはライバル関係なわけだし」

実際は、戦っているのはジョッキーであり、ライバルという意識もなければ、穂村の担当ジョッキーより郡司を上位にしたいと考えたこともない。

それより八宏たちが馴れ合えば、馬を譲り合うなど、おのずと貸し借りが生じ、協議を重ねて構築されたエージェントシステムが根本から崩壊する。

ジョッキーに限らず、競馬に関わる者の戦いはつねにフェアであるべきだ。

「そうですね、郡司くんがすごい勢いで勝ちまくっていますし、僕も伊勢さんや関根さんが乗っている馬を、郡司くんに取られないよう頑張ります」

「それだと俺が奪ってるみたいじゃないか」

「すみません、失言でした」

「実際はそういうこともあるよな。まったく因果《いんが》な商売だよ」

談笑で終えたせいで、穂村は厳しかった顔を戻して引き揚げたが、八宏の胸中はもやもやした。

松木はなにを思って穂村と契約したのか。

手が届きかけていた全国リーディングが難しくなり、もう一度来年チャレンジするには穂村の力を借りるしかないと思ったのか。それとも穂村ならこれまで以上に勝てるという、八宏への当てつけか。そうなると穂村が話した松木の反省の弁はすべて嘘だと感じる。

鬱屈《うっくつ》した気分でレースを見ていたが、灰色の心が突如として澄んだ。八レース、九レースと郡司が連勝。八レースは十番人気、九レースはブービーの十四番人気で、単勝万馬券になった。

これで郡司の単勝回収率は百三十パーセントを超えた。郡司の馬の単勝だけを買い続けているファンがいれば、それだけで三十パーセント儲けたことになる。

グリーズマンや松木、伊勢、関根といった上位ジョッキーの馬は毎回人気になるため、単勝回収率は概《おおむ》ね百パーセント以下だ。グリーズマン、松木が七十三パーセント、伊勢六十六、関根五十七パーセント……。

不人気馬が勝利した時、エージェントは自分の見る目が証明されたようで、一番人気で勝つより誇らしい気持ちになる。

「郡司、すごいな、今日の馬質で二つも勝つとは……とくに九レースは驚きだよ。ありがとう」

最終レース後には検量室前まで言って、郡司に礼を言った。

「なに言ってるんですか、勝つと思って、選んでくれたんでしょ？」

「そうなんだけど、勝つと思ったのは俺の妄想であって、実現させたのは郡司の腕だ。人気のない馬で勝ってくれれば俺の評価まで上がるから、やっぱりありがとうだ」

松木が勝っても当たり前のように振る舞っていた八宏が、いつになくはしゃぐものだから、周りの関係者も怪訝《けげん》な目で見ている。

「ちょっと喜び過ぎた。いつも言っている冷静さを俺が失っているな」

「いいえ、クールな八宏さんにそこまで喜んでもらえて、僕も激アツになりました」

郡司は最後まで大人の対応だった。

14

あくる日の日曜日には、中京競馬場で秋のダート王を決めるＧⅠ、チャンピオンズカップが行われた。

当初はそれほど人気がないものの、継続騎乗している馬に松木が騎乗する予定だったが、事件の影響で、短期免許を取得した外国人騎手に乗り替わっていた。

もっとも松木と契約したままでも、八宏は名古屋には行っていない。

自分はマネージャーではない。鞍の管理などはバレットと呼ばれる世話係が行っている。自分の仕事は、ジョッキーが負けた悔しさの中に埋もれても、来週、再来週には勝てる馬がいると前向きになれるよう、いい馬を用意してあげることである。

八宏には早めに片づけておかないといけない仕事があった。

それは二戦目を大物感たっぷりのレースで快勝したタイエリオット、ロングトレインの次走についてだ。同じレースで重ならないよう、平石と美也子という小川厩舎に所属していた、勝手知ったる二人に使い分けを頼まなくてはならない。

郡司が騎乗して、文句のつけようのないレースで快勝した二頭は、メディアからは来年のダービー候補と呼ばれている。

競馬サイトの二歳馬番付ではタイエリオットが東の横綱、ロングトレインが西の横綱に置かれていたが、それは着差や勝ち時計がタイエリオットの方が際立っていただけで、八宏の中では二頭は同レベル。平石も美也子も有能な調教師だから、二頭はこの後も同じような成長曲線を辿っていき、どちらがクラシックホースになっても不思議ではないと感じている。

その二頭の次走候補が二つある。いずれもGⅠ競走で、一つが二週間後に阪神競馬場で行われる朝日杯フューチュリティステークス、もう一つが三週間後、有馬記念後の年の暮れの平日、今年の中央競馬の最終日に行われるホープフルステークスだ。

朝日杯フューチュリティステークスは歴史ある二歳馬の王座決定戦である。ただし一六〇〇メートル戦であるため、二〇〇〇メートルの皐月賞、二四〇〇メートルのダービーに直結しないと、回避する有力馬が増えてきている。そのため皐月賞と同じ中山二〇〇〇メートルの舞台で行われていたホープフルステークスが、GⅠに昇格した。

体型でも胴がやや詰まったタイエリオットはいかにもスピードタイプで、ダービーより皐月賞の方が適している。皐月賞を目指すなら距離を延ばした方がいいが、平石の性格だと、この時期に距離延長して馬を戸惑わせることはないと、間違いなく朝日杯を使うはずだ。

対照的にロングトレインは胴長で、中長距離タイプの体型をしている。本来ならデビューから二〇〇〇メートルを使って、ダービーを目標にする。

だが競馬の基本はマイルにあると思い定めている美也子は、これまでも二歳で二〇〇〇メートルを使ったことがない。それは二歳の二〇〇〇メートル戦と、三歳以降のそれとではペースがまるで違うからだ。

二歳馬同士だとスローペースになって、上がり三ハロン（六〇〇メートル）だけの競馬になりがちだ。実際、ホープフルステークスと皐月賞とでは四カ月しか実施時期が違わないのに、ホープフルの勝ち時計は二分一秒から二秒。それが皐月賞となると二分を切り、一分五十七秒台という高速決着になる年もある。最大五秒、コンマ二秒で一馬身と言われている競馬で五秒となると、二十五馬身も違いがある。同コース、同距離で行われても完全な別ものだ。

美也子は、郡司を乗せるためにホープフルを選んでくれると信じている。どうしても朝日杯を使うつもりなら、タイエリオットもいることを考慮し、「どっちに郡司くんを乗せるか八宏が決めてくれる」と先に相談にきているはずだ。

反して美也子との昔の関係を知っている平石は、ロングトレインに郡司を譲り、別のジョッキーを探しているかもしれない。

朝日杯で勝つ公算が大きいのはタイエリオットだと思っているだけに、平石が余計な気を回す前にタイエリオットの確約を取り、その後に美也子にホープフルを使ってくれと頼もうと考えていた。

中山競馬場に到着し、美也子と平石を探した。成瀬厩舎の馬は一レース目から出ていて、減量特典のある若手を乗せて勝利したが、ウイナーズサークルに美也子の姿はなかった。

そうだった。人気はないものの、夏から一着、三着、一着と成績をあげてきた成瀬厩舎の馬が、チャンピオンズカップに出走していて、美也子も中京競馬場に行っている。

第三レース、パドックから戻ってくる平石を見つけた。平石の方から「八宏、タイエリオット、朝日杯使うぞ」と言ってきた。

それは分かっていたことだ。問題は乗り役である。

黙っていたのが逆に平石を心配させた。

「もしかして郡司くん、乗れないのか」

「とんでもないです。タイエリオットに乗りますよ。彼も手応えを摑んでますから」

「それは良かった。郡司くんには成瀬のところのロングトレインもいるからな。あっちは血統的にホープフルだけど、成瀬は二歳戦で二〇〇〇は使いたがらないから心配してたんだよ」

「彼女が二歳のうちに二〇〇〇を使ったのは過去に一度もないですけど、タイエリオットの前走を見たら、同じレースは避けたくなるんじゃないですか」

「まさか。成瀬は戦う前から弱気になったりしないだろう」

平石も長く一緒に仕事をしてきた美也子の性格を熟知している。

仮にマイル戦ではタイエリオットの方が上だと見ていても、タイエリオットと戦うことで馬に自分より強い馬がいることを教え、これまで遊びながら走っていたロングトレインを本気にさせる、そう前向きに考える。

美也子がどうしても朝日杯を使うと言った時は仕方がない。今の八宏の目先の目標は郡司にGIを勝たせること。朝日杯の郡司の騎乗馬はタイエリオットに決まったと正直に伝えるしかない。

　しかし八宏が郡司を空けておいてくれると思いこんでいたら、美也子はこれから二週間余りで新しいジョッキーを探さないといけない。早く電話で伝えようかと思ったが、今日は大切なＧⅠの日だ。美也子は何度も厩舎を往来して、様子をチェックしているだろうと、電話するのはやめた。

　この日の郡司は絶好調で、午前中だけで二勝、午後も七レースを勝利した。うち二頭は一番人気、単勝回収率は低くなるが、関係者やファンが勝てると思っている馬をきっちり勝たせるのがトップジョッキーとしての信頼度に繋がる。

　以前の郡司だと、人気があるときれいに乗り過ぎて、ベテランジョッキーにマークされていることにも気づかず早めに先頭に立ち、ゴール前で計ったように差されることが多かった。

　今は周りがよく見えていて、前後の馬を比較して、後ろに馬が控えている時は仕掛けを遅らせるし、先行馬の勢いが止まらないと見ると早めに動いて、前の馬を粘らせない。

　郡司の馬を集め始めた頃、「レース中になにを一番考えたらいいですか」と訊かれた。その時には「馬と呼吸を合わせることが一番大事だけど、それだけではトップジョッキーには勝てない。できるだけいいジョッキーの傍で競馬をして、その動きをよく観察するんだ。そのうち彼らの考えていることが見えるようになる」と話した。今の郡司は、八宏が三十過ぎて習得したジョッキー同士の心の覗き合いまでこなせる。

　相手のジョッキーが嫌がる騎乗が顕著《けんちょ》に見られたのが、九レースの二歳特別戦、芝二〇〇〇メートルのレースだった。

一番人気になったのが、チャンピオンズカップの騎乗馬から降ろされた松木が乗るシオサイだった。クエストボーイと同じ馬主で、プラチナセールで四億五千万円もした高額馬だ。

その馬主は落馬事件の後、スポーツ紙のインタビューに「松木くんがしたことは許されない。本来ならクエストボーイの鞍上も替えるべきだが、引退レースのジャパンカップで馬が戸惑わないために断腸の思いで継続騎乗を決めた」と話していた。勝てばすべて流れてしまうのが勝負ごとでもある。八月の新潟での新馬戦を勝って以来、四カ月ぶりとなりながらも一番人気に推されたシオサイにも、馬主は松木を継続騎乗させた。

郡司は十四頭中、七番人気のマッカワプリンスに騎乗した。三戦目の未勝利を勝ったばかりで、シオサイと比較すれば潜在能力で圧倒的な差がある。

そのレース、一番枠を引いた二番人気の関西馬が逃げに出た。松木のシオサイは五番手のイン、その隣をマークするように郡司がつけている。三コーナーを過ぎてもポジションは変わらなかった。

——郡司、いいポジションだ。松木が仕掛けるまで追い出しを待てよ。

ターフビジョンで観ながら拳を握りしめる。

二歳の二〇〇〇メートル戦らしく、超スローペースで四コーナーを回る。

シオサイ陣営としては確実に二勝目を挙げ、年明けのどこかで重賞を使って、皐月賞から始まるクラシックに向かいたいはずだ。新馬戦の内容だけで比較するとタイエリオットやロングトレインに及ばないが、セールで高額取引された良血馬とあって、馬がこれから変わっていく奥深さは感じる。

陣営の思いが分かっている松木も、是《ぜ》が非《ひ》でも勝ちたいと必死に抜け場所を探しているが、二番手に付けた馬が前に、隣に郡司の馬がいて、抜け出すスペースを見いだせないようだった。

直線、坂の途中まで来て、下がってきた二番手の馬の内をつき、馬込みを抜ける。まだ逃げ馬の脚は衰《おとろ》えない。それどころか外で蓋をしていたマツカワプリンスの方が前に出ている。

そこから先、松木の激しいアクションに合わせるようにシオサイは追い込んでくる。どうにかマツカワプリンスはかわしたが、逃げ馬にアタマ差届かず、大事なレースを取りこぼした。

場内は一番人気馬が負けたことで騒然となった。八宏はシオサイより、マツカワプリンスに乗る郡司に目が釘付けになった。

郡司のフォームはジョッキーの教科書通りだが、これまでは追い方に迫力がなく、僅差で負けると腕力不足のように見られていた。

現役時代の八宏もそうで、馬に乗るには力で動かすより、いかに馬への当たりを優しくして落ち着かせ、直線まで脚を溜めるかの方が重要なのだが、馬券を買っているファンにしてみたら、もっと力一杯追えよとネガティヴな印象が残る。

それがこの日の郡司は、大きなアクションで追う筋肉質の松木に負けないほどの力感のあるフォームで、マツカワプリンスのストライドを伸ばした。

「郡司、よく三着に持ってきたな。いいレースだった」

検量室の外で会話する。

「この馬走りますよ、この前の未勝利より調子がよくて、走るたびによくなっています。僕は勝ったと思ったくらいですから。取りこぼしです」

複勝でも六倍ついたというのに、郡司は自分より馬の能力を称えた。

「次は来年ですかね」

「年明けに芝の二〇〇〇の特別戦があるから、そこじゃないかな」

「来年の一勝目はこの馬でいただきですね」

手応えを摑んだのか、郡司は顔を綻ばせた。

クラシックにいくほどの素質はないが、タイエリオットやロングトレインに次ぐ位置づけにいるシオサイを追い詰めた。厩舎関係者の郡司の評価はさらに上がったはずだ。

次の十レースも郡司には騎乗馬があるため、八宏は立ち去ろうとした。

「おい、郡司」

聞き覚えのある声が郡司の横から聞こえた。松木だ。

「おまえ、競馬をする気があるのかよ、いったい誰と勝負してんだ」

圧倒的一番人気で二着に敗れたことに、松木が郡司に言いがかりをつけてきた。

「僕は勝つために乗っただけですよ」

郡司も負けていない。

「違うだろ、おまえは俺に勝たせないために乗っていた。たまたま三着に来たが、俺を勝たせないためなら、大負けしても構わなかったんじゃねえのか」

「おい、松木、なに、いちゃもんつけてんだ」

黙っていられなくなった八宏は、松木に詰め寄った。

「八宏さんは黙っていてください。これはジョッキー同士の問題なので」

あんたはもうジョッキーじゃない、そう言われたようで、余計に八宏の怒りが増す。

「俺は郡司のエージェントだ。俺にも口を出す権利はある」

「だったら言いますけど、こいつ、道中、ちらちらと横目で俺を窺っていたんです。俺が前に出ようとしたら、こいつも前に出る、俺が引くとこいつも引く。こう言うのも癪《しゃく》ですけど、こいつが普通のレースをしていたら、俺の馬かこいつの馬のどっちかが勝っていましたよ。あんなへなちょこな逃げ馬に残られることなんてなかったです」

確かにそうした動きは双眼鏡で二頭を凝視《ぎょうし》していた八宏の目にも随所で映った。

それも戦術だ。郡司が大敗したのならまだしも、郡司は一番人気の松木の馬のそばにいることで、松木の脳内を読んだ。その結果、人気のなかったマツカワプリンスを三着まで持って来た。文句を言われる筋合いはない。

「郡司がチラチラ見ていたのに気づいたということは、おまえだって郡司を見てたんだろ」

「そりゃ、こっちは狭いところに入ったわけだから」

「だとしたら、そのポジションに入ったおまえの責任ではないのかよ」

「それは……」

「俺はおまえと関わるようになった最初の頃、言ったはずだ。ジョッキーは負けた時にどのように振る舞うか、負け様《ざま》を見られているんだと。今日のおまえは最高にかっこ悪い」

危険な騎乗はするなと同じくらい、初期の頃はよく注意した。

「すみません、僕はそろそろ次のレースがあるので」

郡司が歩き出そうとした。十レースの準備の時間だ。前のレースに騎乗したジョッキーはパドックで乗らなくてもいいが、本馬場入場前には馬に跨っていなくてはならない。

「待てよ、郡司、まだ話が終わってない」

体ごと向けて、松木は止める。

「いい加減にしろ」

八宏が怒鳴ったことで、松木は唇を嚙む。

睨みつけてきたが、そのまま引き下がった。

15

火曜日の乗り運動が終わると八宏は成瀬厩舎に向かった。

水曜、木曜の追い切り後は、強い運動をしたあとのケアでどこの厩舎も忙しいが、火曜日もまた、明日、明後日の追い切りでどれだけの負荷をかけるか馬の状態を見極める大事な日である。調教師に休む時間はない。

競馬は人生の縮図であり、ゴールまで結果不明、その道中に全力を尽くす——若い時分に師匠から教わった言葉だ。

人が馬に教えるだけではない、馬からも教わる。だからその学習は永遠に続くと言っていい。美也子を見ていると、師の言葉通りに人生のすべてを競馬に捧げようとしているように見える。

厩舎に近づくと、美也子が背を向けてスタッフと会話をしていた。

八宏が成瀬厩舎に来た目的は、ロングトレインをホープフルステークスに使ってもらうよう頼むこと。

日曜のメインレース後に伝えるつもりだったが、中京のチャンピオンズカップ、オープン特別を勝ったばかりで人気がなかった成瀬厩舎の馬は、勝ち馬から半馬身差の二着に入った。惜しかったなと言うつもりで電話をかけたが、彼女は電話に出なかった。おそらく馬主と残念会を開いていたのだろう。月曜は別の馬主と北海道に行くと事前に聞いていた。

美也子自身はまったく歓迎していないが、マスコミから新進気鋭の美人トレーナーなどと書かれ、新しい馬主から「うちの馬を預かってほしい」「一緒に馬を買いに行ってほしい」とオファーがひっきりなしに届いている。

余計な電話をして、いざ高い馬を買おうとしている気難しい馬主の気を削いだら申し訳ないと、メッセージを送るだけにした。《チャンピオンズカップは惜しかったな、一瞬勝ったとは思ったけど。夏場はフラフラ走っていたあの馬をあそこまで仕上げるのだから、さすがだ》と送ると、美也子からは少し時間を置いて《ありがとう》と短い返信が届いた。電話しなくて正解だ。馬主との付き合いに大忙しだったようだ。

「成瀬先生」

スタッフとの会話を終えたタイミングで声をかけた。美也子が顔をしかめた。なにか嫌な予感はしたが、彼女はすぐに口角を上げた。

「八宏、ずっとそこにいたの？　それなら遠慮せずに声をかけてよ」

「打ち合わせいいかな」

「中に行きましょうか」

美也子は厩舎の馬房を挿《はさ》んで左端にある調教師室へと向かう。馬房の右側は従業員用だが、左側は調教師が事務作業をできるよう連棟式建物のようになっている。

昔はほとんどの調教師がここで暮らしていた。小川の晩年あたりから、多くの調教師が外に自宅を持つようになり、トレセン内で生活している人はほとんど見かけなくなった。美也子もトレセン近くのマンションから通っている。

「メールにも書いたけど、チャンピオンズカップは見事だったな。ダートは走るとは思っていたけど、ＧⅠで二着に来るとは思いもしなかった。こんなことなら、芝からダートに転向して美也子に頼まれた時、うちのジョッキーを乗せるべきだった」

頼まれたのは四月、古馬一勝クラスの午前中のレースだった。郡司は決まっていたが、松木は空いていた。

その馬は芝で二桁着順続き、ダートに転向しても一変することはないだろうと断った。実際、そのレースでは郡司の馬が八着、美也子の馬が九着と、五十歩百歩だった。それが次のレースで勝ち上がってから、瞬く間にGⅠ級に出世したのだから馬は分からない。美也子はその一勝クラスで騎乗した郡司より勝ち星が劣る、中堅ジョッキーを継続騎乗させている。

「昨日はたまたまよ、展開が嵌《はま》っただけ」

謙虚な返答だったが、これもいつもの美也子だ。勝ってはしゃいでいる姿は見たことがない。

「俺に見る目がなかったのは事実だよ。さすが成瀬先生だと感心した。郡司が乗っていたら、彼はバーミングフェアに続いて二度目のGⅠ二着を経験できたんだから」

今度は返事すらなかった。勝負事にタラレバは禁物だ。美也子にしても今のジョッキーが結果を出している以上、郡司だったら勝っていたなどと口にしたくないのだろう。

中に入ると、使っていない部屋の肌寒さを感じた。

「ストーブつける？」

奥は畳部屋と台所になっているが、手前は土間で、美也子はそこに机を置き、馬の管理ノートや預託契約書、馬主への月々の請求書の送付などをやっている。

「大丈夫だよ、聞きたいことは一つだけだから」

立った姿勢で言った。信じていた。だが一抹《いちまつ》の不安がこの二日間、八宏の胸の中をざわつかせていたのは事実だ。

「ロングトレインならホープフルを使うわよ」

「本当かよ、ありがとう」

すぐさま声が出た。そこで美也子の表情が曇った。

「だけどジョッキーは松木くんで行く」

思わぬ言葉に耳を疑う。

「どうしてだよ。前走、郡司が乗って完勝だったじゃないか」

勝ったのは馬に力があったからであり、美也子たち厩舎スタッフが能力をフルに発揮できる状態まで仕上げてくれたからだ。力の差が顕著に出る二歳戦では、ジョッキーは邪魔をしないように乗ったに過ぎない。その邪魔をしないで乗ることからして、昨日、一昨日《おととい》にジョッキーになった者には難しい。

「郡司くんにはタイエリオットがいるからいいじゃない。あの馬、相当強いよ。朝日杯は勝つだろうし」

来年のクラシックでかち合うことを心配しているようだが、ここで引き下がるわけにはいかない。

「来春まで二頭とも無事な状態で行けるかどうかは分からないだろ。今、この場で俺は皐月賞もダービーもロングトレインに郡司を乗せるとは約束できない。クラシックまで四カ月もあるのに、この時期にどちらか一頭を選ぶのが難しいことは、美也子にだって分かるだろ」

自然と「美也子」とプライベートの呼び方に変わっていた。

郡司に乗せていた馬が大レースの直前でトップジョッキーが空いたからと、乗り替わりを決めることは多々ある。

平石にしても、今は八宏と郡司を信頼してくれているが、皐月賞までの行程で郡司がミスをして、その時、グリーズマンや伊勢といったトップジョッキーに乗り馬がいなければ、騎乗交代を告げてくるかもしれない。

信頼を積み重ねていくのは一歩ずつだが、崩れるのは一瞬だ。

レースが被るなら仕方がない。だが朝日杯とホープフルと使い分けが決まったのだ。来春のことを今、考える必要はない。まして乗り替わりの相手が松木ということが、八宏には納得がいかない。

「先のことを考えるなんて美也子らしくないよ。冬を越して成長する馬もいれば、伸びない馬もいる。美也子のことだからロングトレインの成長を阻害しないように、これからもしっかり育てていくだろうけど、俺だって皐月賞の前になって、ロングトレインの方が勝てる確率が上だと思ったら、平石さんに謝って、タイエリオットは辞退するよ」

「違うよ、八宏がロングトレインの方が上だと判断していても、私は郡司くんには頼みたくないと思ったの」

「なんだよ、郡司がなにかしたのか」

「あの子、私の指示に従わなかったのよ」

「従わなかったって、前走でか」

「そう。あの馬の腰にはまだ甘さがあるし、負担をかけたくなかったから、私は逃げてと言ったの。一枠二番と内枠だったし、ゲートは速い馬だから。それなのに彼は意図的にゆっくり出して、結構厳しい競馬をさせた。あんな狭いところをついて、他の馬に接触していたら、ホープフルどころかクラシックも諦めなくてはならなかったかもしれない」

「そんなこと、美也子はレース後、俺にひと言も言わなかったじゃないか」

美也子におめでとうと祝福すると、彼女はありがとうと答えた。ただ思い返すと、レース後の表情は硬かった。

「本人に確認したかったのよ、どうして指示通りのレースをしてくれなかったのか」

自分はエージェントであって、レースが始まれば門外漢だ。レース前後の話し合いには、入らないようにしている。

「郡司はなんて答えたんだ」

「ゲートで隣の馬がごちゃついていて、思ってたようにスタートを出られなかったと言ったわ。だけどビデオで何度も確認したけど、両隣とも落ち着いていた。二人とも関西のジョッキーだったから、一昨日、中京で訊いたけど、二人の馬はチャカついていなかった。一人は、郡司くんは最初からゆっくりゲートを出したように見えたと言ってた」

「どうして郡司は美也子の指示を無視してまでそんなレースをしたんだよ」

それを訊くのが、八宏の本来の役目だ。だが美也子がどう思っているかを知りたかった。

「タイエリオットが逃げ馬だからじゃない。ロングトレインも同じ脚質にしたくなかった。クラシックで対決することになったら、逃げ馬同士では共倒れになるでしょ。どっちに乗ってもいいように考えたんじゃないの」

「そんな高度なことを考えるか。あいつは重賞だって今年やっと勝って、ＧⅠは勝ったこともないんだぞ」

「私だってまさかと思ったから八宏に言わずに自分で調べたのよ。そうした理由がなければ、なんであんなレースをしたの？　私が教えてほしいくらいよ」

ロングトレインに才能があるから、将来を見据えた競馬をしたかった——そう思うのが自然だ。

ただしそれを実践するのは、調教師からなにも言われなかった場合である。逃げろと言われたら、出遅れたり躓いたりしなければ、その通りに乗らなくてはならない。

「さっき、ロングトレインの腰に甘さがあると言ったけど、そのこと郡司には話したか」

「言ったもなにも、彼の方から最終追い切りに乗った後、まだ腰がフラフラしていますねって言ってきたんだよ」

「本当かよ」

それが分かっていてどうして厳しいレースをしたのかが理解できない。今すぐにでも郡司を呼んで問い詰めたい。

「郡司が指示を無視したことは俺からも謝るし、あとで郡司に謝罪に行かせる」

「いいわよ、謝罪なんて。乗り替わりを決めた以上、私だって顔を合わせづらいし」

頑固な美也子の性格では、今から郡司に謝らせても方針は変えない。だが今は郡司のことではない。

「だからって松木はないだろ。郡司に大怪我させようとしたジョッキーだぞ。美也子だって、あの事故の後、松木に用意していた馬を全部、替えたじゃないか」

その一頭がロングトレインだった。

「穂村が頼んできたのか。松木を乗せろ、郡司と違って、松木なら指示通りに乗るって」

あざとい穂村なら美也子が不満に思っていることをどこからか聞きつけ、真っ先に売り込みそうだ。

「穂村さんから連絡はあったわよ。もし空いていたらお願いしますと言っただけで、松木くんの名前も出していない。彼に聞いたところ、伊勢くんも関根くんもまだホープフルの騎乗馬は決めていないって言ってたから」

「その二人のどちらかでいいじゃないか。美也子だって、松木のしたことは許せないと思ったからこそ、事件の後に騎乗予定を変更したんだろ」

勝利より馬や人の安全を第一に考えて厩舎を運営してきた小川の弟子だ。他の調教師が禊《みそぎ》は済んだと許しても、美也子は二度と松木は乗せないと思っていた。

「松木くん、あの事故があった翌日に私のところに謝りに来たわよ。昨日は大人気《おとなげ》ないことをして、申しわけなかったと」

信じられなかった。郡司どころか八宏にもひと言も詫びなかった男が、なぜ美也子には謝罪する。

「その顔は信じてないわね」

「信じてるよ。それはロングトレインに乗りたかったからだろう」

あの事件がなければ、タイエリオットとロングトレインの二頭は無条件で松木に任されていた。

そういうことなのだ。スピードタイプのタイエリオットと違い、ロングトレインは奥が深くダービーまで狙える。松木はそう感じていたからこそ、美也子の前だけでいい顔をした。だがその予想も裏切られる。

「うちだけじゃないわ。他の厩舎にも一軒ずつ、このたびはお騒がせしましたと回っているはずよ。平石さんのところにも行ったと聞いてるよ」

平石厩舎の馬のジョッキーを落として放馬させたのだから謝罪するのは当然だが、平石もあの事故以来、松木を乗せていない。

「謝って回ったのは、穂村に言われたからだよ。俺が切って、松木は穂村に頼んだ。穂村は各厩舎に謝罪しないと、いくら自分が依頼しても馬は集まらないと説明した」

そうとしか思い当たらない。

「先輩の八宏に言われたのならそうかもしれないけど、鼻っ柱の強い松木くんが、年下の穂村さんに言われて謝りに行くわけないじゃない。三年もやったんだから彼の性格は分かってるでしよ」

「そりゃ……」

言葉が続かない。松木はそういう男だ。自分が悪いと思ったから謝ったのであって、正しいと思っていれば八宏が言っても従わない。

「だとしたらどうして郡司には謝りに来ない」

「それは……」

今度は美也子が言い淀んだ。

「なんだよ」

「二人の間でしか分からないなにかがあるんじゃないかしら。うちの馬でも一度、郡司くんが松木くんの馬に接触したことは話したよね、獣医さんに診てもらった馬よ」

「あのレースならビデオで確認したし、その後、郡司にも聞いた。郡司は馬が制御できなかったと申し訳なさそうにしていたよ」

「私にもそう言ってたけど」

郡司はうわべだけで謝罪の弁を述べたとでも言いたげだ。松木と郡司がけっして良好な関係ではなかったのは事実なので、それ以上、郡司への謝罪にこだわるのはやめた。

「郡司に恨《うら》みがあったとしても、俺には謝ってきてもいいだろう。俺は松木を怒らせた記憶はないぞ」

「それはなんとなくわかるわ」

迷いのない顔で美也子は八宏を見た。

「なんだよ」

「言っても無駄だと思ったからじゃない」

「あいつが落としたんだよ、言い訳しようがないだろ」

「あのことについては百パーセント、松木くんが悪い。私も否定しないよ。でも人間は誰だって過《あやま》ちを犯すのよ。私は、あのプライドの高い彼が頭を下げたことで、あの件は水に流したつもり。ＪＲＡから制裁を受けたし、乗り数も減って、リーディングもグリーズマン、伊勢くんに抜かれたわけだし」

「制裁たって、たかが戒告だよ」

「しょうがないじゃない、主催者が決定したんだから」

「美也子たち調教師に謝っても、俺は松木が郡司に謝るまでは許さない」

「そのうち謝るんじゃないかしら」

なに甘いことを言ってるんだ。松木の性格が分かっているのか。あやうく声を荒らげそうになるが、口にするより先に「本当に自分が悪いと思ったらだけど」と美也子が補足した。

ほら、みろ。美也子だって松木に謝る気がないことは分かっている。美也子は百パーセント松木が悪いと言った。それなのにたかが詫びに来ただけで、松木と新コンビを組ませることを決めた……。

所詮、美也子もクエストボーイの馬主や調教師と同じで、フェアプレーより勝利優先なのだ。

それは師匠の教えではないだろう、そう諭したかったが、口にすることすら馬鹿らしくなった。今後、美也子のように松木を乗せる調教師や馬主が増えていく。未熟なジョッキーの不祥事は永遠について回るのに、上位クラスのジョッキーのそれは、やがて風化される。それが社会の現実だとしても八宏は歯痒《はがゆ》い。

松木が謙虚な姿勢を示し、他の調教師が次々と許した上で、美也子も同意したのならまだ納得する。松木は相変わらず負けた腹いせに、郡司に難癖をつけてきた。

なぜか美也子と暮らしていた頃を思い出した。

よく小さなことで言い争いをした。

ドラマを観ていて、八宏が「この子、演技力出てきたな」と褒めると「そうかな、私にはわざとらしく見えるけど」と言われたり、食べに出掛けた寿司屋で「おいしかった」と言うと、「私は前の店の方が良かった」と気分を削ぐようなことを言われたり。

それは八宏も同じだった。レースで負けた後、彼女からよく頑張っていると慰められたら「頑張っても勝たなきゃ意味ないよ」と意固地《いこじ》になり、「こうしていたら良かったのに」と指摘されると「調教しか乗っていない人間には分からないよ」と、調教助手には身も蓋もない言葉でやり込めた。

結婚しなかったのは彼女にその意思がなかっただけではない。

小さな皹《ひび》が、いつしか修復不可能な大きさまで広がったからだ。

人には、寄り添ってくれる大切な人をほしいと思う反面、一人になりたくて放っておいてほしいと思い、築き上げた関係を粉々に壊そうとする無意識の本能がある。そんな複雑な心理を彼女と過ごした六年で学んだ。

これ以上、美也子を説得するのは無理だ。

だがこれまで自分の担当するジョッキーの勝利数を増やしてこられたのは、美也子や平石をはじめとした八宏を信頼してくれる調教師がいたからだ。ロングトレインのジョッキーがチェンジされたからといって、成瀬厩舎と縁を切るわけにはいかない。

「分かったよ。ロングトレインに松木を乗せるのも納得した。郡司には注意して、今後調教師の指示には従え、もし従えなかった時は、なぜそうなったかレース後にきちんと説明しろ、そう言って聞かせる」

郡司は美也子に、両隣の馬がチャカついてと嘘の言い訳をした。律儀《りちぎ》で誠実な男が適当な言い訳でごまかすとは信じがたいが、美也子の柳眉《りゅうび》を逆立てた顔に、思わず口から出たのかもしれない。これも人間が犯す過ちだ。

「これからも美也子が見て、郡司にふさわしいと思う馬がいたら、彼に乗せてあげてほしい」

断られるかと思ったが、「もちろんよ。私は引きずったりしないから」と言われた。

「それと年明けからは優香が復帰する。トレーニングを積んで復帰を待たせたくらいだから、初《しょ》っ端《ぱな》から百パーセントの状態で乗れる。彼女の分も頼む」

「言われなくてもこちらの方から、軽いジョッキーがいい馬の時は彼女に頼むよ。優香ちゃんが乗れることは分かっているし、私と八宏の関係はこれまでと同じだから」

これまでと同じ――今までなら同志のように感じた語句が、どこか他人行儀に聞こえた。

16

いつもは水曜日の追い切り後に集まることにしているミーティングだが、この週は火曜日の馬場開場の一時間前に行った。

今日から、怪我でリハビリをしていた宇品優香が朝の乗り運動に復帰することになったからだ。

理学療法士の青柳の指導で筋力系のリハビリをしながら、乗馬クラブで馬には乗っていたが、競走馬に乗るのはおよそ三カ月ぶりだ。

レースに乗るのは年明けから。一カ月も先であるため、八宏は仕上がり途中の馬を探して、厩舎に用意してもらった。その馬の出走予定はまだ一カ月ほど先で、放牧先から戻ったばかりだ。それくらいの馬だと、優香が実戦に復帰する時期と重なるため、あわよくば復帰週に乗せてもらえるかもしれない。

優香には昨日の電話で、無理することはないと伝えた。「だけど丁寧に乗ってくれ。宇品優香の持ち味は、細かいところまで気が利いて、馬を気持ちよく走らせることだから」と。

以前は八宏の姿が遠くに見えた段階で、「おはようございます」と元気な声で挨拶してきた優香だが、今朝は八宏が「おはよう。やっぱり優香は乗馬ブーツを履いてるのが一番似合うな」と言って初めて、「あっ、おはようございます」と、八宏の存在に気づいたほどだ。

昨夜はあまり眠れなかったのか目が赤い。

八宏がダウンを着てくるほど今朝は肌寒かったが、彼女はペラペラのウインドブレーカーのみ、手袋もせず、彼女のレーススタイル同様に素手で乗る気だ。やる気はある。だがその「気」が不安で揺れている。

乗馬クラブの手なずけられた馬とは違い、現役の競走馬は静と狂気が表裏一体で、少々気分を害しただけで乗り役の言うことを聞かず、振り落とそうとする。言う通りに走らない馬を調教師の指示通りに走らせるのだから、優香のキャリアでは、怪我明けなどに関係なく、うまく乗りこなせる者の方が少ない。

「どうした、優香らしくないじゃないか。朝からテンション高くて、俺のこと、低血圧かなんか知らないですけど、朝からしみったれた顔をしないでくださいよ、こっちまで元気が吸い取られるじゃないですか、といつも軽口を叩いてくるのに」

「だって、おじさん」

病院では良かったが、今はトレセン内で、そばに郡司もいるのだ。頭までパニックになっているのか、名前を呼ぶという基本ルールも忘れている。

これも仕方がない、負傷したジョッキーが必ず通らなくてはならないのが、メンタルの門である。

八宏が長期ブランクになる大怪我をしたのは一度だけ。その一回で回復できずに引退したので、今の彼女ほどの不安を味わったことはない。

痛みに堪《た》えながらリハビリしていた先輩を見てきたので、気持ちは分かる。復帰最初のレースは楽しみより緊張が先立ち、どのジョッキーも表情は冴《さ》えない。

本当の試練は復帰し、やがて初勝利を挙げてから待ち受ける。

サラブレッドというのは調教中に怪我をするより、レース中に大怪我をする方が、元通りになるのに時間がかかると言われている。八分《ぶ》程度で走る調教とは異なり、持てる力をすべて出し切らなくてはならないレースでは、本気で走ったらまた怪我をしてしまうと、動物の本能として恐怖心が先立つそうだ。

同じことがジョッキーにも言える。レース中に大怪我を負った者は、逃げや後方からの追い込みといった極端なレースが増える。馬群の中にいても、最初にその馬群を抜け出すのは往々にして大きな怪我を経験したジョッキーだ。

そうした無意識の臆病さを厩舎や馬主関係者に見抜かれると、勝てる確率は低いと、依頼は減る。

ライバルジョッキーに知られるのは、なおのこと致命傷だ。心の中を読まれ「早仕掛けをするあの人の後に付いていけば、自然と道が開く」などと、まんまと利用される。

優香の才能と負けん気があれば、復帰一勝はすぐにでき、二勝目もすぐ訪れるだろう。

だが恐怖というものは、走れば走るほど薄れるのではなく、影を潜め、いつでも出る準備をしているから厄介なのだ。怪我が完治してもメンタルの傷がなかなか癒えないのは、アスリートなら皆同じで、競馬に限ったことではない。

だからこそ復帰してしばらくは、あえて自分は弱いのだと認識し、その弱さを克服するよう意識して乗ることが必要になってくる。できるだけ馬群の中にいる。仕掛けようと思っても、そこで三つ数えてから出す……だがそうした難しいアドバイスは実戦復帰してからでいい。

今の優香に必要なのは日常を思い出すこと。馬に乗ることに関しては新人では突出していると定評があったのだから、気の迷いさえ吹っ切れれば、普通に乗りこなせる。

それをどう言葉にして伝えようか迷っていると、首筋を掻いていた郡司が声を出した。

「優香って、今年ジョッキーになって何年目だっけ」

「郡司先輩、ボケちゃったんですか。先輩が八宏さんに頼んだのとほぼ同じだから、二年目じゃないですか」

おじさんだったのが八宏さんに戻った。

「おまえ、自転車乗れるよな？」

また予期せぬ方向に話が変わった。八宏は郡司を見るが、彼は涼しい顔で優香を見ている。

「乗れるに決まってるじゃないですか。厩舎間は自転車で移動してるのに」

「それなら馬にだって乗れるだろ？」

「えっ」

「自転車に乗れるなら、馬だって乗れるさ」

「そうですね」

「怪我で離れてたからって、なんだって言うんだよ。自転車と同じで、人間の体というのは一度、覚えたことは忘れないんだよ。おまえがどんなにこわごわ乗っても、体は馬乗りの作法を覚えていて、ちゃんと走り切れる」

思わず唸った。彼女が心に潜む恐怖の記憶を必死に消そうとしているところ、郡司はポジティヴな記憶に置き換えた。

「ありがとうございます、郡司先輩。なんかやれそうな気がしてきました」

翳《かげ》りのあった優香の顔が一気に晴れていく。

「おまえが早く見習いを卒業して、八宏さんに金を払ってもらわないと、俺が松木さんの分まで支払わなきゃいけなくなるんだから」

「えっ、八宏さん、私、今からでも払いますけど」

優香が済まなそうな顔で、八宏を見る。

「おいおい、郡司、それじゃ俺が生活に困ってるみたいじゃないか」

これもまた見事な励ましだと感心して、優香に顔を向ける。

「俺は何不自由なく生活できてるから、優香は焦らずにやれ。普通にしていれば三年以内に百勝できる。いや二年だな。一人前のジョッキーになったらちゃんともらうから」

二人ともまだ若手の域を出ていなかったのが、優香が休んでいる間に郡司が急成長して、優香との差が開いた。

さりとて二人は三歳しか違わないのだ。一、二年目の成績で比較するなら、優香の方が郡司より上だ。復帰してしばらくしないうちに、案外優香は郡司に近いくらいの成績を残しているかもしれない。

盟友の美也子に松木を乗せると言われて以来、鬱悶《うつもん》としていた八宏に強い気持ちが湧き上がってきた。

俺にも意地がある。郡司には朝日杯を勝ってもらい、来年はクラシックを獲らせたい。優香も同じように数年後には、GIジョッキーにしたい。

「時間なので厩舎に行ってきます」

馬場開場までには時間があるが、見習いの優香は早く厩舎に顔を出し、厩舎スタッフ全員に挨拶した方がいい。

「行ってこい。今日は軽めだけど、久々に宇品優香の騎乗フォームを見られるのを楽しみにしてるよ」

「最悪。せっかく郡司先輩が緊張を解いてくれたのに、余計なことを言わないでください」

文句を言いながらも来た時とは表情が一変していて、自転車に跨った優香は厩舎へ走っていった。

「驚いたよ、郡司、さすがだったな」

ペダルを漕《こ》ぐ彼女の後ろ姿が見えなくなってから八宏は郡司に言った。

「えっ、なにがですか」

口を開けて訊き返してきたが、空惚《そらとぼ》けているのが八宏には分かった。

「優香を励ましてくれたことに感謝しなきゃな。郡司ならいつでも俺の仕事ができるよ」

「GⅠも勝っていないのに、僕を引退させないでくださいよ」

「そうだった。だいたいジョッキーを励ますのが俺たちの仕事じゃない。勝てる馬を探してくるのが仕事だ。忘れてたよ」

「それこそ僕にはできませんよ、八宏さんほど馬を見る目がないから」

「それはきみらが勝ってくれてるからだよ」

言いながら、きみらではないと気づいた。もう松木はおらず、今は郡司だけなのだ。「ごめん、郡司が勝ってくれてるの間違いだ」と言い直した。

「問題ないですよ。今年途中まで松木さんがリーディング一位で、賞金額もトップだったのは事実ですから」

クエストボーイで勝った四つのタイトルを含むGⅠ六勝。GⅡ、GⅢを含めば重賞は十六勝とおそるべき成績である。

「数字は裏切らないからな、あいつを褒めたくはないが、結果を出している以上、今年は仕方がない」

「松木さんがいなくなって、八宏さんの馬選びの評価まで下がったと言われると申し訳ないので、僕は今まで以上に頑張ります。気性の悪い馬でも、八宏さんが勝てると思った馬ならいくらでも乗りますから」

「いずれは郡司の乗鞍の数も絞るつもりだよ。怪我の心配もあるけど、人間の集中力にも限度があると俺は思っている。十二レース乗って、いくつかのレースで集中力に欠けるなら、数を絞った方がいい」

「僕はすべてのレースで集中できますよ」

今度こそまずいことを言ったと、八宏は反省した。

「集中力を欠くは余計だった。俺が担当しているジョッキーは、全レース、勝つために全力を注いでいる。今、乗鞍を減らすと、郡司慧は急に馬を選び始めたと思われるから、しばらくは現状のままでいく。減らすのはまだ先の話だ」

その時には松木に肩を並べ、追い抜いている。そう遠くない未来だと思っている。

「心配することないよ、郡司はもうすぐＧⅠを勝てるから」

「えっ」

「さっき、ＧⅠも勝っていないのにと言ったじゃないか。郡司はすぐに勝つ。だから自信を持って乗ってほしい」

最大のチャンスは来週の朝日杯フューチュリティステークスのタイエリオットだ。明日、一週前追い切りに乗ることになっている。

勝てると言った時は目尻に皺が寄ったが、かと言ってぬか喜びするほど、郡司は競馬を甘く見ていない。ぐっと奥歯を噛み締めた。

期待もあるが不安もある。その割合は半々くらいがちょうどいい。ネガティヴすぎる必要はないが、最悪のケースを含めて、様々なパターンを事前に想定しておいた方が、レース中になにか起きた時、パニックにならずに済む。

それでもGIを勝てると言ったことで、郡司も気持ちよくレースを迎えられるはずだ。優香を励ましてくれた半分くらいは、恩返しはできたかもしれない。

もう一頭の来年のクラシック候補、ホープフルステークスを予定しているロングトレインが松木に決まったことは、昨日のうちに電話で伝えた。

しばらく返事がなかったからショックを受けたようだ。郡司が指示に従わなかったこと、言い訳したことも美也子が怒っている原因だと話した。

――すみません。レース後の成瀬先生の表情にびびってしまって、つい要らぬことを言ってしまいました。

予想していた通りの返答だった。

――どうして言われた通り、逃げなかったんだよ。

――タイエリオットと違って距離が延びて長所を発揮しそうな馬なんで、新馬、二戦と逃げると、馬は逃げるのが競馬だと勘違いし、次からは抑えられないと思ったんです。そこが僕の自信のなさと言うか、未熟なところなんですけど。

――未熟ではないよ。よく馬のことを考えている。そう思ったのなら、先に成瀬先生に言わなきゃ。

——パドックで言おうとしたんですけど、先に先生から逃げてと言われてしまって。

——それで言えなかったのか。

——返し馬をして、ゲートに入るまで迷っていたら、ゲートは出たんですけど、すっと他の馬に先に行かれてしまって。

ジョッキーの迷いが馬に伝染する。競馬ではよくあることだ。

——腰の甘さは僕が指摘したんです。

——成瀬先生もそう話していたよ。

——たいした甘さでもなかったので、今は余計なことを言わなければよかったと後悔してます。

悩んだとしても、ゲートに辿り着くまでに行くなら行く、抑えるなら抑えると決めるべき、それができないのなら、馬の気のままに任せようと頭をフラットな状態にすべきだった。

バーミングフェアやタイエリオットでは思い切った決め打ちのレースができる郡司だが、迷いを隠して馬に影響を与えずに乗る域までは達していない。

フラットに乗るというのは言うが易《やす》しで、大概は気持ちが落ち着かず、最初から最後までふわっとした気持ちのまま終わってしまう。上手くいかなかったらどうしよう——そうした胸底に宿る不安が鐘を打ち、ジョッキーにいっそうの迷いを与える。

——あのレース、ロングトレインは勝つには勝ちましたが、あんな窮屈なレースになるとは思っていなくて……。成瀬先生が怒るのも無理はないですね。

郡司は猛省していた。

楽に勝てたように八宏には見えたが、乗っていた郡司は、暗闇を手探りで前を確かめるように走っていた。

そうした時は悪い方、苦しい方へと馬を導いてしまう。それが結果的に狭いところを抜け出す、美也子が一番気にするレース展開に繋がった。

そんなレースでよく勝てた。負けていれば美也子だけでなく、他の厩舎からの評価まで下がっていた。

——今すぐ謝りに行くと、俺に行かされたと思われるだろうから、今度競馬場で会ったら、謝罪しとけよ。

——はい、言い訳をしたことも含めてお詫びしておきます。

——謝るだけでいい。ただ二度とごまかしたりするなよ。成瀬先生は怒ると怖いけど、性格はさっぱりしているから、礼儀を尽くせばまた乗せてくれるよ。

——はい、そうします。

美也子は、これからも郡司を乗せると言ってくれているのだ。

一度指示に従わなかったくらいで、これまで八宏との間で築いてきた信頼関係は消えることはないと思っている。

17

阪神競馬場で行われる朝日杯当日、八宏は中山競馬場で観戦した。この一週間、レースが近づくにつれ心がひりひりしてきて、あまり熟睡できなかった。

松木の時もそうだった。GⅠで人気馬に乗る際は、楽しみより、勝ってくれよと願う気持ちの方が強かった。皐月賞後のクエストボーイクラスの人気馬になると、負けないでくれとひたすら祈った。

レースの二時間ほど前、阪神競馬場に観戦に行った優香から電話があった。

〈さっき郡司先輩から、八宏さんに訊いてほしいって相談されました。タイエリオット、ハナに行っちゃっていいんですかって〉

そのことは八宏も朝から考えていた。

冬場の芝は枯れ、コンディションがよくないものだが、阪神競馬は先週再開するまで二カ月間開催がなかったため、馬場のコンディションはよく、時計が速い。

タイエリオットなら好時計で押し切ることも可能だが、あまりに流れが速くなると、さすがに最後はバテてしまい、中団より後ろにポジションを取った末脚勝負の馬が有利になる。

平田まさみにも電話で尋ねていた。平田からはこうアドバイスを受けた。

——私のトラックバイアスは外より内が四馬身から六馬身有利です。ここ数年の阪神一六〇〇メートルは差し馬有利ですけど、今日は前が残ると見ています。

好きに行かせてしまうと、タイエリオットのスピードだと相当速くなってしまう。目標はあくまでも来年のクラシックだ。マイルで終わってしまう馬にはしたくない。

皐月賞だけでなく、松木が自分と組んで二年目で勝ったダービーを、郡司も組んで三年目になる来年に勝たせたい。そのために逃げていいのか抑えるべきなのか迷っているのだが、レース展開の相談まで馬券購入ができる平田にしてはならない。話せるのは、時計くらいまでだ。

——ラスト三ハロンを三十四秒で走るには、平田さんは前半の八〇〇メートルをどれくらいがリミットだと思っている？　四十五秒五くらいかな？　逃げ馬、差し馬、関係なしで。

——四十五秒二くらいまでなら、三十四秒台で上がれます。さすがに前半が四十四秒台となるとゴール前で苦しくなるでしょうが。

——ありがとう。平田さんの分析は助かる。

こうしたアドバイスを専門家に求めると、あらかた「やってみないと分からないですが」「展開によりますが」と言った語句を付け加えるが、彼女はけっして逃げ口上は言わない。

平田から聞いたことを伝える前に、思い出したことを優香には言った。

「平石先生から指示は出ているのか」

〈先生からは、任せると言われたみたいです〉

人のいい平石らしい。人が良すぎて、馬主にこの馬を預らせてほしいと強く主張しないため、同じ試験で調教師試験に合格した美也子に成績面で先に上に行かれた。美也子に劣らない仕事の熱心さが、現時点では二歳馬レーティングのトップに位置するタイエリオットとの出会いに繋がった。

今回は平石にもGⅠ初制覇がかかっている。平石も硬くなっていると自覚していて、そんな自分が余計な指示を出し、郡司を雁字搦《がんじがら》めにしないよう気を配ったのだろう。

「郡司にはクリーンエアーで走れと伝えてくれ」

〈なんですか、それ〉

「郡司なら分かる。優香には今度説明する」

〈了解です。すぐに伝えてきます〉

五分もしないうちにまた優香から連絡があった。

〈きれいな空気の場所を走らせるということですね。つまり逃げろと〉

「伝わったのなら良かったよ。あと郡司には、速くなるのはいいけど、前半の八〇〇メートル、四十五秒二より飛ばすなと伝えておいてくれ」

連絡係になっている優香を混乱させてはいけないとあえて補足しなかったが、なにも逃げるのだけが、きれいな空気で走るということではない。

出遅れた時、無理に先頭に追い付こうとせず、その時は腹をくくって前との距離を置き、馬には逃げているのと同じ気分で走らせろという意味も含まれている。

郡司から以前、相談された時、きれいな空気で走らせることは、馬の気持ちを害さないという意味もあるんだぞ、と説明した。

競馬偏差値の高い彼ならその言葉に複数の意味があることを覚えているだろう。クリーンエアーが頭に入っていれば、出遅れや、ゲートは出たものの躓いて二の脚がつかないアクシデントが生じた場合でも、彼の心が迷子になることはない。

朝日杯のゲートが開いた。タイエリオットはスタートが一番よく、難なく先頭に立った。

そこからは後続を離して逃げていく。

──いくらなんでも速すぎないか。

中山競馬場のモニターテレビで見ていた八宏に不安が過《よぎ》った。

それはスピード感のある走法による錯覚だった。前半八〇〇メートルでストップウォッチを確認すると、四十五秒六。平田の言ったリミットより〇・四秒ゆとりがある。強い馬というのは楽に走っているだけでも、雲の上を跳《は》ねているように速く見える。

三コーナーを回ったあたりで、このままではタイエリオットをみすみす逃がすと有力ジョッキーたちが中団から動き始める。二頭が相次いでタイエリオットに並びかけ、三頭が横に並んだ形で最終コーナーを回る。

逃げ馬に騎乗するジョッキーは後続に前に出られるのが嫌で、おのずと手綱を押すなど仕掛けてしまうものだが、郡司は一切焦っていなかった。

三頭が並んだが、回ったコースの利で、直線に入った時はタイエリオットが二頭を一馬身離した。

郡司はまだ仕掛けない。二頭のジョッキーは追っているが、早仕掛けが響いてか馬が伸びない。

郡司は阪神の坂を登り始めてからようやく追い出し、後続に影さえ踏ませずに引き離していく。

最後は、馬が今後びっくりしないように鞭《むち》を一発入れることまで忘れていなかった。勝ち時計は一分三十一秒九。レースレコードだった。

前半の八〇〇メートルを四十五秒六と、今日の馬場ではハイペースにならないぎりぎりのスピードで逃げ、後半の八〇〇メートルも四十六秒三という速い上がりでまとめた。これでは後ろにつけた馬が届くはずがなく、実際に四コーナーで並びかけてきた二頭は後方に沈んだ。

最終の十二レースが終わってから、郡司から電話があった。

〈やりました、八宏さん、ついにＧＩを勝ちました〉

「痺れるレースだったな。前半ハイペースに見えたけど、時計を見たら理想通りでびっくりした。郡司には時計が読めてたんだな」

〈はい。この馬、追い切りに乗った時、新馬戦より前のめりになっているのを感じて、抑えていくべきか迷ったんですが、優香を通じて八宏さんのクリーンエアーというメッセージを聞いて割り切れました〉

「あれは他の意味も含んでたんだぞ」

〈出遅れた場合、無理して追いかけるな。気持ちよく走らせろという意味ですよね〉

「さすが郡司だ。説明しなくとも分かってたんだな」

自分と彼の間に強い信頼感が結ばれているようで、気分が上がる。

〈この馬、相当な器ですよ。新馬を勝った時は、持って二〇〇〇メートルまでかなと思っていましたが、今日の走りができたら、ダービーの二四〇〇メートルも持つかもしれません。最後まで全然、息は上がっていませんでしたから〉

「俺もそう思った。早くも名馬の風格が漂ってきてるな」

競馬関係者が言う、胴が詰まって見えるスピードタイプの馬体も、平石が負荷をかけずに成長を促しているせいか、この日はプラス十キロ、体長まで伸びているようだった。

そう見えたのはレース中、郡司が馬を気持ちよく走らせたから。ストライドを大きく伸ばした走法が、体まで大きく見せたのだろう。

〈八宏さんからもうすぐGIを勝つと言ってもらえたことも、安心に繋がりました〉

「俺は朝日杯とは言ってなかったけどな」

〈そうだったんですか〉

「嘘だよ。朝日杯は絶対に郡司が勝つと思った。それだけの馬を引き受けたつもりだし、郡司なら取りこぼさないと思った」

〈この後、どうしますかね、前哨戦を使いますかね。ぶっつけで行くとなると初めての距離延長が皐月賞になりますけど〉

「平石先生はなにか言ってたか」

〈興奮されてて、「郡司くんありがとな」と握手されたんで、先の話はしていません〉

同じ初GⅠなのに、平石より若い郡司の方が冷静なのが驚きでもある。

「俺は平石先生なら、直接皐月賞に向かうと思うけどな。あの人は無理をしない人だから」

美也子と同じだ。小川厩舎で学んだ調教師の全員が、小川から習ったことをベースに馬を育てている。

〈乗る側としては、放牧明けぶっつけで本番より前哨戦を使ってくれる方が安心ですけど〉

「これだけ馬と乗り役の呼吸が合っているんだ。前哨戦なんて使わなくても大丈夫だよ。二〇〇〇は軽くこなせる。ダービーの二四〇〇だって持つ」

〈八宏さんに言われて、僕も直接皐月賞に行く方がいいように思えてきました〉

「勝ったはいいけど、周りから調子に乗ってると思われないようにな」

口にしてから、喜びが溢れている今に話すことではないなと自分の頭を叩きたくなった。嬉しい時は思い切り喜べばいい。

言わずとも郡司は弁《わきま》えていた。

〈それは八宏さんに言われてきたことなので。自分がどう見られているか考えて行動します。八宏さんはこういう時に浮かれている人間は嫌いだろうし〉

松木には「調子に乗ってると思われるな」と言ったことがあるが、優等生キャラの郡司に注意したことはない。それでも松木とのやりとりを見て、八宏がどういうタイプを嫌うか把握したのだろう。

自分がエージェントを務める中から二人目のＧＩジョッキーが誕生した。

現役時代、一緒にレースに乗っていた松木は実力的にすぐ勝つだろうと安心して見ていたが、ローカル中心で乗っていた郡司を勝たせたことは、八宏の自信にもなった。

あの落馬事件以降、燻《くすぶ》っていた心の中が、通り雨の後の夏空のように澄み渡った。

勝てばなにもかも忘れられるのは、ジョッキーもエージェントも同じだ。

18

翌週の有馬記念はグリーズマンが騎乗するスターダストファームの馬が人気に応えて優勝した。

勝利数のみならず、最高賞金でもグリーズマンに逆転された松木だが、平日の二十八日、中央競馬の最終日に行われたホープフルステークス、成瀬厩舎のロングトレインを勝利に導いた。

テレビ局は初の女性調教師によるＧＩ勝利にカメラが密着していて、一着でゴールを駆け抜けると、美也子にしては珍しく、女性の調教助手と抱き合って喜んでいるのが映った。

調教助手は泣いていたが、美也子は顔一杯に笑みを広げて、助手になにか言っていた。

ありがとう、あなたが頑張ったからよと称えたのだろう。けっして自分の手柄にしない。そういっても美也子がここまで幸せそうな顔は、これまで見なかった気がする。

着差はクビ差で、タイエリオットほどインパクトはなかったが、内容は王道競馬だった。腰がしっかりしてきたのは、追い切り後のメディアインタビューでも美也子が話していた。松木は前にいかず、かといって後ろ過ぎずに、馬群の中でじっと我慢させ、直線だけ本気で走らせた。

前半がスローペースで、例年なみの遅い走破時計での決着になったが、最後の三ハロン（六〇〇メートル）の三十四秒〇は、この時期の中山では古馬でもなかなか出ない時計である。

皐月賞の二〇〇〇メートルまでなら、タイエリオットがスピードで勝《まさ》るだろう。この末脚を見せられると、ダービーの二四〇〇メートルではその差がどうなるか判断がつかない。

馬の能力差で楽勝したタイエリオットに対し、ロングトレインはこの一戦だけでも松木が、距離が延びても息をもたせる競馬を教えていた。

いや違う、郡司だってタイエリオットに、同じ逃げるにしても息を入れながら気持ちよく走ることを覚えさせ、距離延長を意識させた。郡司のレースも松木になに一つ負けていない。

ただ松木と美也子という、ある意味、競馬人として畏怖《いふ》すら覚えてきた二人が手を組んだことで、八宏はナーバスになっているらしい。

19

年末に入り、美浦トレセンの近くを走る常磐《じょうばん》自動車道も、帰省ラッシュで渋滞し始めたようだ。生き物を扱う競馬社会では全員が休みになることはない。

元日、二日は全休日に設定されて、馬房から馬を出してはいけない規則になっているが、交代でスタッフが餌《えさ》をやり、水を替える。

レースは一月六日から始まるため、三十一日までびっしり運動させて、四日には追い切りをかけてレースに臨む。

エージェントの仕事に年末も正月もない。八宏の方から「先生、暮れのお忙しい時にすみません」と電話をして、一月の乗り馬を集めた。

GIジョッキーになった郡司には黙っていてもオファーが来るが、年明けから復帰する優香の騎乗馬が思いのほか、集まっていなかった。

騎乗フォームで比較するなら、優香は同期では断トツ、数年先輩のジョッキーを含めても一番だ。

肘の位置が低く、風圧がかからないフォームで乗る。男子顔負けで活躍しているイギリスやフランス、オーストラリアの女性ジョッキーの騎乗を、優香は動画で繰り返し見て研究し、真似をしている。

頭のいい子なので判断力もある。十人近くまで増えた女性ジョッキーではいずれトップに立つはずだ。

しかしいくら「宇品はしっかりリハビリしましたし、体の動きも戻っています。減量特典をいかした騎乗ができます」と売り込んでも、古い調教師は「宇品くんはきれいな顔をした女の子じゃないか。うちの馬で怪我をさせて、お嬢ちゃんの一生を台無しにしたくないんだよ」などとやんわりと断られる。

日本馬のレベルは、今やプラチナセールで海外のバイヤーが買い、アイルランドの名門牧場が日本の人気種牡馬《しゅぼば》に種付けするため繁殖《はんしょく》牝馬《ひんば》を送り込んでくるほど、欧米と肩を並べている。
だがジェンダーレスという点ではまだまだ後《おく》れを取っている。

断られてばかりで落ち込んでいると電話が鳴った。

調教師かと期待したが、馬主だった。

「こんにちは、岡本《おかもと》会長、大変ご無沙汰《ぶさた》しております」

八宏が現役時代、GIを勝った三頭のうち、二頭に乗せてくれた精密機械会社の会長だ。本社は都内だが、工場は長野にあって、年二回、五郎兵衛米を送ってくれる。

〈こちらこそご無沙汰です。悪いね、最近、所有馬の数が減って、八宏くんのジョッキーに全然乗せられなくて〉

紳士な馬主として厩舎関係者から好かれていた岡本宜秀《のりひで》だが、三年ほど前、自社製品にリコールがあったとかで、その後、所有馬が減少、今は一年に一頭ほどしか預けていない。走る馬ではないので、調教師も八宏には頼んでこない。

「お世話になったのだから、僕の方からうちのジョッキーを乗せてくださいと営業をかけなきゃいけないいんですけど」

〈いやいや、もう私は馬主を撤退しようと思ってるからいいよ。それより急なんだけど明日空いてるかな。年末で忙しいよな〉

「僕は独り者なので、元日に母の顔を見に行く以外は暇しています。どうされましたか」

両親はトレセン近くの一戸建てに住んでいたが、父が亡くなってからは、母は静岡市役所の職員と結婚した姉が面倒を見てくれている。姉は優香の母なので、今年の元日は優香を車に乗せて会いに行った。

〈それなら三十日の日、つくばで会わないか。八宏くんに紹介したい馬主がいるんだよ。もう馬主登録も通っていて、ネット系の保険関係の会社を興《おこ》し、最近上場して大金持ちになった人だ。私が「馬主人生で一番の財産は、ジョッキーとの信頼関係を築けたことだ」と言ったら、えらく感動してくれてね。ぜひその信頼できる元ジョッキーを紹介してくれってうるさいんだ。きみがそうした付き合いが苦手なのは知ってるけど、その人はこれからたくさん馬を買うだろうから、きみにとっても知っておいて損はないはずだよ〉

「気を遣《つか》っていただきありがとうございます。喜んで行かせていただきます。都内でもいいですよ、わざわざ来ていただくのも申し訳ないので」

〈いいんだ、八宏くんに昔紹介してもらったバーにも連れていきたいし〉

バーとは、八宏の中学の同級生が開いた隠れ家的な店である。

友達なので酒が飲めない八宏も気にならないし、他のジョッキーに教えていないこともあって、周りを気にせず会話ができる。

松木がGIを勝った時や、郡司が三百勝をした時、優香が初めて特別レースを勝った直後に仲間内でお祝いをしたが、しばらく行っていない。

松木の時にしたのだから、郡司が朝日杯で初GIを勝った時も祝勝会を開くべきだった。その時点ではホープフルステークスで松木がどのようなレースをするのかが気になり、失念していた。

約束した場所と時間を聞いて岡本との電話を切った。

岡本は「ジョッキーとの信頼関係」と言ったが、実際は小川からの頼みを聞いてくれただけだ。それほどたくさんの馬を所有しているわけではなかった岡本は、「うちの八宏を乗せてやってください」と言われて、もっといい騎手を乗せてくれと主張できなかった。

理論家の経営者である岡本は、競馬場で八宏と会うたびに質問攻めしてきた。

ある時、デビューから先行して惜敗《せきはい》続きだった馬を、大外枠から思い切って後ろに下げて勝利した。その時も喜ぶより先に「きみはどうして今日のようなレースをしたんだね」と質問が来た。

――はい。これまでは前で競馬をしていましたが、今回は外枠に先行馬が揃っていました。だから無理して前に行ったら、終始外を回らされると思って、後方に控えました。
——なるほど、思い切ったレースをするなと思って見ていたのだけど、ちゃんとカタリストがあったんだな。よく理解できたよ。

カタリスト——あとになって経済統計や株式投資などで使う言葉だと知った。岡本は仕事でも「なんとなく」「その場の雰囲気で」という言葉が好きではなく、社員には「戦略には必ず入口と出口が必要だ。その二つを考えて仕事をしなさい」と言っているらしい。

競馬の入口は様々だが、出口はレースを勝つことにおいて他にない。いくら理詰めで答えられても、GⅠを勝っていなければ、ジョッキーとの信頼関係を築いたとは言ってくれなかっただろう。

やはり勝負事は、勝たなくては意味がない。

20

岡本が贔屓にしているイタリアンレストランにタクシーで到着したのが約束の十分前、それなのに岡本も社用車のアルファードから降りてきたところだった。
「こんばんは、会長」

「おお、八宏くん、わざわざタクシーで来たのか。きみは飲まないんだから車でくればいいのに」

「自分の運転だと万が一ということもあるので」

「引退してもきみは小川先生の言いつけを守ってるんだな。きみの家からここまで結構な値段がするだろ。これなら東京にした方が電車で行けて良かったな」

八宏が住むマンションは常磐線の荒川沖《あらかわおき》駅近くである。つくばエクスプレスの終点であるつくば駅まではバスは出ているが、バスだと渋滞に巻き込まれることもある。

その点、タクシーなら運転手が裏道を知っているのでいくらでも選択肢はある。

運賃は四千円近くかかるが、上の立場の人と食事をする機会はたまにしかないので、八宏は電車が使えない場所へ行くにはタクシーを利用するようにしている。

岡本と会う時は、つくばのイタリアンか中華で食事をして、徒歩三分の場所にある八宏の友人が経営するバーに寄って帰るのがいつものパターンだ。

二十代の頃に初めて岡本に食事を呼んでもらったのは都内で、食後に銀座《ぎんざ》のクラブに連れていかれた。

ジョッキーという仕事に興味を示して質問攻めしてくるホステスに、八宏が嬉しそうな顔をしないのを岡本は見ていたのだろう。クラブに誘われたのはその一回きりだ。

馬主にはタニマチ気分で、次々と行きつけのクラブへ連れ回し、ホステスの前で自慢する人もいる。岡本は他の馬主が同席した際でも「八宏くんは明日も朝が早いんで、ここで解放してあげましょう」と気を遣ってくれた。

店に入って待っていると、時間より五分ほど遅れて、グレーのスーツが似合うすらりと背の高い男性が現れた。年齢は八宏と同じくらい、行って四十四、五歳だ。

「すみません、岡本会長、渋滞に巻き込まれて」

「遠かったでしょう、箱崎《はこざき》さん。私もさっき、八宏くんに都内にすべきだったと話したところなんです」

岡本はそう言ってから、「こちらが河口八宏くん。私が勝ったGIは二回とも彼が乗ってくれましたが、それ以前に競馬を超えた友です」と紹介した。

「とんでもないです、岡本会長の助けを借りて、僕は勝てたようなものですから」

友と言われて黙っているのが偉そうに見られそうで、八宏は言い添えた。岡本の馬でGIジョッキーの仲間入りができたことで、騎乗依頼が増えた。岡本の存在がなければ八宏の競馬人生は悔いで溢れていた。

紹介されたネット保険会社の社長、箱崎研二《けんじ》は、口調は穏やかなのだが、事業について一方的に話す。幾度か岡本から「箱崎さん、保険の話なんかしたって八宏くんは興味ないよ」と注意を受けていた。

興味ないでは失礼にあたると、八宏も「僕は競馬しか知らずに育ったので、会社や事業の話はとても勉強になります」と取りなした。

「私も、これから河口さんが面倒を見ているジョッキーを起用していきたいので、よろしくお願いします」

「面倒を見ているわけではなく、むしろ僕が彼らに助けられていますが、こちらこそよろしくお願いします」

そう頭を下げながらも、競馬界に入って間もない箱崎は、松木が外れたことは知らないのではないかと心配になった。

「私が契約するジョッキーで稼ぎ頭だった松木は……」

単に契約切れになったことだけを伝えようとしたが、言いかけた途中で、「その件は岡本会長から聞きました。あなたは残った郡司騎手をGIジョッキーにしたのだから素晴らしいじゃないですか」と言われ、胸のつかえが取れた。

事情を知った上で頼まれたのなら大歓迎だ。そうしたことまで伝えてくれた岡本には本当に頭が下がる。

「それに郡司騎手だけじゃないよ。宇品優香さんという女性騎手もいるからね」

「姪っ子さんですね」

「違うよ、箱崎さん、身内だから担当してるんじゃないよ。彼女には乗れる素質があると見抜いているからだよ。ねぇ、八宏くん」

「はい、実力はあり、経験も備わってきました。馬が躓く事故で怪我をして、計算が狂いましたが、年明けには復帰します。見習いが取れた後も女性は男性より二キロ減なので、有利な状況が続きます」

少し優香を持ち上げ過ぎだなと思いながら、せっかくのチャンスだ、なぜ厩舎関係者からの評判がいいのか、彼女の馬への当たりの軟らかさ、海外の有名女性ジョッキーを見習った騎乗フォームの美しさなどを細かく説明しておく。

「そうだ、八宏くん、箱崎さんは夏に馬主登録が取れたばかりだけど、七月のプラチナセールでは一億八千万円の高馬《たかうま》を買ったんだよ」

「最初の馬が一億八千万ですか。それはすごい」

「岡本会長に、それくらい出さないと走らないと脅《おど》されていましたから」

「私のせいですか。今はどんどん馬の値段が高騰《こうとう》して、二、三千万ではいい馬は買えなくなったよね」

「その馬、どこに入るか決めたんですか」

「平石厩舎です」

タイエリオットでGⅠを勝ったばかりの平石の名が出てきて驚いた。

今年は去年より大きく勝ち星を増やしたが、当たり前のようにミリオンホースが馬房に並ぶリーディング常連の調教師のようにはいかない。中小馬主や牧場から頼まれた馬が多い平石は、おそらくこれまで一番高かったのが七千万円のタイエリオットではないか。

「平石さんとは顔見知りだったんですか」

そうかと思ったが、「岡本会長から、平石さんと河口さんは厩舎時代からの知り合いで、平石厩舎に入れれば、河口さんがジョッキーを手配してくれると言われたからです」と言われた。

「そこまで言ってくれるなんて感激です」

「言ったじゃないですか。私は岡本会長から、競馬を超えた友がいると聞き、馬主になったんですよ。馬は好きで、いつか所有したいとは思っていましたが、保険業というリスクに備える商品を売る仕事をしながら馬主になるなんて、顧客から文句を言われそうで踏み込めなくて……。それを岡本会長が、馬主も愛馬に保険を掛けているんだから、堂々とやればいいと背中を押してくれたんです」

八宏を信頼しているから八宏のジョッキーを乗せたい。現役時に聞くより胸に刺さった。現役なら腕という理由が備わる。今あるのは信頼関係だけだ。まして松木という勝ち頭を失ったのに。

「そうそう、岡本会長にも言ってなかったけど、もう一頭買ったんです。一歳の牡馬です。こちらはプラチナセールで知り合った日高《ひだか》の牧場主から直接購入したんですけど、これがなかなかいい馬なんですよ」

「また買ったの？　いくら？」

岡本が目を丸くする。

「六千万円です」

「庭先取引で六千万、しかも日高でしょう。高いんじゃないの？」

騙《だま》されたのではないかと岡本は心配していたが、もう契約書にサインし、金を支払った可能性もある。ここで疑念を抱かせたら箱崎が競馬嫌いになってしまう。「最近は日高の馬も重賞を勝ってますし、プラチナセールでミリオンの馬を買った箱崎社長に勧めるくらいですから、よほどいい馬なんじゃないですか」と八宏はフォローした。

「その馬、どの厩舎に入れるの」と岡本。

「それを相談しようと、来たようなものですよ」

「なるほど、箱崎さんにはその魂胆《こんたん》があって、この忙しい年の瀬に八宏くんに会わせろと言ってきたわけね。さすがやり手の経営者は行動が早いね。時間を無駄にしない」

「腹黒いみたいに言わないでくださいよ。会社はコツコツやってますから」

「八宏くんはどこがいいと思う？　人気厩舎だと来年の枠は埋まっていて、この時期では入れないよね」

岡本は八宏を見た。上位を行く厩舎はスターダストファーム関係の馬が占め、新参の馬主が頼んでも断られる。平石厩舎に入らないということは、平石の一歳馬のラインナップも満杯なのだろう。

真っ先に浮かんだのは美也子だった。そうなると松木が乗るかもしれない。それでも美也子が松木を乗せたのはロングトレインの一頭だけ。いずれタイエリオットとクラシックでぶつかるという懸念《けねん》もあったはずだ。

「成瀬厩舎がいいと思います」

決心するとともに声が出ていた。

「そうだ、成瀬さんを忘れていたよ。彼女も小川先生の門下生だし、一昨日ＧⅠも勝ったし」

本当に忘れていたのか。美也子に頼むと松木が乗るであろうことまで知って、岡本は言わなかったのではないか。

岡本が賛成したことで、その馬は翌日、まずは顔見知りの岡本が美也子に電話を入れ、預託枠に余裕があるなら、その後正式に箱崎が依頼することになった。

一軒目のイタリアンでデザートまで食べてから、二軒目、岡本が楽しみにしている八宏の中学の同級生が経営するバーへと向かう。

岡本と箱崎は二人でワインを一本開け、ほろ酔い状態だった。二人の数歩後ろを歩いていた八宏だが、店の看板が見えてくると早歩きで前に出て、バーの前に到着する。

家を出る前に、同級生にはだいたいの時間を伝えて、奥に一席だけ仕切りのあるボックス席を空けておくよう頼んでおいた。店が騒がしいと、楽しみにしている岡本も興《きよう》ざめする。

混んでいないか、木製のドアのハンドルを握った状態で、嵌めこまれているガラスの小窓から覗いた。混んではいたが、ボックス席の付近に客はいなかった。見まわしたところで、ドアを引こうとする手が止まった。

カウンターの手前の席に松木がいたのだ。

女性連れだった。

しかもその女性は競馬ゼットのトラックマン、平田まさみだったのだ。

いつもの丸い眼鏡をかけてはいたが、部屋着のような上着にズボン姿しか見たことのない平田が、ワンピースを着て、松木と談笑していた。

「なにしてんだよ、寒いのにこんなところで立ち止まらせないでよ、河口さん」

箱崎が前に出てドアを開けた。声を聞き、松木だけが顔を向けた。

入ってきたのが八宏だと知り、顔を強張《こわば》らせる。

八宏は中から見えない場所に身を隠すように移動する。

まだ背後に立ち、中に松木がいることに気づいていない岡本に、八宏は体を向けた。

「申し訳ございません、用事を思い出しまして、ここで帰らなくてはいけなくなりました」

「どうしたんだよ。急に」

「レースの打ち合わせで呼び出されていたのを思い出しまして」

「呼び出しって、年末のこんな遅い時間だぞ」

「はい、常識のない調教師さんで、忘年会がてらに呼び出されていたんです」

自分でも言っていることが支離滅裂《しりめつれつ》で、岡本や箱崎にひどく失礼なことをしているのは分かっていた。

「仕方がないな。そんな偏屈《へんくつ》な調教師でも、きみにとっては大事なクライアントだものな。今日は付き合ってくれてありがとう。そうだ、きみはタクシーで来たんだよな」

そう言ってポケットに手を入れた。帰りのタクシー代を出してくれるつもりのようだが、非礼なことをして車代までもらうわけにはいかないと、八宏は後ずさりする。

「大丈夫です。箱崎社長も引き続きよろしくお願いします」

なにが起きたのか分からず、ドアを開けっぱなしにして立っていた箱崎にも頭を下げた。

なにも逃げることはなかった。松木と契約を切ったことは岡本も箱崎も知っているのだから、堂々と店に入ればいい。

それでも入れなかった。

あんなに楽しそうな平田の顔を見て、穏やかではいられなくなったからだ。

なぜか美也子の顔まで浮かんだ。美也子も郡司ではなく松木を選んだ。いや単に郡司を選ばなかっただけではない、松木だけは乗せてほしくないという八宏の胸裏を知っていながら、意向を無視して松木を乗せた。

美也子も平田もあくまでもビジネスパートナーであって、それ以上でもそれ以下の関係でもない。

だが大事な友人以上に、絆《きずな》のようなものを大切にしてきたつもりだ。

その大切にしてきた両翼を、もぎとられたような気分だった。

21

鬱屈した気分で過ごした正月だったが、競馬開幕の一月五日、第一レースから八宏の灰色の心を色づかせてくることがあった。

人気薄の馬に騎乗した優香が復帰初戦を勝利で飾ったのだ。

「優香、すごいな、こんなに早く勝つなんて、天才なんじゃないか」

優香が調教に乗りながら、徐々に調子を上げてきた馬だったため、掲示板に載るとは思っていたが、勝つとまでは考えていなかった。

競馬学校に入った生徒が真っ先に壁にぶち当たるのが、コーナーをきれいに回ることと、スタートダッシュを決めること。

斤量の軽い減量ジョッキーの間はこの二つの巧拙《こうせつ》が成績にそのまま表れる。しばらく実戦から離れていると、別人のような騎乗をする者もいるが、優香はハナに立つと一旦ペースを落とし、コーナーはきっちり内側を回って、楽々逃げ切った。

「これも八宏さんが勝てる馬を用意してくれたからです」

「単勝十七倍で勝てるなんて思わないよ。優香の腕で勝ったんだよ」

いつもなら単勝回収率が高いと自尊心が刺激されるが、今日に限っては優香に感謝しかない。

「優香、おめでとう。まさかおまえにリーディングを取られるとは思わなかったよ」

郡司も寄ってきて褒めそやす。

まだ一レースしか行われていないため、優香が全国リーディングだ。

一番人気馬に騎乗していた郡司だが、馬の調子がよくなかったのか、優香が作ったペースについていけず、四着に来るのが精一杯だった。

「一レースしかやってないんだから当たり前じゃないですか。今日の午後には先輩に逆転されてますよ」

「おまえ、しばらくリーディングでいられると思ってたのかよ」

郡司にからかわれて、優香は耳を真っ赤にして「あー、恥ずかしいこと言っちゃった」と八宏の周りをぐるぐる回る。

八宏には二人が微笑ましく見えた。

郡司の称え方もウイットに富んでいたし、弄《いじ》られても笑いに変えるのだから、優香のハートもたいしたものだ。

勝利はなにものにも代えがたい自信になる。メンタルの回復はこれからだが、とりあえずいい再スタートを切ったことは間違いない。

郡司は初日となるこの日は、七レースに騎乗して最高が三着と未勝利に終わったが、二日目の二レースで初勝利を挙げ、三日目も二勝と、連続開催の三日間で三勝をマークした。

八宏は前年に何勝を挙げようが、その自信は年越しとともにリセットされ、毎年、一勝できるまでは不安だった。

二十五歳の頃、一月の丸々一カ月間、未勝利が続いたことがあった。競馬雑誌の騎手ランキングの勝ち星は「0」のまま、自分の名前も全ジョッキーの下に載る。

その頃は毎週、日曜の最後の騎乗から次の土曜日の最初の騎乗まで、時間の経つのが長く感じられて仕方がなかった。単勝一・二倍の人気馬でも勝てなかった四週目を終えた時には、このまま二度と勝てないのではと悲嘆《ひたん》する気すら起きた。

今の若い子を見ていると、そこまで深く悩んでいるように見えない。されども負けてケロッとしていても、不振が続くと落ち込んでいく。

陽《よう》の感情で戦えるジョッキーは、陰《いん》に入るとなかなか脱却できない。あんなに勝っていたのに急に勢いが萎《しぼ》み、そのまま終わったジョッキーを、およそ二十年のジョッキー人生で何人も見てきた。

三週間続いた一月の中山開催では郡司が八勝をマークした。好スタートを切った伊勢、関根に次いで関東で三位、全国でも七位だから上々の成績だ。優香も四勝を挙げて、郡司に食らいついていこうとしている。

いつしか女の子だからなどと言っていた調教師も少なくなった。郡司が乗れない馬を「宇品なら空いていますけどどうですか」と提案すると、乗せてもらえる機会も増えた。

一方、やり手のエージェント、穂村を得た松木だが、その交渉力をもってしても騎乗数は増えず、一月の中山は三勝。初日から絶好調だった去年は、十三勝をマークして開催リーディングだったのに、大きな落ち込みようだ。馬に乗る危険性を熟知している多くのホースマンは、GIをいくつ勝とうが、まだ松木を許していないのだろう。

一月末、記者投票で決まるJRA賞、年度代表馬はGI四勝のクエストボーイが選出された。最大の関心事は、最優秀二歳牡馬で、郡司のタイエリオットが、松木のロングトレインにトリプルスコアをつけて選ばれた。

タイエリオットはレコードでの勝利だったとはいえ、二頭とも三戦負けなしのGIホースだし、三倍も差がつくほど力の違いがあったわけではない。これもジョッキーの印象の差ではないか。

ＪＲＡ賞の壇上には馬主だけでなく、調教師やジョッキーもあがる。郡司はデビュー年に新人賞を獲れなかったから、壇上に立つのは初めてになる。

一月末の月曜日、都内のホテルで華々しく行われたＪＲＡ賞授賞式では、選出された各陣営が記者の質問攻めに遭《あ》い、今年のローテーションを明言する。

八宏は事前に聞いていたが、タイエリオットの平石は前哨戦を使わずに皐月賞に直行するとコメント、ロングトレインの美也子も、次走が皐月賞になると明言した。

マスコミは無敗のＧⅠホース二頭が、一冠目の皐月賞で直接対決すると大賑わいになった。

授賞式にはエージェントは参加できないため、その記事をネットニュースで読んだ八宏は安堵する思いもあった。

もしロングトレインにも郡司が乗っていれば、この段階で、どちらに郡司を乗せるか選ばなくてはならなかった。

割合をつけるなら皐月賞は六対四でタイエリオット。ダービーとなるとその差はものの見事に反転する。

自分が乗り役なら、逃げるタイエリオットを見ながらレースを運べるロングトレインを選ぶだろう。

だがエージェントとして見るなら別だ。ダービーがホースマンの目指す最高峰であることは紛《まぎ》れもないが、去年初めてＧⅠを勝った郡司には、この勢いのまま皐月賞で初クラシックを勝たせたい。
逆に皐月賞で負けると、いくらダービー向きといっても本番で余計な力が入る。ジョッキー同士の駆け引きもできるようになった郡司だが、独特の雰囲気に飲まれかねないダービーの大舞台で、トップジョッキーと心理戦をやるには、まだ経験が足りない。
《新しい馬主さんを紹介してくれてありがとう》
ネットニュースを見ていると、美也子からＬＩＮＥが届いた。
岡本と箱崎が次の日に電話をすると言っていたし、美也子ならすぐに北海道に馬を見に行くと思っていた。
それが一カ月近くも返事がなかったため、あまりいい馬でなく、美也子を悩ませたのではと気を揉んでいた。
メッセージでそのことを伝えると、即返事が来る。
《十二月三十日に岡本オーナーから紹介され、その後、箱崎オーナーから電話があって、牧場の人には迷惑だったかもしれないけど、大晦日《おおみそか》には見に行ったのよ。ほれぼれするほどいい馬だったわ》
《それは良かった》
《すぐに八宏にお礼を伝えようと思ったけど、新しい馬主さんだし、私がいい馬だと言ったせいで、もっと成績上位の調教師さんに預けたいと心変わりするかもしれないと思って、預託契約書を結ぶまで待っていたの。その契約を今日正式に交わしたから》

押しも押されもせぬＧⅠトレーナーなのに、上の調教師に行くかもしれないと考えるのが慎重な美也子らしい。最後に《八宏に借りができたね》と来たので、《それなら郡司を乗せてくれな》と打ちかけたが、途中で消し、《お役に立てて良かった》とのみ打った。

馬にもっともふさわしいジョッキーを選ぶのが調教師の仕事だ。そこに貸し借りなど存在してはならない。

一月末から開催は中山から東京に変わった。

郡司も優香も順調に勝ち星を重ね、二週目の土曜日、郡司は三、七、八レース、さらに最終レースも勝って一日四勝の固め打ちで十六勝となり、関東リーディングの首位だった伊勢に並んだ。全国でも三位だ。

優香も二勝して、今年六勝目を挙げた。三年以内に通算百勝させると言ったものの、復帰したジョッキーが元の姿に戻れるかどうかは人それぞれで、落馬した恐怖からへっぴり腰で別人のような騎乗フォームになるおそれもあると心配していた。怪我じたいが軽傷だったせいで、今回は騎手の敵である恐怖心もやっつけられそうだ。

その土曜日の夜の十一時、あるジョッキーに熱が出て、日曜日に騎乗予定の七レースに乗れなくなった。七鞍のうち、郡司に一頭、優香に二頭、依頼が来た。

こういう時が一番困る。依頼が来ても、スマホも使えずに調整ルームに入っているジョッキーに連絡する方法に限りがある。

調整ルームの固定電話にかけて呼び出してもらうこともできるが、眠っていると可哀想だ。

急な依頼があったケースは俺の権限で決めさせてくれと、ジョッキーとの間の約束ごとに決めているため、八宏は三頭とも即答した。調教師にしても早く決めたがっている。こういう時は、多少の難しい馬であっても受けるようにしている。

決めてからタブレットで調べると、郡司に依頼が来た馬は三、三、二着と着順を上げてきており、大いに勝つチャンスがありそうだ。

優香の二頭は両馬とも二桁着順が続いているが、おかしな癖もなさそうだし、軽い斤量で乗れる優香なら、勝つまではいかなくても上位に持ってこられる。

その予感通り、日曜日の朝に騎乗変更を知ったというのに、郡司はきっちりと勝利して、関東リーディングの首位に立った。優香は二桁人気だった二頭を、六着、四着と好走させた。調教師からも「ありがとう。河口くんとこの二人はよく乗れるね」と感謝された。

「いい時に乗せていただきました。郡司は上のクラスでもいい勝負ができそうだと言っていましたし、宇品は、次はもっと走れると話していたので、次もチャンスがあればよろしくお願いします」

発熱したジョッキーのことも気遣って、遠慮気味に伝えていく。その調教師からはこれまでほとんど頼まれたことがなく、穂村に頼むことが多かった。こうした縁はありがたい。これも結果を出してくれたジョッキーのおかげだ。

気分よく帰ろうとしたところ、検量室の脇から怒鳴り声が聞こえた。

「おまえ、どういう目をしてんだよ。どう見たってあっちの馬だろ。この馬を選ぶのはおまえだけだよ」

磯原《いそはら》という八宏より一つ下のジョッキーが、エージェントを叱っていた。エージェントは二十代の競馬専門紙の記者だ。

最終の十二レース、勝った馬と、磯原が乗った下位の馬の二頭に依頼が来ていたのだろう。二頭とも人気は七、八番人気と似たり寄ったりで、八宏が頼まれても悩んでいた。

レースを見ていたが、勝った馬は流れに乗れ、直線で前のスペースがタイミングよく開いたのに対し、磯原の馬はどこを走っても前が詰まってばかり、馬の能力より勝ちを焦った磯原のミスだ。

磯原も二十代の頃は、八宏と同じくらいの順位にいて、重賞レースもそこそこ勝っていた。それが相次ぐ怪我で長期離脱を余儀なくされ、去年はついに勝利数が一桁に落ちた。

勝ち数が減った要因は、怪我より磯原の性格にある。

昔はそうでもなかったが、勝てなくなってからは、他のジョッキーに邪魔されたなどと、つねに言い訳をする。

エージェントもここ数年で二回替わった。そうした姿勢は調教師からも付き合いづらいと見られ、声がかかりにくくなる。

松木に、平常心でいろ、カッコ悪い負け様を見せるなと言い続けていたのも、ジョッキーというのはつねに周囲から見られていると思っているからだ。

「……磯原さんに確認したら、どっちでもいいと言ったので」

若いエージェントが小声で反論した。

「なんだと、いつ俺が言った」

「二週間前の火曜日の夜ですけど」

「そんな覚えはないぞ。おまえいつもそう言って人のせいにするよな」

「してるわけじゃ……」

「先週も一日待ってりゃ勝てる馬が回ってきたのに、調教師が早く決めたがっていると俺に言ってきて」

「あれは今返事しないと、他に回すと言われたので」

「ごちゃごちゃ言ってんじゃねえよ。それより謝るのが先だろ」

ただでさえ耳障《みみざわ》りな声のボリュームが上がった。体は小さい磯原だが、筋トレで鍛えているし、顔はボクサーのような威圧感がある。若いエージェントは萎縮《いしゅく》し、「すみません」と消え入りそうな声で謝罪した。

「磯原、そのへんにしとけ」

黙っていられなくなり、八宏は注意した。

「八宏さんは放っておいてください、これは俺とこいつの問題なので」

磯原は八宏を一瞥《いちべつ》しただけで、また彼に向かって「そんな謝罪があるか！」と、土下座しろとでも言いたげだ。

「関係なくはねえよ、俺も今は彼と同じ仕事をしてるんだ。理不尽《りふじん》なことで責められているのを見逃すわけにはいかない」

そう言うと、磯原は再び八宏を見る。ねめつけてきたが、八宏も視線を動かさなかった。

「それにおまえがこれまで勝った何勝かは、彼の貢献だろう。おまえだって自分で依頼のすべてを捌《さば》き切れないから雇ってるんじゃねえのかよ。負けるたびに責任を擦《なす》り付けるな。勝った時の功績を誇るのもジョッキーなら、負けた時に責任を負うのもジョッキーだ」

信用できないなら契約を打ち切ればいいと言いたかったが、若いエージェントのことを考えてやめた。競馬専門紙の売り上げは減り、トラックマンの給与も減っている。磯原に文句を言われながらも彼が続けているのは、報酬を当てにしているからだろう。

「分かりましたよ」

舌打ちして、磯原はその場を去ろうとした。

高校や大学を通るほかの競技と比較すれば、体育会気質は希薄《きはく》なジョッキーだが、上下三年は競馬学校の寮生活で一緒なので、それなりに厳しい。温厚だと言われる八宏も今の舌打ちには頭に血が昇った。

「なんだ、その態度。磯原、なにか忘れてないか」

怒気のこもった声に、彼は足を止めて振り向いた。

「えっ、ああ、すみませんでした」

「俺にではなく、彼にだよ」

「河口さん、僕はそこまで……」

困惑したエージェントが先に声を出したが、そうさせないことには八宏の気が済まない。

「謝るのが屈辱《くつじょく》なら、いつも馬探しをしてくれてありがとうか、どっちかだ」

磯原はしばらく歯軋《はぎし》りしていた。その間、何度か八宏と視線が合いそうになるが、ぶつかる直前に彼が避ける。

「ありがとな」

ぼそりと言った。

「いえ、こちらこそ……」

磯原は早足でジョッキールームに引き揚げる。廊下を曲がって後ろ姿が見えなくなってから、声がした。

「河口さん、助かりました。また土下座させられることを覚悟していました」

「またって、前にさせられたのか」

「そうしないと磯原さんは許してくれませんから。やれば気が済むので、嫌ですが毎回土下座してます」

気分まで悪くなる。これでは自分の仕事に誇りが持てない。

「どうしてそこまでする必要がある。きみは磯原に確認したんだろ」

「しました、というか僕は基本、依頼は全部磯原さんに確認してから返事をしてますから。待ってもらってる間に他に決まると、また怒られますけど」

こうした屈辱的な姿を目にしたら、この仕事をセカンドキャリアにしようとする元ジョッキーがいなくなる。

八宏は三十代半ばで転身したが、ジョッキーをやめるのは大半が二十代、それもほとんど勝てずに終わる者が多く、元ジョッキーの肩書きがあっても、上下関係は磯原と彼のようなものだ。

「ただし、きみにも問題があるぞ」

八宏は指摘した。

「自分で馬を決めないことですか」

「違うよ、きみの態度だよ。たまに見るけど、きみ、磯原の荷物を持ってるよな」

レース前後の馬具などは、バレットと呼ばれる別に雇った係が運ぶ。だがバレットは騎乗馬に限るのに対し、エージェントは競馬場からの帰り道、あるいは朝の仕事後にジョッキーと歩きながら相談することがある。そうした時、磯原が手ぶらなのに、彼が磯原の荷物を肩に担《かつ》いでいるところをよく目にする。

「俺はジョッキーの荷物は持たない。俺たちの関係は対等だ。俺たちはジョッキーから金をもらっているけど、それは仕事への対価なんだから」

「でも磯原さんはベテランなので」

「歳なんて関係ないよ。きみは他にも若いジョッキーを二人担当してるだろ？　彼らはきっとこう思ってるぞ。どうして磯原さんにだけペコペコするのかって」

松木がいた時でも、八宏は手伝わなかった。地方競馬に乗りに行った際、松木に二つの大きな荷物があって、持とうかと言ったことはあるが、松木は「いいです」と断ってきた。

松木のだけを持っていたら、郡司が納得しなかった。今、郡司のを持てば優香が訝《いぶか》しむ。そうした差をつけていると、彼らは勝てなくなった時、同じことを考える。いい馬は○○さんに行き、自分には回ってこないんだな、と——。

「分かりました。今後は磯原さんに持てと言われても断ります。ありがとうございました」

さっきまでおどおどしていたのが一変して、彼はすっきりした顔で去った。

22

二月に入った最初の火曜日だった。まだ日の出前の早朝のトレセン外の駐車場で、女性の影が見えた。車を降りると、ダウンに下はズボン姿の眼鏡をかけた女性が立っていた。

「どうしたんだよ、平田さん」

顔を見ても何も言い出さないことに八宏が口火を切ったが、理由は分かっていた。昨日、一月分のアドバイス料を払った。

だがこの一カ月間、一度も平田に電話を入れてはいない。

「松木さんに聞きました。年末に松木さんと会っていたのを、河口さんは目撃したそうですね」

「うん」

短く答えて、年明けに松木を捕まえて交わした会話の内容を説明した。

——おまえ、平田さんと付き合ってるのか。

率直《そっちょく》に尋ねた八宏に松木の顔が脂下《やにさ》がった。

——まだ付き合ってませんが、付き合いたいと思ってますよ。彼女もその気なんじゃないですかね。

八宏にも、彼女にその意思があるように見えた。あの夜に目にした平田には、八宏の前では決して見せない輝きがあった。

——それなら構わない。だけど平田さんは一度、離婚して傷ついている。遊びで付き合うなら手を引け。

強い口調で言ったが、松木は答えずに去った。

馬場の情報が松木にも通じているなら平田からは聞けない、そう思って先月は電話をしなかったのだが、そこまで説明すると彼女は首を結構な勢いで振って否定した。

「私、松木さんと付き合っていません」

「そうなのか、松木は、平田さんもそのつもりじゃないかと言ってたぞ」

「嘘です。そんな話すらしていません」

「してないって、じゃあ松木はなんでそう言ったんだ」

「確かに私も久々に男性に食事に誘われて、それもトップジョッキーの松木さんだったことに浮かれていたのは事実です。すみません」

「平田さんが謝ることではないだろ」

「誤解させたことです。あの夜にしても雑談しただけで、プライベートな話はしていません。松木さんは私に、アドバイザーになってほしいと頼んできたんです。今まで平田さんが八宏さんの相談に乗り、的確なジャッジをくれた結果、俺はダービーやジャパンカップを勝てた。残念ながら俺は八宏さんとは縁が切れた。自分もアドバイス料を払うから、相談に乗ってほしいと」

驚いた。当日のトラックバイアスについて平田に相談していることは松木も知っている。松木は毎回その通りに騎乗したが、彼から平田への礼の言葉を聞いたことはなかった。

松木は心の中では感謝していたのだ。自分が判断ミスをせずに勝てているのは、平田のデータによるものが大きいと。

「それで平田さんはどう答えたんだ」

聞くまでもないと思ったが、平田の答えは想像していたものとは違った。

「断りました。できませんって」

「どうして?」

「当然です、私は河口さんにお金をいただいているんです。河口さんのジョッキーのライバルになる松木さんに話すわけにはいきません」

「俺より多く出すって松木は言ったんじゃないか」

無言だったから図星だったのだろう。

「俺に気を遣わずに受ければいいのに」

すると彼女の眼鏡の奥の細い目が吊り上がった。

「できるわけないじゃないですか。みんなが馬場が重たいと思っている時、私が河口さんと松木さんに『重いように見えるけど例年と比べたら軽いです』と伝えたら、松木さんと郡司さんが同じレースをして、共倒れになります」

彼女の言う通りだ。内から三頭分がベストと二人に同じことを言えば、ポジション取りでぶつかり合ってしまう。

「だから河口さん、これからも私に連絡をください。私は河口さんのお役に立ちたいんです」

そうは言われても、あの夜の彼女の顔を思い出すとすぐに言葉は出なかった。

思案していると、おとなしい彼女の声が大きくなる。

「私がこれまでやってきたことを初めて認めてくれたのが河口さんなんです。松木さんがいくら払うと言っても、河口さんが私のデータを評価してくれなければ、去年松木さんや郡司さんが勝った時、私は喜べませんでした」

怒ったように見えた吊り目はいつしか下がっていた。

「分かった。今週からまた電話をするよ。松木がいなくなって大レースは勝てなくなったけど、郡司が大きいところを勝ったらまたボーナスを払う」

「お金はどうでもいいです。頂いている額で充分助かってますから」

ストップウォッチを片手に馬の動きを見つめる時と同じ真剣な目を、八宏は信じることにした。

23

二月の極寒期が過ぎ、ダウンに防寒用のフェイスマスクをしていたジョッキーや調教助手は、薄いウインドブレーカーに衣装替えをした。

だが競馬に携《たずさ》わる者の生活リズムは変わらない。ジョッキーなら毎日のように調教に来て、同じように馬に乗る。それは芝でもダートでも、晴天の良馬場でも雨の不良馬場でも同じだ。

毎日規則正しく同じフォームで乗っているのに、ジョッキーにも他のアスリート同様、好不調の波はある。

競馬は俗に、馬と人の貢献度の割合は「馬7、騎手3」「馬6、騎手4」と言われている。どんなに腕のいいジョッキーでも走らない馬に乗れば勝てない。だが八宏は馬とジョッキーは五分、つまり「馬5、騎手5」だと思い、レースに臨んだ。

それくらい人間の比率が高くなければ、毎回二着、三着と惜敗続きだった馬が、トップジョッキーに乗り替わった途端に勝つことはないはずだ。

八宏がデビューした頃は、関東には四十代半ばで数々の名馬でＧＩを勝ち、名手と呼ばれた平《ひら》賀剛《がつよし》がいた。

負けても厩舎の馬には継続して乗せてもらえるという恵まれた環境にいた八宏だが、年間の騎乗数八百から九百のうち、小川厩舎の馬は三百前後。小川厩舎以外の六百回はミスをすれば容赦《ようしゃ》なく降ろされた。

自分が勝たせられなかった馬を、平賀は、いとも簡単に勝利に導いた。いくら宥めてもイレ込みがきつくてレース前に消耗していた馬が、平賀が乗ると落ち着き、レース中は馬群の中でじっとしていた。

八宏と同じ戦法もあれば、思いもつかない、瞬発力がない馬を追い込み馬に脚質転換させるような大胆な戦法も目の当《ま》たりにした。

追って鈍《にぶ》かった馬が、平賀が乗ると別の馬かのように鋭い脚を発揮する。それができたのは、平賀が前半に馬にしっかり脚を溜めさせる、馬を落ち着いて走らせる技術を持っていたからだ。

そうした技術の違いを見せつけられるたびに打ちのめされ、自分はジョッキーとしての才能がないのでは、と思い悩んだ。

なぜトップジョッキーたちはそんな高度な騎乗ができるのか。

自分が乗らない時、ジョッキールームで平賀ら成績上位のジョッキーのレースをモニター画面で見ているうちに、自分に絶対的に欠けているものに気づいた。

それは引き出しの多さである。

乗れないジョッキーのほとんどはレース前から戦法を決める。ただそれは敗れた時に、「戦法通りにやったけど勝てなかった」と、逃げ道を先に用意しておくに過ぎない。

最大十八頭の馬が交じり、十八人のジョッキーの思惑がぶつかり合うのがレースなのだ。思い通りにいかなくて当たり前である。引き出しの多いジョッキーは、自分の想定しない展開になっても、次のプラン、次のプランとアイデアを出せる。その中からいかに正解を導き出せるか、それこそ脳の瞬発力だ。リハビリ中に優香と上茶屋に話したのも、八宏は本気で脳を鍛えようと、様々な脳科学の本を読んで勉強したからだ。

それでも人生の大一番となったコクトーの新馬戦は、その脳がまったく冴えずに明らかな不正解をチョイスしてしまったのだが。

選択といえば、一緒に暮らし始めた頃、美也子からこんな言葉を聞いた。

——ねぇ、ピック・ユア・ポイズンって言葉を知っている？　海外の小説を読んでたら出てきたんだけど。

——毒を選べって意味か？

——本来は「好きなお酒を選んで」という意味らしいけど、その本では違う意味で使ってたのよ。

——どういう意味だよ。

——好きな方を選んでいいですよ、どうせ最後に勝つのは私だからって。

美也子のことだから、その日までの数週間、負のスパイラルに入り、勝てずに苛《いら》ついていた八宏を見かねたのだろう。

美也子の助言で、翌週は第一レースを久々に勝利し、その後も順調に勝ち星を増やし、土日で六勝と、それまでの負けを取り返した。

なにも開き直ったわけではない。こうしたければどうぞ、あなたがこう来るなら俺はこうしますよ……どうシミュレーションをしても、すべて自分が勝つように答えを用意できた結果だ。

こうして小川や美也子の力を借りて、八宏はなかなか勝てなかったGⅠを勝てた。

ただ小川にしても、美也子にしても、あるいは助けてくれた他の人であっても、こうしろと命じるのではなく、八宏が気付くようにヒントをくれ、最後はいつも八宏に決断させた。

今、アドバイスを受ける側から与える側に立場が変わり、八宏は改めて思う。アドバイスしたところで、ジョッキーたちは自分の考えを優先して、その通りにはやらない。だが思い通りにいかず、彼らがパニックに陥った時、ふと、そう言えばあの人がこんなことを言っていた、と思い出す。

そうした窮地で浮かぶのは、いいアドバイスではなく、信頼できる人の言葉である。

心が通じていない者からどれだけ的確なことを言われても疑心暗鬼になるだけ。

指示が適切であっても迷いが生じて、闇に引きずり込まれていくように周りが見えなくなる。

24

競馬はダービーに始まり、ダービーに終わる。だからホースマンの元日はダービーの翌日であり、ダービーを終えると、来年のダービーを目指して気持ちが一新される。

ただし一般企業でいう競馬界の人事の季節があるとしたら、それは三月だ。

競馬学校を卒業した新しいジョッキーが入ってくる一方、調教師試験に合格したり、調教助手に転身したりして、騎手免許を更新しないジョッキーが引退するからである。今年も季節の移ろいとともに、顔ぶれが変わっていく。

新人ジョッキーは六人。関東、関西に三人ずつ所属厩舎が分かれ、そのうち二人は女性ジョッキーである。

競馬学校ではもっとも騎乗技術が優秀だった生徒に、アイルランド大使から「アイルランド大使賞」が贈られる。受賞したのは女性ジョッキーだった。

過去にも女性が何人も受賞しており、優香も選ばれた。それがいざ実戦デビューとなると、男性ジョッキーの方にいい馬が回る。女性ジョッキーの勝ち数は年々増えているが、まだ東西それぞれのベストテンに入る域までの活躍はできていない。

調教師では美也子が頑張っているが、優香には女性ジョッキーとしてより、男性に混じっても遜色《そんしょく》ないジョッキーになってほしい。

優香のことを考えていたせいか、前を歩く若手が目に入った。優香と一緒にリハビリをしていた上茶屋だった。

ヘルメットをかぶり、右手に鞭を持っているが、猫背《ねこぜ》で歩き方からして元気がない。

上茶屋も優香と同じ、今年の一月の中山開催から復帰した。優香は二カ月で二十勝を超えたというのに、上茶屋は騎乗数も一日一レースあるかどうかで、復帰してから依然として未勝利である。

穂村とコミュニケーションが取れていない口振りだったが、この三月から穂村は、「三人プラス若手騎手一人」という担当できる若手騎手の一つの枠を、アイルランド大使賞を受賞した新人の女性ジョッキーにして、上茶屋との契約を切った。

噂によると、穂村は電話一本で、来週からはやらないと上茶屋に告げたらしい。

ジョッキーが歩いていると、スポーツ紙や競馬専門紙の記者の誰かしらが声をかけるものだが、マスコミも上茶屋に同情しているのか、避けるかのように道を開ける。

八宏もデビューしたての頃は同じような経験をした。取材を受けるのは恥ずかしくて苦手だったが、自分に関心がないことを示されると、惨《みじ》めさが身に沁《し》みる。

「おい、新人王、どうした。そんなしょぼしょぼ歩いていると、競馬の神様が勝利をプレゼントしてくれなくなるぞ」

背後から声をかけると、上茶屋が驚いた顔で振り向いた。

最後は怪我で失速したが、彼はデビュー一年目は優香より一つ多い十六勝を挙げ、関東の新人賞を受賞した。怪我で後半を棒に振った去年は優香の方が二つ勝ち星が多かったが、他の同期は引き離した。

「河口さん、おはようございます」

ヘルメットを脱いでお辞儀をした。礼儀正しいが、声に張りがなく、リハビリしていた時の方がよほど元気はあった。

「穂村さんと離れたんだって。良かったじゃないか。きみが言っていた通り、穂村さんは上のジョッキー中心で馬探しをしているから、離れて正解だよ」

他人の悪口は言いたくないが、慰めるためにそう言った。

伊勢、関根というトップジョッキーに加え、松木まで加わった。暴力ジョッキーの噂はいまだ消えることはなく、乗鞍は多くはないが、数少ない騎乗チャンスを松木は結構な確率で勝利に結びつけている。

負けず嫌いの松木のことだ。八宏に縁を切られ、このままジョッキー人生が終わってなるものかと必死なのだろう。

調教師に謝罪して回ったぐらいなら、記者の前でいいから郡司に詫びれば、もう少し依頼は増えるのに。

もとよりそれができるような男であれば、若い時分から勝ちまくって、八宏より上の順位にいたはずだ。

不器用で頑固《がんこ》なのは、なにも悪いこととは思わないが、彼に欠けているのは過ちを素直に認められない点だ。それは、たとえ打算があったとしても叱ってくれた小川に最後は必ず謝罪した八宏と、大きく異なる。

励ましたものの、上茶屋は俯《うつむ》き加減のままで、沈んだ表情が変わることはなかった。

「どうした？　やらせてほしいと言ってくるエージェントもいるんじゃないか」

若手枠が余っているエージェントはいるし、八宏のように「三人」の枠に空きがある者もいる。誰からも声がかからないのか。いくら未勝利でもそこまで落ちぶれてはいないはずだ。事実、勝てていないだけで、何度か二着、三着には人気薄の馬を持ってきている。

「声をかけてくれる人が、いないことはないですけど……」

「その人に頼めばいいじゃないか」

「今の成績では、迷惑をかけるだけなので……」

八宏は定額でやっているが、ほとんどのエージェントの仲介料は進上金に応じて変動する。勝ち星が振るわないと利益も減る。だが賞金は五着馬まで入り、さらに出走奨励金という手当が、十着までわずかながら支給される。勝てる可能性が低くとも、少しでも上の着順に来る馬を探せば、約束した報酬がもらえるのだから、ジョッキーが気にする必要はない。

「しばらく自力でやるつもりなのか」

そうしているジョッキーも中にはいる。

「……はい」

返事はしたが、集中しておかないと周囲の騒がしさに紛れて聞こえないほど小さかった。

「馬探しをしてくれる者がいないと大変だろ。俺もデビューした頃は、自分でやっていた時期があったけど、いつ調教師から電話がかかってくるか分からず、昼寝もできなかったよ」

口にしてから、吐いた言葉を取り消したかったがもう遅い。今の上茶屋は電話が鳴ることもないだろう。

余計に傷つけてしまったのか、彼は泣きそうな顔をしていた。今年は郡司と優香に全力投球すると決めていたが、気が変わった。

「なぁ、上茶屋くん、よかったら俺がやろうか。きみが俺でいいと思うのだったらだけど」

思うもなにもない。河口さんみたいな人がエージェントだったらいいのにと、遠回しに頼んできたのは彼だ。

怪我で自信も信頼も失った彼を元いた居場所に戻せるのは、専門紙のトラックマンが兼ねたエージェントではない。元ジョッキーであり、それでいて注目される大レースには乗れず、何度も降ろされる苦味を味わった自分しかいない。

「きみはうちの郡司を尊敬してんだろ。タイプ的には郡司とよく似て、馬を動かしていけるし、俺もきみに合った馬を集める。まだまだ経験は足りないし、学ばなくてはならないことがたくさんあるけど、郡司の騎乗を撮影するほど勉強熱心なのだから大丈夫だ。俺がエージェントになったからって勝てる保証はないけど、穂村さんの時よりもきみが勝てるよう努力はするよ」

自分から志願したのは初めてだ。優香でさえ、彼女から「私のエージェントになってください」と言ってきた。

だがジョッキーとエージェントの立場は平等なのだから、待つだけでなく、時には自分から申し入れてもいい。

大スランプから脱却できると安心して喜ぶ上茶屋の顔を想像したが、気鬱《きうつ》な表情にまったく変化の兆《きざ》しはなかった。

「いいえ、いいです」

「どうしてだよ」

「今の自分では河口さんに迷惑をかけるだけなので」

「迷惑なんてかけないって。もしや金の心配をしてるのか。俺は定額制だけど、優香はまだ見習い騎手だから一銭ももらっていない。きみも百勝を超えるまでは無償だ。百勝したらもらうけど、それだって他のエージェントの歩合制と比べたら安いと思うよ」

優香への騎乗依頼が殺到していて、断るケースも増えている。その馬を回せば、確実に上茶屋の勝ち星は増える。

「いいえ、やっぱりいいです」

上茶屋の返答は変わらなかった。本人がいいと言うなら仕方がない。エージェントは押し売りしてまでやる仕事ではない。

「気が向いたら俺に電話をくれ。電話番号は郡司か優香にでも聞けばいいから、伝えなくていいよな。今は苦しいだろうけど、人はもがいた分だけ成長できる。この経験は必ず活きるから」

説教臭くなってしまったが、彼は「ありがとうございます」とまた頭を下げた。以前同様、礼儀は正しいが、まるで怯《おび》えているようにさえ見える。

自信の喪失《そうしつ》が、そう見させてしまっているのか。こんな不安げな態度を見せてしまえばますます騎乗依頼は来ないというのに。

ポケットに入れているスマホが震えた。

「ごめん、電話だ」

「では失礼します」

彼は逃げるように去っていく。

「応援してるからな、頑張れよ」

何の励ましにもならないと思いながらも、スマホを取り出し、「はい、河口です」と電話に出た。GIホースを何頭も育てた関西のやり手調教師からだ。松木はいなくなっても、郡司も優香も調子がいいので、八宏の電話は相変わらず鳴りっぱなしだ。

〈河口さん、皐月賞の日なんだけど、七レースと八レース、郡司空いているかな。両方とも良血馬で、ここ数戦の内容もいい、一番人気間違いなしだ〉

今週、来週は郡司も優香も埋まっていて、今、八宏が必死に探しているのは三週間後の皐月賞の週の馬である。

調教師は一番人気と言ったが、人気のあるなしで選ぶわけではない。その馬が勝てるかどうか、ジョッキーを危険な目に遭わせることがないかまで見極めなくてはならない。

肩と耳でスマホを挟んだまま、左手に持っていたタブレットを開き、右の人差し指でスワイプしていく。

皐月賞当日の郡司の騎乗予定を確認すると、七、八レースとも空いていて、皐月賞が行われる日曜日は、この二つを入れると十二レース中、十レースに乗ることになる。

GI当日のレース数を決めるのは難しい。勝負レースしか乗れないのは、肩慣らしをしないで全力でボールを投げるようなものだが、かといって数が多いのも考えものだ。

若い郡司は十レースくらい乗ってもびくともしないが、多く乗れば乗るほどリスクは増える。

皐月賞の後も、天皇賞春の有力馬の一頭に挙げられるバーミングフェア、翌週のNHKマイルカップと、GIレースの騎乗予定馬が入っている。頼まれた二頭に癖があり、斜行《しゃこう》で騎乗停止の制裁を食らった場合、彼はせっかくチャンスを摑んだGIにも乗れなくなる。

〈大丈夫だって、河口くんはおかしな馬じゃないか心配してんだろ?〉

「いえ」

失礼だと一度は否定したが、頭のいい調教師はエージェントの取捨選択条件も摑んでいるのだと、「はい、その通りです。すみません、失礼なことを考えて」と謝った。

〈エージェントとしてあるべき姿だよ。ただ乗せてくださいと頼んできて、癖馬かどうかも訊かないエージェントがいると、ジョッキーはこんな人間に馬選びを任せて大丈夫なのかと心配になるもの〉

調教師の言う通りである。ジョッキーはエージェントに勝利だけを依頼しているわけではない。安全に乗れて、怪我のリスクが低い馬の見極めも託している。

〈二頭とも素直でおとなしい馬だ。これまでもグリーズマンや短期免許の外国人ジョッキーに乗ってもらってきたから、躾《しつけ》が行き届いている。タイエリオットに乗る前に、いい景気づけになるはずだよ〉

その調教師は元ジョッキーとあって、八宏だけでなく郡司の心の奥底に隠れる不安までを感じ取ってくれていた。

郡司はゲン担ぎなどしそうにないが、誰だってその日にレースを勝って、本番を迎えたいと思う。なにせ郡司にとっては初のクラシック制覇がかかっているのだから。

二歳終了の時点では郡司が乗るタイエリオットと松木が乗るロングトレインはほぼ互角と見られていたが、その評価は年が明けて広がり、当日の人気はタイエリオットが一倍台後半、ロングトレインは五倍くらい離れると予想されている。

それはロングトレインが放牧中に爪を痛めたとかで、現時点で美也子が出否を決めかねているからだ。

そのことは美也子に会った時に直接訊いた。

——爪に問題があるんだって。大丈夫なのか。まぁ、ライバル馬側の俺が心配することではないけど。

——すぐに乗り始めたから重傷でなくて良かったんだけどね。でもスケジュールが狂ったのは事実ね。

——美也子の性格なら、先のことを考えて回避してそうだけど。

——そうなんだけどね。馬主がよほどのことでない限り出てほしいと言うんで、準備はしているの……。

美也子は、最後は言いにくそうだった。

ホープフルステークスの後、一度でもレースを使っていたら、美也子は「この馬はダービー向きです。皐月賞をスキップしましょう」と馬主を説得しただろう。だが現状だと、パスすれば五カ月ぶりのぶっつけ本番で、ダービーを迎えなければならない。

皐月賞後に青葉《あおば》賞というトライアルレースがあるが、ダービーと同じ二四〇〇メートルで行われるため消耗が激しく、過去に同レースの勝利馬からダービー馬は誕生していない。

ライバルが順調でないことを喜んではいけないが、皐月賞はタイエリオットが勝つと八宏は自信を強めた。

25

「おいおい、時間がないんだよ、二人とも早くしてくれよ」

その週の日曜日のレース後、ジョッキールームの外で八宏はしびれを切らしていた。

「すみません、郡司先輩が出てくるのが遅くて」

優香が走って出てきて、後ろを振り向く。

「俺のせいにするなよ、優香。最終レースに勝ったから、馬主に引き留められてたんだよ」

扉の奥から歩いてきた郡司が口をつぼめる。勝ったあとなら馬主も興奮状態だし、長話になるのも仕方がない。それでも次の約束の時間に間に合わなくなるのだから、早く切り上げてほしかった。

いつもは全レースが終了すると、ジョッキーの顔を見ることなく帰り、なにか注意点があってもそれは水曜日の調教後のミーティングにして、放っておいている。

ジョッキーは金曜日の夜から二日間、調整ルームに缶詰めにされているのだ。日曜のレース後くらいは、競馬を忘れて好きなだけ発散させてあげたい。

ところが今日は、岡本から紹介を受けた箱崎から「郡司くん、宇品さんと食事をしたいので連れてきていただけませんか」と誘われたのだった。

八宏は、二月にも箱崎から呼び出されていた。

その時は一軒目の寿司屋で、競馬場以外でのお付き合いは得意ではないと仄《ほの》めかしたのだが、こうしてまた誘われたというのは、箱崎は理解してくれていなかったようだ。

寿司屋の後は、箱崎が通っている若い女性がいるラウンジに二軒連れ回され、帰宅したのは夜中の三時過ぎ。三軒目では苦手な歌まで唄わされ、心身ともに疲弊《ひへい》した。

最初に会った時は、仕事の自慢話はしても、岡本の紹介だけあって気遣いのできる人だと思っていた。

ところがデリカシーにも欠け、高級割烹《かっぽう》での食事中、「河口さんってお箸《はし》の使い方が下手ですね」と、八宏の箸の持ち方を見て指摘してきた。

言いたくなかったが、右手の中指と薬指が思い通りに動かないことを伝えた。

——指が動かないって、そりゃ不便ですね、ハハッ。

笑うだけで、ねぎらい一つなかった。

傲岸不遜《ごうがんふそん》な馬主など過去にいくらでもいたし、レースで負けた腹いせに怒鳴り散らす人もいた。紳士的に見えた箱崎だが、一代で成功したくらいだから、他人の苦労は顧《かえり》みないのだろう。その場は我慢し、作り笑いで場の空気が乱れないよう気遣った。

その一回でも充分嫌な思いをしたのに、一カ月もしないうちに、今度は二人の騎手を連れてきてほしいと言われたのだった。断ろうと思ったが、前回のラウンジで、今年のプラチナセールでの予算は十億円、一億円以上の馬を六〜八頭買う予定だと聞かされたのを思い出し、決心が鈍った。

郡司と優香に相談したところ、二人とも「そんなすごい馬主に声をかけてもらえて、行かないわけないじゃないですか」と、断ろうとした八宏が信じられないといった顔をした。

「これから会う社長は、悪い人ではないんだけど、馬主になったばかりで競馬界のことを知らないんだよ。嫌なことを言われて二人が気を悪くしないよう、先に話しておこうと思ったんだけど、時間がないから、細かいことはタクシーの中で話すわ」

「分かりました」

二人が返事をしたので呼んでおいたタクシーに乗る。郡司が「八宏さん、どうぞ」と譲ったので、八宏が奥、郡司が手前、優香は助手席に乗った。こうした作法は言わなくても郡司は弁えている。

「運転手さん、船橋《ふなばし》駅まで行ってください」

「はい」

「えっ、タクシーで東京まで行かないんですか」

隣から郡司が言う。

「日曜の夕方だぞ、車なんかで行ったら渋滞に嵌って何時になるか分からないだろ」

「そうですよね。大事な約束には絶対に車を使わないのがおじさんのルールですものね」

助手席に乗った優香の方が首だけ向けた。

優香は女性の先輩ジョッキーから譲ってもらったフォルクスワーゲンで競馬場の調整ルームに来るが、今週は先輩ジョッキーに乗せてもらってきた。

それなのに郡司は一月に買った自慢のグレーのポルシェでやって来た。

駐車場に隅々まで磨かれたポルシェが居座るように停まっているのを見て、八宏はレース前、「今週は車で来るなと言ったろ」と窘《たしな》めた。

郡司は惚《とぼ》けた顔をしていたが、大事な人と約束した時には公共の交通機関を使うという八宏の方針を、郡司には伝えていなかったのかもしれない。

車が動き出すと、郡司はイヤホンを出して耳に嵌めた。

おいおい、車の中で話すと言ったのを忘れたのか。

以前にも似たことがあった。

郡司がちょっと無茶なレースをしたので車の中で注意しようとした。彼がイヤホンをして音楽を聴き出したので、その日は話さなかった。

「郡司、話があると言ったろ」

膝《ひざ》を叩いて注意すると、彼は「すみません」とイヤホンを外す。

ひと通り、箱崎についての注意点を伝えた。

こちらから断らないと際限なく付き合わされるので、途中で明日の朝はトレーニングがあるなどと切り出して、一次会で切り上げるようにしろ。俺も、二人とも月曜は午前中からジムに通っているとさりげなく言っておく、と。

本当は、人と一緒にいる時はイヤホンをしない方がいいぞとまで注意しておきたかったが、小川と八宏のような師弟関係でもなければ、八宏がジョッキーになった頃とは時代も違う。

ただし、なぜ車で来てはいけないのか、理由を言わないままないがしろにすると、郡司はまた同じことをするだろう。

この際、小川から教わったことをきちんと話しておこうと腹を決めて話した。目上の人と会う時は渋滞で遅刻したり、事故に遭ったりしないように電車か、電車がない場合はタクシーを使うこと。遅刻の理由はどうあれ、馬主をしている企業経営者には言い訳は通じないぞ……。

「小川先生って名調教師なのに、電車に乗ってたんですか」

優香が振り向いて目を丸くする。

「名調教師だからそうしたのではなく、そういった気配りをしたから名調教師になったんだよ。ちなみに電話にもうるさかったな」

電話に出なかった時の教えを話す。

「つねに相手が中心なんですね。でも電話中だったらどうするんですか。いちいちキャッチホンで出るんですか」

「先生はどうだったか忘れたけど、俺はキャッチホンにはしていない。今はショートメッセージで着信履歴が届くだろ。それが表示されたら、すぐにかけるようにしている」

「なるほど」

優香は感心していたが、隣から「面倒くさいですね」と声がして、八宏は振り向く。

「なにが面倒くさいんだよ」

そんな言葉が郡司から出てくるとは思わず、面食らった。

「出たって今は話せないんでしょ。それなら出ても出なくても同じじゃないですか」

「違うぞ、郡司。電話をかけた相手はどうして出ないのかなと思うじゃないか。もしかしたら今しか時間ができないのかもしれない。それだったら、明日かけ直しますと言うこともできる」

「なんで出ないのかなんて、喧嘩でもしていない限り、考えないんじゃないですか」

珍しく反論してくる。重苦しい空気を察した優香が「私たちの世代はなんでもＬＩＮＥで済ませてしまうので、電話は滅多《めった》にしないんです。ちなみに郡司先輩からは、既読スルーはされたことはありません」と口添えしてきた。

小川に教わったのは競馬学校にいた頃だから、四半世紀近く前だ。その頃ＬＩＮＥはなかった。メールはあったが、用事がある時はほぼ電話だった。

「すみません、余計なことを言って」

八宏が気分を害したのを知り、郡司は謝ってきた。けっして不平不満を言ったのではなく、理解できなかっただけのようだ。

「俺の方こそ押しつけがましくて悪かった」

そう言って詫びる。

師匠でもなく、コーチでもない。それが分かっているのに、時々お節介に自分の考えを押し付けてしまう。悪い癖だ。

ただ、時間だけは守ってほしい。「電話はどうでもいいけど、大事な約束をしている日には車は使うなよ。急いで事故にでも遭ったらレースに乗れなくなるから」と言って聞かせた。

謝ってきた郡司だが、思っていたのと違う一面も見られた。それも悪いことではないと八宏は自分に言い聞かせる。彼と長く付き合っていく上では、いい発見だったかもしれない。

いかんせんまだ二十三歳だ。社会人として身に付けなくてはいけないことはたくさんある。

26

船橋駅に着いて、駅に入る。

改札口での時刻表示を見て、八宏は「電車が来るみたいだぞ、急ごう」と階段を全速力で走ったが、階段の途中で「駆け込み乗車はおやめください」とアナウンスが聞こえ、ホームまで下りたが寸前でドアがしまった。

「残念、間に合わなかったか」

息を切らしながら八宏が言う。全力疾走したことでまだ息がぜえぜえしているが、二人はケロッとしている。現役とそれ以外との差を見せつけられた感じだ。

「優香が電話なんかに出るから、乗れなかったんだぞ」

郡司が優香に責任を押し付ける。

「電話なんて、ほんの数秒じゃないですか」

タクシーの中で八宏に言われたものだから優香も出たのだろう。先輩ジョッキーからだったようだが、「今、移動中なのであとでかけ直していいですか」と、八宏に言われた通りの返答をしていた。

「郡司先輩が出てくるのが遅いからですよ」

「それは馬主に捕まったから仕方ないと話したじゃんか」

「郡司先輩から話しかけてたじゃないですか」

「勝たせてもらって、ありがとうございますだけじゃ失礼だろ。この馬、上のクラスで通用するかどうか、馬主だって気にしているだろうし」

「どうせ調子よく、勝てますと言ったんでしょう」

「そりゃ通用しませんとは言わないよ。だけど勝てるとも言わない。そういう時はいい勝負ができるんじゃないですかと答えるんだよ」

「そういうところが調子がいいんですよ」

「おまえだって、俺くらいのレベルになったら同じことを言うようになるさ」

「俺くらいのレベルって、すごい上から」

「おいおい、二人とも駅のホームで言い争いするな。周りの客に迷惑だぞ」

八宏が割って入って二人を宥めた。

約束の時間を箱崎の言うままに受けてしまったのは自分だ。最終レースに郡司も優香も騎乗していたのだから、勝って表彰式があることも想定して、三十分遅らせてもらうべきだった。

「大丈夫だよ。次の電車でも間に合うから」

乗り換え案内のアプリで時間を確認した。東京駅からタクシーで銀座の店まで行く予定にしているが、次の電車なら約束の十分前までには到着できそうだ。

「八宏さん、なにか飲み物要りますか。買ってきますけど」

自動販売機に歩き出そうとしていた郡司が振り返った。

「俺はいいよ。郡司は今週、五十一キロ乗ったんだものな。悪かったな。俺の見立てが狂った」

郡司の体重も八宏の現役時代と同じ五十一キロだ。馬具やブーツ分を入れても二キロくらいなので、それくらいの減量なら、ジョッキーはやれないことはない。だが減量を頑張れるのは、勝てる馬だからだ。八宏もそう聞いたから受けた。ところが絶好調だと聞いていた調教師の話とは異なり、馬はスタートからまったく進んでいかず後方のまま敗れた。

「飲み物なら私が買ってきますよ」

優香が言うが、「自分で好きなのを買うからいいよ」と、郡司は一人で歩いていく。

自販機の前には先客として老いた男性が小銭を出そうとしていた。

使い勝手の悪い財布らしく、ひっくり返している。小銭が零《こぼ》れ落ちそうな嫌な予感がした。案の定、小銭がホームの床に落ち、散らばった。

そこで八宏は心臓がはち切れそうになった。

落ちた小銭のうち、郡司の足元に向かって転がった百円玉を、郡司は右足を踏み出して靴で覆い隠したのだ。

腰を屈めた老人は、視力も悪いのか目を細めて小銭を一枚ずつ拾い集める。拾えたのは十円玉ばかりで、これでは飲み物は買えない。

ひょっとして郡司は百円玉を踏んでいることに気づいていないのか。

そんなことはない。小銭が転がってきたタイミングで足を前に出した。

偶然か？　そんな偶然あるか。郡司の右足に目が釘付けになっていた八宏の心臓は、鼓動が早くなっていた。

老人はあたりを探すものの、見つからないため、落胆して自販機から離れようとした。

そこで郡司は足をどかし、小銭を拾い上げた。その手を前に出す。

「おじいさん、ここにもお金が落ちていましたよ」

「そんなところにありましたか。よかった。ありがとう」

小銭を受け取った男性は顔を綻ばせる。

郡司は「どうぞ、先に買ってください」と笑顔で手を出して促す。

この瞬間だけを切り取って見れば親切な青年だ。

だが一部始終を目撃した八宏は、郡司の頬笑《ほほえみ》に、得体の知れない気味悪さを感じた。

27

電車内は空いていて、対面式の席が空いていた。

八宏は窓際の奥に、向かい側に郡司と優香が座る。

着席すると同時に、郡司はドリンクを飲みながら、ポケットからワイヤレスイヤホンを出して音楽を聴き出した。

おい、さっき注意されてイヤホンを出すか。

ただなにもイヤホンを出すなと言ったわけではない。郡司だってレースが終わって、リラックスしたいはずだ。

そんな些細《ささい》なことまで気になってしまうほど、つい今しがた目にした光景は、八宏の脳裏から消えることはなかった。

八宏が今まで抱いていた郡司のイメージなら、老人が十円玉を拾うより先に、ここにも落ちていましたよと渡している。

そうするどころか彼は靴で隠し、老人にしばらく探させ、もう見つからないと諦めたところで、小銭を手渡した。

あれでは老人が必死になって探している姿を愉《たの》しみ、からかったようなものだ。

そんな男だったのか。

およそ二年間、間近で見てきたが、これまで彼が意地の悪いことをする人間だと思ったことはなかった。

優香は折り返しかけると伝えた先輩に電話をしていたので、あのシーンを目撃したのは八宏しかいない。

郡司はその後、自販機の前に立ち、飲み物のボタンを押した。その時には、郡司が戻ってきたら、おまえ、おじいさんの百円玉が落ちていたのに気づいていたんだろう、どうして隠したりしたんだと、問い詰めようかと思っていた。

だが、なに食わぬ顔で戻ってきた本人を前にすると心臓が脈を打って、問い詰められなかった。

訊いても気づかなかったと答えるだろう。それよりも、わざとやったんですよと言われた時が問題だ。それなら注意すればいいだけではないか。なにも法律違反をしたわけではない、ちょっとした悪戯《いたずら》である。

悪戯だから質《たち》が悪いのだ。郡司はもう子供じゃない。彼がどのような反応をしようとも、八宏は納得できそうもなかった。

箱崎との食事中も、八宏の頭からは郡司が見せた忌《い》まわしさが消えず、まともに会話に参加できなかった。

初めて現役ジョッキーと食事をした箱崎は最初からハイテンションで、八宏に元気がないことなど気にしていなかった。

箱崎が仕事自慢をせず、競馬について二人に質問していたこともあり、会話が滞《とどこお》ることはなかった。

優香は緊張しているのか、遠慮気味に話していた。その一方で郡司は、はきはきと訊かれたことに答え、箱崎にはきちんと受け答えができる好青年だという印象を与えたはずだ。

ただし八宏にはこうも見えた。

彼は高額馬を何頭も持つという大馬主だと聞いたから、自分をよく見せているのではないか。八宏が、二人が月曜の朝からトレーニングするというのを箱崎に伝え忘れていたせいもあり、二次会に行くことになった。

さすがに優香を女性が接客するラウンジに連れていくことはせず、箱崎は高級カラオケ店に案内した。

郡司も優香も自分から曲を入れ、マイクを握った。

優香のカラオケは一度聴いたことがあって、得意なのは知っていたが、初めて聴いた郡司の歌唱力は優香以上で、高音も難なくこなす。箱崎からも「ジョッキーってなんでもできるんだね」と感心されていた。

「芸達者な先輩、たくさんいますよ。歌だけでなくお笑いも」

「次はそういうジョッキーを連れてきてよ。みんなで盛り上がりたいな」

「でもマイクを持ったら朝まで離さないから、一緒に飲むのはやめた方がいいと思います。酔うと自分が乗せてもらっていることも忘れて、馬主さんに絡《から》む先輩もいますし。なぁ、優香」

「そうですね。まともな先輩の方が少ないかも」

二人はそう言って箱崎の関心が他にいかないようにしていた。

それくらいはいい。

せっかく知り合った馬主を、他に取られないように考えるのは、誰もが同じだ。八宏だって現役時代は似た回答をしたかもしれない。

その後も郡司と優香が気持ちよさそうに熱唱するのを聞き、二人が早く帰れるよう熟考したのが馬鹿らしく思えてきた。

このままではまた二時、三時の帰りになるなと端の席でため息をついたところ、郡司が「そろそろ最終電車なので帰らないと」と席を立った。

「タクシーで帰ればいいじゃないか。もう少しきみらの歌を聴かせてよ」

「すみません、僕も宇品も明日午前中からトレーニングなんです。遅れるとインストラクターにこっぴどく叱られるので」

彼は八宏が伝えた通りのことを言った。

電車で帰ると言ったが、箱崎は「電車ではなくタクシーで帰りなさい」と三万円を渡した。二人にはお礼の心づけまでも。

帰りの車内でも、郡司はイヤホンを挿《さ》し、カラオケでも歌った曲を口ずさんでいた。

助手席の優香はうたた寝をしているのか、体が左右に揺れていた。

八宏も目を瞑《つむ》っていたが、頭の整理がつかず、ぐったり疲れているのに眠気が訪れる気配もなかった。

28

翌日から八宏はいつも通り馬集めを開始し、水曜の追い切り後には今週の出走馬を確認するミーティングを行った。

本音を言えばまったくすっきりしていなかったが、自分の仕事に集中しようと割り切った。

「郡司は、土曜は中山で計八レース、日曜は阪神で二レース、念のためＬＩＮＥで送っておく。中山は一、三、七で勝つチャンスはあるけど、阪神は二頭とも馬質はよくない。いい馬を集められなくて申し訳なかった」

「問題ないですよ。アウェーですから」

阪神に行くのはＧＩ大阪杯の騎乗のためだが、その馬からして参加するだけのレベルだ。

早い段階で依頼が来ていれば、他のレースの騎乗馬も集められたのだが、大阪杯に乗ることが決まったのが二週間前なので、関西の調教師に声をかけても乗り数は増えなかった。

このあたりがキャリアの浅さでもある。

ＧＩを勝ち、皐月賞で本命馬に騎乗し、関東リーディングのトップに立っているというのに、郡司の信頼度はまだ関西ではさほど高くない。

去年の松木なら、当週に関西遠征が決まったとしても三、四頭は勝負になる馬が集まった。

「優香は中山で、土日で十七鞍だ。うち三つは勝てるチャンスがある」

「土曜の六レースと、日曜の六、七レースですね」

「よく調べてるじゃないか。その通りだよ」

「レース前に相談したいので、検量室前まで降りてきてください」

「分かったよ」

優香に言われて、ふと違和感を覚えた。

以前なら郡司が言っていたセリフだ。

思い返して、最近の郡司からアドバイスを求められた記憶はない。

八宏は毎回、平田まさみに電話をして馬場傾向を確認しているが、その情報を郡司に伝えたのは、去年の朝日杯くらいまでさかのぼらないと思い当たらなかった。

それでも関係なく勝ち星は増えているから、八宏のアドバイスなど元からたいして効果を発揮していなかったのかもしれないが。

自分自身、コーチではない。彼らが困った時に、自分が伝えた言葉を思い出して、窮地を脱する手掛かりにしてほしい、その程度の参考意見だと思っているが、松木がやめた後すぐに郡司がGIジョッキーになったことで、自分が育てたかのような思い違いをしていたようだ。

その週のGI大阪杯は七着、あくる週の桜花《おうか》賞は八着。勝ち馬とは大きく離され、郡司は見せ場すら作れなかった。

それでも、ともに二桁人気馬で、最下位だってありえた。交付される出走奨励金の範囲内、六〜十着に持ってきたことで、電話を寄越《よこ》した調教師の評価はすこぶる良かった。

〈郡司くん、あの馬で賞金を咥《くわ》えてきてくれるなんて、たいしたものだよ。オーナーも郡司くんのことが気に入ったみたいだから次も頼むよ〉

「郡司はこれからも関西に来ることが多くなると思いますので、引き続きよろしくお願いします。今回は乗せていただきありがとうございました」

芽生えた不信感を胸奥に隠して、礼を述べた。

29

迎えた皐月賞当日は、四月に入ったとは思えないほど肌寒かった。

雨雲が流れ寄せてくる鉛《なまり》色の空は今にも崩れそうで、レースが行われる三時四十分頃には中山競馬場では雨が降るかもしれないと天気予報アプリにも出ている。

レース前の予想通り、前売りオッズではタイエリオットが一・六倍、美也子が一週間前追い切り後に出走を決めたロングトレインは、二番人気とはいえ七倍もついた。

馬体重も、タイエリオットは朝日杯より十キロ増と成長分が見込めるのに対し、ロングトレインはプラスマイナスゼロ。二頭とも休み明け、しかも三歳の春は成長期なので、休み明けなら体重は増えて当然とも言える。

この先、皐月賞、ダービーと激戦が続くのだ。美也子は皐月賞から目イチに仕上げず、ダービーに向けて余力が残っているように馬を作ったはずだ。それなのに馬体重が増えなかったのには、さすがの美也子も計算違いを嘆《なげ》いていることだろう。

今、各馬はパドックを回っている。騎乗依頼がかかり、一礼してから郡司がタイエリオットに駆け寄った。

平石が郡司を待っていた。少しの会話をしてから、平石が出した肘に膝を乗せ、郡司はタイエリオットに跨った。ジョッキーが乗ると馬はいっそう様《さま》になる。毛艶《けづや》、気配ともに抜群にいい。

郡司を乗せたタイエリオットが本馬場入場するのを見送ってから、平石は八宏が観戦する場所に近づいてきた。

「どうだ、八宏の目に、うちのタイエリオットはどう映ってる」

「最高の仕上げに見えますよ。朝日杯はテレビ観戦でしたが、それよりもいいです」

本音でそう思った。毛艶も輝いていて、ひと冬越して、馬体重増以上に体が大きくなったように見えた。

「八宏にそう言ってもらえると、俺も自信を持って、初めて自厩舎から出走させる皐月賞を見られそうだよ」

圧倒的一番人気に推されているというのに、平石は謙虚だった。

「俺は今日に限っては、ライバルはロングトレインではないと思うんだ。八宏はどう思う?」

「僕も同意見です。関西馬のシズールかオールウインワンの方が怖い気がしています」

二頭は弥生賞《やよい》、スプリングステークスという皐月賞の前哨戦を勝った。だが前者は七戦二勝、後者も八戦三勝と使い詰めで来ていて、上がり目はない。

「二頭ともポジションは後ろだよな」

「最後方あたりでじっとして、追い込んで来るんじゃないですか。シズールは伊勢だし、オールウインワンはグリーズマンなので、彼らが逃げるタイエリオットを捕まえるには、一か八か後方で脚を溜めるしかないと考えていると思います」

「雨が降ってきてもそうするかな。馬場が重くなったら、切れ味も鈍るだろう」

「よほどの大雨ではない限り、降っても馬場は変わらないはずです」

中山競馬は二カ月間にわたって開催されているため、通常の年だと内側が傷《いた》み、コース選びが難しい。今年に限っては、三月が好天に恵まれ、四月に入ってからもコンディションがよい。

——レース直前に大雨が降らない限り、逃げても後方待機でも、その馬のペースに合っていればどのポジションからでも勝てる馬場です。私は馬の実力通りで決着がつくと見ています。

それが平田まさみからの情報だった。平田の言いたいことを分析するなら、郡司がこれまでの騎乗をすれば、タイエリオットは勝てる。

だが八宏がタイエリオットに乗っていたら、同じ逃げるにしても、行きたがらないよう意識してゲートを出し、先頭に立つのは一コーナーを回ってからにする。どうせスピードの違いでハナには立つのだからと、馬が行く気にならないよう抑え気味で騎乗する。

そうするのは、皐月賞を勝つだけでなく、次のダービーに繋がるレースをしなくてはならないと考えるからだ。

「スローに落とす必要はないけど、朝日杯くらいの速いペースだと、伊勢やグリーズマンの思うつぼだな」

ペースに関しては平石も心配をしているようだ。

「今回は初めての二〇〇〇メートルですからね。前半一〇〇〇メートルを五十九秒ちょい、それくらいのペースがいいんじゃないですか」

「そのこと、郡司に伝えてくれたか」

「えっ」

パドックで会話をしていたから、ペースやどこまでに先頭に立つかについて、確認したものだと思っていた。

話していないと言えば平石が不安になる。だが郡司にしても四〇〇メートル距離が延長する皐月賞で一番人気馬に騎乗し、マイルと同じペースで飛ばしたりはしないだろう。

「はい、一応、確認はしておきました」

平気な顔でついた嘘に、胸が苦しくなる。

郡司とは午前中最後の四レースが終わった時に顔を合わせた。しばらく目が合ったのでなにかしら訊いてくるかと思ったが、そこで若手ジョッキーが話しかけてきたので、郡司はそちらに顔を向けた。

昨日も今日も郡司は乗れている。土曜日は二勝、今日は関西の調教師から頼まれた七、八レースを一番人気馬で連勝した。

周りがよく見えており、道中で邪魔をされても、咄嗟《とっさ》に動いて影響をなくしている。流れに乗っている時に余計なことは言うべきではないと、八宏は話しかけなかった。

「ホースマンである以上、大目標はダービーだからな。皐月賞を勝ってもないのに、ダービーを見越しながら勝ってほしいというのは、さすがに欲張りすぎかな」

「そんなことないですよ。平石さんもダービーまでの成長過程を描いて、馬を仕上げたわけですし」

「これでもやり過ぎないように、我慢したんだよ」

「郡司だってダービーを考えて乗ると言ってましたよ」

考えてはいるだろうが、言葉では聞いていない。いくら安心させるためでも、嘘をつくのは不得手だ。平石の頭がレースに行っていて、八宏の顔を見ないのが救いだった。

郡司は次のことも考えて乗るだろうか。今日勝ちたいがために、焦った騎乗をしないだろうか。

二十代前半とは思えない判断力の優れたジョッキーでも、初めて勝てると思ったクラシックで、冷静になれと言う方が酷《こく》だ。顔を見合わせた時、八宏から声をかけ、今日大事なことはなんだと、確認しておくべきだった。

「あっ、降ってきたぞ」

近くにいた調教師が声を出した。八宏は空を見上げる。

厚い雲に覆われた空からぽつぽつと雨が落ち、屋根のない場所に立つ観客たちが傘を開く。

レースまであと五分、馬場は悪くならないでほしい。タイエリオットは良馬場しか走ったことがないだけで、雨で地盤が緩い馬場もこなせるかもしれない。だがジョッキーに雑念が生じる。ただ見ているしかできないからこそ、八宏は胃が締め付けられる思いだった。

そのまま平石と並んでレースを観る。

中山二〇〇〇メートルのスタート地点は、四コーナーを曲がり終えたホームストレッチの右端だ。

定刻通りにファンファーレが鳴り、各馬がゲートに入っていく。双眼鏡を通じて確認した限り、馬も郡司も落ち着いている。雨は強くならず、雨粒は見えるが馬場コンディションは良馬場のままだ。

ゲートが開いた。

各馬横一線で出遅れた馬はいない。しばらくして、八宏は思わず「おい」と声をあげた。

三枠五番という絶好枠を引いたタイエリオットはいつも通り、出遅れることなくゲートを出た。過去三戦は馬の行くまま、二完歩《かんぽ》からの立ち上がりの速さで自然とハナに立った。

それがこの日は、郡司が微かに手綱を押したのが見えたのだ。そのせいか、馬はスピードに乗り、最初のコーナーを回った時には二番手以降と二馬身ほど差がついていた。

こんなペースで二〇〇〇メートルが持つか。

それでも次の二コーナーに差し掛かると、郡司はタイエリオットをスローダウンさせる。手綱を引っぱったりして馬の気分を害してはいない。ペースを落としたといっても、まだ全体のペースは速く、二コーナーを回ってバックストレッチに入った時には、縦に長い隊列になった。

八宏は双眼鏡を覗き、ライバル馬たちの動向を窺った。考えていた通り、腕利きジョッキー二人が乗るシズールとオールウインワンは後方からだ。いや、もう一頭後ろにいた。松木が乗るロングトレインだった。

一〇〇〇メートルを通過した時、観衆がざわついた。

五十八秒五。

勝ち目の薄い馬がイチかバチかの大逃げを打った時のペースだ。

隣の平石も双眼鏡で眺めていたが、とても声がかけられなかった。

おそらく青ざめている。郡司がなぜこんなペースを作ったのか理解に苦しむ。ジョッキーになったばかりの、ペースが読めない新人《あんちゃん》でもこんなに速くは走らない。頭がテンパっているのではないか。

ところが三コーナーを過ぎたあたりで、郡司の作ったペースに、二番手、三番手に付けた馬が先にバテ始めた。

二頭だけではなく、その後ろの馬たちも足取りが怪しくなり、ジョッキーが手綱をしごいたり、鞭を入れたりしていた。

前の馬が下がってきて詰まることを心配したのだろう。伊勢のシズール、続いてグリーズマンのオールウインワンが、大外から動き始める。

いつしか郡司がペースダウンさせたタイエリオットは、楽な手応えのまま四コーナーを回る。だからといって楽観はできない。

中山の一番の難所は直線の急坂だ。スタミナが残っていないと、坂を登りきった時には息切れして脚が止まる。

タイエリオットはまだ五馬身差以上、後続を引き離していた。

郡司は鞭も入れていない。ところが坂の途中で勢いに翳りが見えた。脚が前に伸びなくなっている。前進気勢だった馬の頭までが上がってきた。

馬上で郡司のアクションが激しくなる。必死に手綱をしごき、鞭を入れて馬を踏ん張らせる。

後続馬も脚が止まっているため、追いかけてくる馬はいない。大外を回った伊勢のシズールもグリーズマンのオールウインワンも脚色はタイエリオットとほぼ同じになった。

あと一〇〇メートル、これならなんとか勝てるか。郡司勝ってくれ、俺のためじゃない、隣の平石のために。

そこで歓声が鼓膜に届く。馬群の中を縫って、黒い馬体が追い上げてきたのだ。騎乗フォームで分かった。松木だ。ロングトレインだ。

五馬身差があったのがあと五〇メートルで、瞬《また》く間に半分に縮まった。あと三〇メートルでは一馬身まで肉薄する。

もはや差は半馬身。だがロングトレインの強襲もそこまでで、タイエリオットの体が伸び、ロングトレインの首が下がったところがゴールだった。着差はハナ。首の上げ下げが逆だったら、逆転されていた。

「やった、クラシックを勝ったぞ」

隣から平石が抱きついてきた。

「強かったですね。おめでとうございます」

「途中はどうなるかと思ったけど、郡司がじわっとペースを落としてくれてたんだな。最後は冷や冷やしたよ」

「ロングトレインも好走しましたけど、あそこまでが精一杯でしたよ。平石さん、皐月賞トレーナーなんだから、早く下に降りなきゃ」

初クラシック制覇の平石の歓喜に水を差したくないので言わなかったが、この日、一番上手なレースをしたのは郡司ではない。最後方で脚を溜め、伊勢やグリーズマンが動いてもまだ我慢して、直線だけで競馬をした松木だった。

最後方から行ったのは、馬が本調子でなかったことも関係している。

他馬に揉まれない楽な競馬をしてほしいと、美也子が指示を出したのかもしれない。

なによりも松木には見えていた。

時計が読める郡司でも、普段通りに乗れないのがクラシックだ。松木は郡司に生じる隙《すき》に賭《か》けた――。

検量室前の一着馬が入る枠場に到着すると、ちょうどタイエリオットが馬場から戻ってきたところだった。

平石厩舎にも女性スタッフが多く、馬を曳《ひ》くのは二十代の女性厩務員だ。感激の涙を流しながら、馬上の郡司とグータッチしている。郡司も初めてのクラシック制覇に顔をくしゃくしゃにして喜んでいた。

「郡司やったな。ありがとう」

平石が声をかけると、郡司は右手でガッツポーズを作って応えたものの、すぐに悩ましげな顔になった。

「少しペースが速すぎました。僕としてはソロッと出したかったんですが、発走が近づくにつれて、馬に気持ちが入っていって」

違うだろ、郡司。おまえが気合を入れて、ゲートを出していったんだろ？　もし馬に気持ちが入り過ぎていると感じていたなら、手綱を短く持って馬を抱えるように乗る。なのにおまえは、ゲートを出た時から長手綱で、僅《わず》かだが手綱をしごいて馬に気合を入れた。

その戦法を採ったのも、馬のことより、いち早くいつものポジションを取って、自分が安心したかったからだ。

「そうか。パドックでは落ち着いてるように思えたけど、ゲートでは違ったんだな。余裕残しで仕上げたつもりだったけど、調教やりすぎたかな」

平石には、郡司の手が動いたのは見えなかったようだ。

「いえ、イレ込んでいたといっても少しだけですし、僕がもっと注意すべきでした」

馬を降り、鞍やゼッケンを外しながら郡司は応える。

「そんな状況だったのに、郡司はよく最後まで粘らせてくれたよ」

「いいえ、先生と厩舎のスタッフが完璧に仕上げてくれたからです。途中からは僕の言うことを聞いてくれたし、今日の感じなら二四〇〇もいけると思います」

「それを聞いて安心した。これで皐月賞馬として堂々とダービーに行けるな」

「はい。任せてください」

いつもなら自分のジョッキーが重賞を勝った時は、テレビカメラには映らないよう気をつけながらも、近づいて祝福する。

だが、この日の八宏は、二人のやりとりが聞こえる場所から、一歩も動かなかった。

自分の注意不足だったと認めて謙虚に振る舞っているが、この男は本気で反省しているのか。

郡司の小芝居のような受け答えを、八宏は白けた目で見ていた。

30

翌日の月曜日、夜の八時になってスマホが鳴った。優香からだった。

〈おじさん、今からつくばまで出てきませんか。今、ミーチョで郡司先輩の祝勝会をやってるんです〉

ミーチョとは八宏の中学の同級生、宮崎勇人《みやざきはやと》が経営しているバーで、郡司と優香も連れて行ったことがある。年末に店の前で岡本と箱崎を置いて帰って以来、顔を出していない。

「祝勝会ってそんなの聞いてないぞ、それにもう八時じゃないか。俺は明日も早いからいいよ」

正直に言えば時間が行きたくない理由ではない。

〈もうではなく、まだでしょ。おじさんの家からなら車で三十分でしょ。どうせおじさんは飲まないし〉

昨日は馬主主催で、ホテルで祝勝会が行われたが、郡司の乗り方に納得していなかった八宏は用事があるといって顔を出さなかった。

大人げなかったと省《かえり》みる気持ちがある。松木が初めてＧⅠを勝った時は、優香と郡司のみんなで食事会を開いて祝ったのに、郡司には年末の朝日杯の後もやっていない。

船橋駅構内のシーンを八宏に見られたことを気づいていない郡司は、なぜ自分のGI勝利は祝ってくれないのか、不審を抱いているのかもしれない。

よそよそしくなった理由を訊かれたら、きちんと答えて、なぜあんなことをしたのか問《と》い質《ただ》せばいい。さすがに騎手仲間がたくさん来ている祝勝会の場では言えないだろうが。

「分かった。これから行くよ」

どうせジョッキーのみだろうから服装はどうでもいい。部屋着にしているロンTのまま、下だけスウェットからジーンズに穿《は》き替《か》えて出かけた。夜の幹線道路は空いていて、八時四十分には店前のコインパーキングに停めた。

ドアを開ける。貸し切り状態で賑わっていると思ったら、中は空いていた。

郡司と優香のほかは、郡司より年下の、内藤《ないとう》という障害競走専門のジョッキーが一人いるだけだった。

「あっ、八宏さん、来てくれたんですか。ありがとうございます」

郡司が優香に命じて呼んだのかと思ったが、彼は目を大きくして喜んだ。

「来たけど、祝勝会にしては少なくねえか」

八宏が初めてGIを勝った時は、三十人ほどの仲間が祝福してくれた。二度目も三度目もだ。その上、八宏は厩舎に所属していたから、厩舎スタッフ、師匠、そして美也子と毎日がお祝いラッシュだった。

「だって八宏さんが公正、公正ってうるさいじゃないですか。だから俺は必要以上に仲間とつるまないことにしてるんですよ」

　郡司はグラスを握ったまま目を合わせずに言う。

「それは申し訳なかったな。それでも、なあなあになるよりはいいけど」

　私生活から上下関係ができてしまうと、逃げたい時に先輩に「どけ」と言われて、引かざるをえなくなる。ファンに馬券を買ってもらっている以上、先輩も親友も関係ない。馴れ合いになるくらいなら、孤独の方がいい。

「八宏はいつものでいいか？」

　カウンターの中から口髭《くちひげ》を生やした宮崎が言う。

「ああ、頼む」

　辛口のジンジャーエールだ。二杯目からはウーロン茶にしてもらう。そこでお手洗いから初めて見る女性が出てきて、郡司の隣に腰を下ろした。白いシャツにデニム姿、前髪を揃えて切った小柄な女性だった。

　女性がペコリと頭を下げたので、お辞儀して返す。

「紹介します、俺の彼女の鯉渕《こいぶち》ひめのさん、歌手なんです」

「歌手って言ってもまだシングル三枚しか出していない無名ですけど」

　謙遜するところは芸能人らしくなかったが、落ち着いた美人で、そういう仕事をしている者にしか出せない華は感じた。

「自分で詞も曲も書いてるんでしょ。しかもテレビにも何度も出ているし」

後輩の内藤が冷やかし気味に口を出す。

「自分で作ってるのはすごいですね」

八宏が感心する。

「基本弾き語り、彼女のギター一本です」

郡司が彼女より先回りして自慢した。

「マスターが二階にフォークギターがあるっていうから、聴かせてくださいって頼んだんですけど、恥ずかしがって歌ってくれないんですよ」と内藤。

「内藤くん、それは失礼だよ。彼女はプロなんだから、ただで聴かせるものではない。それに音響設備が整っていない場なんだから」

「さすが八宏さん、違う分野でもプロの気持ちは分かってますね」

「俺だって牧場に遊びに行って、騎手だったんでしょ？　馬に乗ってくださいよと言われたら、嫌な気持ちになるよ」

「今度、彼女のコンサート行ってあげてくださいよ」

「そうだな。行かせてもらいます」

彼女に向かって言うと、彼女は頭を下げた。正直、音楽には疎《うと》くて、コンサートなど十年以上行っていないが、行きがかり上、そう言わないと気を悪くするだろう。

音楽の話になると墓穴《ぼけつ》を掘るため、反対側に座る優香に話しかけることにした。黒ビールを飲んでいた。

「優香、おまえ、なに生意気なものを飲んでるんだよ。未成年のくせに」

「未成年のわけないじゃないですか。晴れ着写真見せたでしょ」

優香は去年の十月でハタチになった。一月には同期騎手とともに成人式の写真が新聞に掲載された。

「見たくなかったけど見たよ、一応、姪っ子だから」

「ひどい、友達からもきれいって評判だったんだよ。おじさんに言われたからインスタに載せなかったけど」

「河口さんってインスタ禁止にしてるんですか」

内藤から言われた。

「禁止と言うわけじゃないけど、俺は基本的に、ジョッキーは私生活をファンに見せない方がいいと思ってるだけだよ。ゴルフや飲み会の写真を見せてレースで負けたら、ファンから普段なにやってんだと思われるじゃないか」

「郡司先輩はインスタやってますよ」

「馬鹿、余計なこと言うなよ、内藤」

郡司がやっているのは知らなかった。どんな内容を載せているのか気になったが、郡司に禁止しているわけではない。言ったのは優香だけだ。

「俺はコーチでないから、郡司がなにをやろうと自由だよ。ただ姪っ子だから優香には言ってるだけ」

「なんか、私だけ損」頰を膨らませた優香は、「そうなんだよね。エージェントはコーチではない、ただの懐中電灯だというのが、おじさんの考えだから」と続ける。

「懐中電灯ってなんですか」

内藤が訊いてきたが、まともに答えれば説教臭くなり、楽しく飲んでいる雰囲気が壊れる。

「そんなことより優香、黒ビールって美味《うま》いのか。温《ぬる》くて日本人には合わないって聞いたことがあるぞ」

話を替える。

「ギネスって言ってよ。温い方がおいしいビールがあるんだよ」

「温かろうが冷えていようが、俺は酒がうまいと思ったことは一度もないけど」

「宮ちゃんが入れてくれたビールは特別おいしいんだよ」

「おまえ、俺の同級生をちゃん付けで呼ぶな」

「いいよね、宮ちゃん」

優香がしなを作り、宮崎は「その方がフレンドリーだから」と照れた。

八宏の前では子供のままの優香だが、だんだんと女らしさも出ているのだろう。女性ジョッキーは往々にして人気はあるが、優香にサインを求めるファンは絶えないし、勝った時の声援も多い。

「宮のビールはなにが特別なんだよ」

宮崎に尋ねる。説明するより先に優香が喋《しゃべ》った。普段からお喋りだが、酔うとさらに舌が回る。

「ギネスビールにはルールがあるんだって。途中まで注《つ》ぎ、百十九・五秒待って、泡を細かくするわけ」

「ストップウォッチで計るのか」

「脳内時計に決まってるだろ。だいたい前後五秒以内には収める」

そこは宮崎が口を出した。

「宮、天才だな」

「長くこの仕事をしてりゃできて当然だ」

「実践してみせてよ、宮ちゃん、お代わり」

そう言って優香は半分ほどのビールを飲み干して、カウンターの奥に置いた。

「無理して飲まなくていいよ、優香ちゃん。うちはビール専門店ではないし」

「違うよ、飲みたいからだよ。それにおじさんにも見てもらいたいし」

「やってくれよ、宮。鯉渕さんの歌と違って、これはおまえの商売なんだからいいだろ？」

「飲み代もらってるんだからやるしかねえわな」

苦笑いを浮かべた宮崎は新しいグラスを取り、サーバーの前でグラスを四十五度ほどに傾けて七割ほど注ぐと、グラスをサーバーの前に置いた。

「ここで泡が落ち着かせるんだな」

「しっ、宮ちゃんが集中できないでしょう」

スマホのストップウォッチで計測している優香に制された。結構な長い時間だった。とうに百十九・五秒など過ぎていると思ったら、宮崎がまたグラスを注いだ。

「すごい、百二十秒。たった〇・五秒しか違わない。さっきより近くなった」

優香が快哉《かいさい》を叫ぶ。

「さっきはいくつだったんだ」

「百二十・二秒」

「〇・七しか違わないじゃないか」

「長くやってりゃ誰でもできるようになるさ」

宮崎は当然のように言う。若い頃から将来、バーを開きたいと、都内の有名なバーで修業し、スコッチウイスキーの聖地と呼ばれる英国のアイラ島の蒸留所にも見学に行ったほど、勉強熱心な男だ。

「八宏だって、できるだろ。調教で二、三秒遅れたら調教師に叱られるって」

「二、三秒なんて遅れたら、二度と乗せてもらえなくなるよ」

許されるのは長くて一秒まで。一線級の調教師になると許容範囲がコンマ三、四くらいのレンジになる。一流のジョッキー、そして腕利きの調教助手はその指示通りに馬を走らせる。八宏も失敗を重ねながら、実行してきた。

「八宏さんもやってみてよ。マスター、俺も黒ビール」

郡司がしゃしゃり出て、グラスを持ち上げた。

「無茶言うな。だいたいおまえできたのか」

「郡司先輩は百二十五秒と、五秒以上も違っていました」と優香。

「うるせえ、酔ってたからだよ」

郡司は口をつぼめて言い返す。

ジョッキーは馬に跨っているから脳内時計が働くのであって、そこには馬のリズム、ストライドの大きさ、通ったコースなど様々な要因を含んでの判断だ。俺にも無理だよ——断ろうとしたが、郡司の言葉が耳を刺激する。

「できるでしょう。いつも俺たちに時計やコースのこと煩く言ってくるんだから」

煩くだと。なにも命じているわけではない。相談された時のみ、俺の考えはこうだとアドバイスしているだけだ。

「宮、やってくれ」

元ジョッキーとしてのプライドが揺さぶられた。クラシックは勝てなかったが、俺はGⅠはおまえより一つ多い、三勝を挙げているんだ。

「いいのかよ」

恥かくぞ、親友は暗に心配してくれていた。

「大丈夫だ。百十九秒五だよな」

「じゃあ行くな」

百十九秒五ということは、一分五十九秒五、競馬で言うなら中級条件の芝二〇〇〇メートルのレースだ。

目を瞑って色褪《いろあ》せた記憶を手繰《たぐ》り寄せ、逃げ馬に乗ったつもりで準備する。

グラスを傾け七割まで注いだ宮崎が、一旦グラスを置いた。脳裏でゲートが開いた。

二〇〇メートルを通過。十二秒フラット、スローペースだが馬のリズムは悪くない。四〇〇、六〇〇、一〇〇〇とペースを刻む。一分ちょうど。このペースを守れば百二十秒、それではコンマ五秒の差異が出る。

ペースを速めるのはまだ先だ。同じペースで一四〇〇、一六〇〇も通過した。脳内では直線に入っていた。

ラスト二〇〇、ここで八宏は頭の中で手綱をしごいた。馬が加速していく。十二秒刻みだったのが、最後だけ十一秒五。ゴールに鼻づらが届いたと思ったところで「ここだ」と叫んだ。

「すごい、百十九・五ちょうど」

優香がスマホの画面を見せた。

「すげえ、さすがですね」

郡司も目を丸くしていた。

「まさか一発で決めるとは」

宮崎もびっくりしている。一番驚いているのは八宏だ。

直線に入ってからは息を止めていたため、レースを終えた後のように呼吸が乱れて言葉が出ない。

「俺も八宏さんにエージェントになってもらって誇り高いです」

けしかけた郡司が拍手する。元ジョッキーに達成されて悔しがるかと思ったが、そうでもなかった。内藤も手を叩いて「さすが河口さんですね」と褒めてくれる。

「まぐれだよ、調教でもジャストでは乗ったことはないから」

声が出るようになったので、そう謙遜しておくが、心は弾んでいた。指は動かなくても、ジョッキーとして学んだ体内時計が残っていたことがなによりも嬉しい。

しばらくして郡司がトイレに立った。

グラスを洗っていた宮崎が、そっと近づき、八宏に耳打ちした。

「たいしたもんだな、八宏。俺は何年もこの商売してるけど、百十九・五ジャストを出したのは、史上二人目だよ」

「二人目ってもう一人は誰だよ」

「松木くんだよ。以前は家にいても眠れないとか言って、一人でよく来てくれたんだ。おまえがエージェントをやめてからは年末に、女性連れで来ただけで、それ以降は顔を見てないけど」

31

皐月賞からダービーまでは中五週、今は皐月賞に出走した馬で、ダービーに出走できるだけの賞金を持っている馬はほぼ百パーセント、ダービーに直行する。

実はレースを使わない方が調教師は大変で、牧場と相談して短期放牧で馬をリフレッシュさせたり、自厩舎に置いて皐月賞の疲れが出ていないか様子を見たりして、ダービーから逆算して調教メニューを組む。

対して毎週レースが続くジョッキーは、その週の騎乗馬に全神経を集中する。四月末の天皇賞春からは六週連続GIが組まれるとあって、たとえ勝てる見込みが低い馬でも、ジョッキーはGIに乗りたい。

ここ数カ月、目にした姿から、郡司に騙されているのではないかと猜疑心《さいぎしん》に苛《さいな》まれている八宏だが、契約している以上、彼にGI騎乗馬を用意するのが仕事だと自分に言い聞かせ、馬集めに専念した。

GIデーは東西のトップジョッキーが集まってくるが、探せば他のエージェントが気づいていない勝てるチャンスのある馬が残っている。目を凝《こ》らして過去のレースを観て、調教の動きも確認して、これだと思った馬には自分から調教師に電話して「ジョッキー空いていませんか。うちの郡司と宇品なら乗れますが」と売り込んだ。

皐月賞後に大活躍したのは優香だ。

毎週のように勝ち、今年の勝利数は二十三に達した。関東の騎手ランキングで九位。去年は怪我があって八カ月しか乗っていないが、今年は四カ月で、去年の二十二勝を上回った。

早く先頭に立ちすぎて、馬が気を抜いてしまうなど取りこぼしはあるが、軽い減量ジョッキーの特典であるスタートダッシュからの逃げだけでなく、じっくり後方に構えて、追い込みで勝つパターンも増えた。

郡司も関東一位、全国三位の座をキープしていた。二番人気に推された天皇賞春のバーミングフェアは二着に敗れたが、それはスターダストファーム生産、アラン・グリーズマン騎乗の昨年の菊花賞馬の力が上だったためだ。

その上、バーミングフェアを管理する関東の若手調教師が、平石や美也子に続こうとGⅠ勝ちを意識し、馬を仕上げ過ぎたのも響いた。

天皇賞春は三二〇〇メートルとGⅠではもっとも長い距離を走るのに、パドックからイレ込んでいて、郡司は宥めるのに苦労していた。

自分に最初に重賞を勝たせてくれたバーミングフェアをGⅠホースにすると意気込んでいただけに郡司もショックだっただろう。だが彼は最終十二レースできっちり勝利し、レース後に電話をかけてきた。

〈八宏さん、最終レース、いい馬を選んでくれてありがとうございます。京都まで行って手ぶらで帰ってくることとなくて良かったです〉

相変わらずレース前にアドバイスは求めてこないが、彼の見せる姿のどれが素なのか分からなくなっていた八宏は、郡司が話しかけてきた時は、以前と同じように対応するように心がけている。

「天皇賞はがっかりだったけどな。あんなに興奮する馬とは思わなかったよ。陣営の調整ミスだな」

バーミングフェアはスタートから短い手綱で馬を落ち着かせようと励んでいた。そうなると余計に皐月賞の騎乗が不可解だ。彼は馬をきちんと御《ぎょ》せるジョッキーであり、馬の気持ちが予想以上に昂《たかぶ》っていても、それに合わせて二の手、三の手を用意している。

〈バーミングフェアは去年夏までは条件クラスの馬ですからね。よくここまで出世してくれましたよ。調教師からも申し訳なかったと謝られました〉

郡司は、詫びた調教師にも礼儀正しく応じたのだろう。GⅠジョッキーになってからも、真面目なジョッキーであるという周囲の評価は変わらない。おそらく郡司に疑念を抱いているのは八宏だけだ。

仕事に徹すると決めたが、正直、完全には割り切れていない。起きたことをずるずる引きずるのが自分の欠点だと自覚しているが、船橋駅でのできごとが頭から離れない。さらに去年、嘘をついて美也子からロングトレインを降ろされた時に「二度とごまかすなよ」と注意したのに、皐月賞後の平石には「ソロッと出したかったのに馬に気持ちが入って勝手に行ってしまった」と嘘の説明をしていた。

いや、疑念はそれだけではなかった。

ミーチョで開かれた皐月賞優勝の祝勝会の帰りは優香を寮まで送ったのだが、その車中、漆黒のフロントガラスにどこか怯えたような表情を見せた一人のジョッキーが浮かんだ。

——なぁ、優香、どうして上茶屋くんは来てないいんだ。彼、郡司をリスペクトしていると言ってたよな。

——なんでって言われても……。

——内藤くんが来てたんだから、彼が来てても不思議はないだろ。彼、郡司のフォームを動画に撮ってまで勉強してんのに。

ジョッキー同士ではつるまないと郡司は言っていたが、そこまで自分を慕《した》ってくれる後輩となれば別だ。今日だって優香と内藤を呼んでいたのだから。

——上ちゃんもいろいろ用事があって忙しいんだよ。今日は郡司先輩から急に電話があったんだから。

なるほど。歌手の彼女を見せつけたかっただけで、都合がついたのが今日だったのかもしれない。一方の上茶屋には抜け出せない用事があった。

彼が来なかったことにはひとまず納得した。


四月は大阪杯、桜花賞、天皇賞春と関西圏でＧⅠが多く行われる。郡司の騎乗馬選びのために関西の調教師に頻繁《ひんぱん》に電話を入れ、向こうからオファーがあった場合も、関西圏のレースをビデオで確認しなくてはならなかった。

しかし五月に入ってからはＮＨＫマイルカップ、ヴィクトリアマイル、オークス、ダービー、安田《やすだ》記念がすべて東京競馬場で行われるため、八宏の仕事も幾分、楽になった。

余裕ができた分、いろいろなことが目に入る。ダービーまで残り四週間。どうにも気になるのは、皐月賞で疲労が残るレースをしたタイエリオットの回復具合である。

ロングトレインを管理する美也子はいつも通り放牧に出した。平石も中五週間あれば二、三週間は放牧に出し、レースの十日から二十日前に入厩させ、二、三回の追い切りをかけて本番に臨む。

ところが今回、平石はタイエリオットを在厩させたままでいる。

メディアには「ダービーまでの間隔は短いし、輸送熱などの心配もあるから、手元に置いて、日々様子をチェックしておきたい」と話したが、八宏は違う理由があると思っている。

先週の火曜日、平石はタイエリオットを馬用のプールに入れた。八宏が知る限り、平石がプール調教をしたのは今回が初めてだ。

美浦トレセンの北馬場には森林浴ができるような樹木を残した馬道がある。そこにも頻繁に入れている。

馬をリラックスさせる効果があるが、落ち着いた管理馬が多い平石は、この馬道をほとんど使っていなかった。

そして水曜日、三週間後に迫ったダービーに向かって、皐月賞後初めての追い切りを行ったが、助手が必死に抑えているのに、タイエリオットは首を上げ下げして嫌がっていた。追い切りもいつもの走りとはまるで違って、最後は息が上がっていた。

「平石さん、すみません」

調教を見終えてから、八宏は平石厩舎に向かい、洗い場でタイエリオットの脚元をチェックしていた平石に謝った。平石はキョトンとした顔をしている。

「どうして、八宏が謝るんだよ」

「それは……」

どう答えるべきか迷ったが、ここで本音を隠せば調教師との信頼関係まで途切れる。

「皐月賞での郡司の騎乗のせいで、馬が行きたがってしまっているんでしょ？」

「違うよ。うちの助手が未熟なだけだよ。今日のエリオットはご機嫌斜《きげんなな》めで、それなら時間通りに出ずにもう少し角馬場《かくばば》で落ち着かせてから、コースに出せば良かったんだ」

角馬場で筋肉をほぐして馬場に入る。八宏は角馬場から双眼鏡を通して見ていたが、平石が言った通り、その時点から馬はイレ込んでいた。それでも皐月賞まではおとなしい馬だった。

皐月賞で思いのほか速いペースで走ったことを馬が体で覚えてしまい、ダービーの二四〇〇メートルに合わせてゆったり走らせようとする乗り手の指示に反発したのだ。

今日は何メートルを走らされるのか、馬は知らない。それなのに今回は速く走れ、次回は遅く走れと指示をコロコロ変えられても、言うことを聞かない。

だからこそ是正《ぜせい》が効かないペースを体得しないよう、極端なレースをしないのがジョッキーの仕事である。

それが皐月賞の郡司は、タイエリオットを二〇〇〇メートル以下でしか走れない馬にしてしまった。

「今日のタイエリオットの気負いを見ると、郡司が乗るのは一週前追い切りの一回だけくらいにした方がいいかもしれませんね」

賢い馬はジョッキーを覚えていて、乗るとレースが近づいていると感づき、自ら勝手に体を絞り始める。体重減の心配のある馬は、ジョッキーが追い切りで乗るのは一回程度にとどめておく。一週間前なら、そこで大幅に体重が減ってもリカバリーが効く。

「そうだな、郡司くんにはそう伝えておいてくれるか」

「分かりました」

返事をした後も平石は眉間に皺を寄せていた。やはり平石も振り返って、郡司の騎乗に納得できなくなっているようだ。

こんなことでダービーを勝てるのか。

馬の素質は間違いなく世代最強だが、それを郡司が削いだ。ダメだ。自分のジョッキーを信頼できないのなら、この仕事をやめた方がいい。無意識に自分の頬を張った。

「どうしたんだよ、八宏」

目の前で平石が目を見開いていた。

「いえ、へんな虫が飛んできたんで」

咄嗟にごまかした。

五月一週目の日曜。ＮＨＫマイルカップが行われた。

東京一六〇〇メートルで行われる三歳のマイル王決定戦。ただし有力三歳馬のほとんどが三週間後に行われるダービーを目指しており、タイエリオットというお手馬がいる郡司には、前走七着のグランシーマという、ほとんど人気がない馬を見つけるのが精一杯だった。

五月晴《さつきば》れの東京競馬場の馬場状態はよく、平田まさみの情報も〈今日は内より外の方が相当伸びます。内を通った馬より大外に出した方が時計二つ（二秒）速くなります〉だった。

レース当日の昼間に顔を合わせた郡司は何も聞いてこなかった。

だが水曜の追い切り後の打ち合わせで、「今回は正攻法のレースをしては、難しいかもしれない」と本音を吐露《とろ》した八宏に、「それなら後ろで控えて、外を回して一発を狙います」と話していたから、こちらから余計な情報をインプットしなくとも、平田の言ったレースをするのではないか。そう思って冷静に観戦した。

四コーナーを回って、双眼鏡で郡司の馬を探した八宏は驚きを隠せなかった。

最後方にいたグランシーマを郡司が宣言通り大外に出し、そこから一頭だけ、別のレースを観ているようなすごい脚で追い上げてきたのだ。

「行け、郡司、差せ！」

冷静に観ているつもりが、八宏は思わず声を張り上げた。

坂の途中で、中団につけていた伊勢が乗る一番人気馬が先頭に立った。坂を登り切っても伊勢の馬の脚は衰えず、外から脚を伸ばすグランシーマとの差はなかなか詰まらなかったが、郡司が片手で馬を追いながら鞭を入れると、グランシーマが最後のひと踏ん張りとばかりに伸び、二頭が並んで入線した。

八宏の裸眼では勝ったと見えた。ターフビジョンにスローモーションで再現される。グランシーマがほんの数センチ前に出ていたことに、観衆はどよめき立つ。

「すごいな、郡司、最高の競馬だったな。おめでとう」

これまでのわだかまりなど忘れて、戻ってきた郡司を称えた。

こんなことなら水曜日に「今回は正攻法のレースをしては、難しいかもしれない」などと言わなければよかった。

ただ人気も十番人気で、単勝は二十倍もついていた。その程度の馬なのに、腹を決めて最後方で馬の脚を溜め、直線は大外に出して馬場のいいところを走らせ、実力以上の能力を引き出した。郡司の腕と度胸で勝ったようなものだ。

「八宏さんが自信を持って選んだ馬だから勝てると信じて乗ったんですよ」

いや、その自信はなかったんだよ。そう言いかけた。が、口にすれば今後彼は、八宏が選ぶ馬に強気になれないだろうと飲み込む。

「郡司先輩、すごいですね。今年重賞二つしか勝っていないのに、その二つがGⅠなんだから」

騎乗がなかった優香も寄ってきて、郡司とハイタッチする。

関東リーディングに立っている郡司だが、重賞は皐月賞に次いで二つ目、いずれもGⅠだ。他の重賞では幾度か一番人気に推されたが、二、三着が多かった。

「人気のない馬の方がいろいろ考えなくて、開き直って乗れるんですよね」

「郡司のその気持ち、俺も分かるよ。俺には郡司ほどの度胸はなかったけど」

「ダービーは一番人気馬で、勝ちたいですけどね」

「その通りになるよ」

とくに深い意味もなく即答したのだが、隣から優香に「その通りになるって、一番人気ってことですか」と言われ、八宏はなぜかすぐに言葉を継げなかった。

「皐月賞馬なんだから一番人気は当たり前だろ。八宏さんは一番人気で勝つと言ってくれたんだよ。ねっ、八宏さん」

郡司が顔を向ける。去年まで感じていた誠実な男の顔に見えた。

「ああ、郡司の言った通りだよ」

今度は笑顔で肯定した。

三歳クラシック路線を勝つと思ってタイエリオットを選んだのだ。そして平石をはじめ厩舎スタッフがダービーの二四〇〇メートルでも持つように、工夫を凝らして仕上げてくれている。

皐月賞以外、GⅢも勝てなかった郡司が、ダービー前にGⅠを勝ったことで、少し安堵できた。

まもなく引退して丸三年が経つというのに、いまだ自分がジョッキーだったらと考えてしまう。

勝てないとそれは流れが自分に来ていない、勝ち運に見放されていると錯覚《さっかく》する。流れなんてものは科学的に証明されていないのだから、いい馬に乗って、その馬の調子が良ければ、簡単に打破できる。

それをジョッキーは負けるたびに、ヒューマンエラーだと自分の騎乗を分析しだし、これまでと違うスタイルや戦法を採る。本人は勝つために違うことをやっているつもりだが、実のところ、自分で勝利から遠ざかっていく。

順調に勝ち星を積み重ねている郡司も、このNHKマイル、ヴィクトリアマイル、オークスと成績が振るわなければ、ただでさえ平常心で乗るのが難しいダービーを、こねくり回して考えていたかもしれない。そうした意味でも今回の勝利は大きい。

翌週の古馬牝馬のGI、ヴィクトリアマイルは、郡司は一番人気と差のない三番人気馬に騎乗したため、八宏も前週よりは期待してレースを観戦した。

平田まさみの情報では馬場は前週のNHKマイルと同じ。大外に出した方が有利。訊かれていないためアドバイスはしていないが、郡司は前週同様、馬を後方で折り合わせ、NHKマイルと同じように外に出して追い出した。ただ、馬が本調子でないのか、伸びることなく後方に沈んだ。

郡司の馬だけを見ていたため、どの馬が上位争いしているのかも分からなかったが、ゴールを過ぎ、ターフビジョンに一着馬が映っているのを見て驚いた。今週もまた人気のない馬で、しかも鞍上は松木だった。

皐月賞で二着に来た以降、多少騎乗馬の質は上がったが、好勝負するのはほとんどが平場か条件特別。重賞レースとなると、昨年暮れ、ロングトレインで勝利したGIホープフルステークス以来、勝てていない。

ターフビジョンでレースをリプレイしたので、今度は松木の馬に焦点を当てて見直す。

これまでは先行馬だったのに、道中は郡司の馬とほとんど同じ後方のポジションにいて、直線も郡司と並んで馬場の外に出した。これは八宏の勘に過ぎないが、松木は郡司が乗れていると見て、そばにいたのではないか。

坂を上がってからは伊勢の馬との争いになったが、ハナ差制した。伊勢も前半で脚を溜めていたが、追い出すタイミングが松木より一拍早かった。

いや伊勢のタイミングが理想だ。人気のない馬に乗っていた松木が伊勢の馬をかわすには、早くかわしに行くより、タイミングを遅らせてキレ味を生かす。そうすることで逆転の芽が生じる。前週の郡司同様、大胆な戦術が実を結んだ。

八宏はレース後に調整ルーム前まで降りた。ガラス張りの調整ルームから郡司が出てきて「すみませんでした」と謝ってきた。

「今日は郡司の責任ではないよ。選んだ俺の責任だ」

松木が乗った勝ち馬はすぐ傍にいたのだ。ポジション取りは完璧だった。

「ゲートをポンと出た時は思い切って先行しようかと考えたんですけど、先週のことがあったので控えました。これなら前に行った方が、掲示板くらいには載ったかもしれませんね」

「そうしなくて正解だよ。先行勢で残った馬は一頭もいないんだから。結果は出なかったけど、郡司の判断は正解だったってことだ。勘というのは一度狂い出すと戻すのに時間を要するから、このままでいい」

「ダービーが迫っているのに、余計なことをして調子が狂ったら大変ですよね」

「来週はオークス、再来週はいよいよダービーだ。ダービーデーは他のレースにもいい馬が集まってるけど、もっと勝てそうなのを探しておくよ」

「八宏さんを信頼してますので、お願いします」

「体調だけは整えておいてな。今日はシンガーソングライターの彼女と会うんだろ？　飲み過ぎないようにな」

「シンガーソングライターって、久しぶりに聞きましたよ。会いますけど、食事してすぐに帰りますよ」

「そうか、彼女によろしくな」

久々に長話をしたような気がする。

思い返せば郡司とは、勝った時より負けた時の方が案外、会話している。

同じレースをしても同じように勝てるわけではないのだから、勝った時は素直に喜べばいい。だが負けた時は、次はもう少し上の着順に来られるように反省すべき。トップジョッキーで居続けるための作法を、郡司は理解しているのかもしれない。

現金なもので、先週、人気薄を彼が勝たせてくれたことで、郡司への疑念もずいぶん薄まった。そもそもきっかけとなった老人への意地悪にしても、さすがに偶然とは思えないが、彼の中でどうしても消化できないムシャクシャした思いがあって、つい意地悪をしたくなっただけかもしれない。盗んだならまだしも百円玉は渡した。本人が反省しているとしたら、八宏が口出しすべきことではない。

満足して引き揚げようとした。そこで調整ルームのジョッキーたちの声が聞こえてきた。

「松木さん、おめでとうございます。今日は完璧にやられました」

二着に敗れた伊勢が握手を求めていた。

「ありがとう、伊勢やん、たまたま俺に運があっただけだよ」

松木も謙虚に返す。

「松ちゃん、おめでとう、全然、腕は落ちてないな」

関東のベテランジョッキーも祝福にやってくる。

「そんなことないですよ。思うように勝てませんし、ひどいものです。でも今日から気分一新、頑張ります」

「松ちゃんは去年だって、リーディングを取ってもおかしくなかったわけだからな」

さらにグリーズマンや関西のジョッキーたちまでが近寄り、松木に声をかけていた。松木ってこれほど仲間から人気があったか?

見たことのない光景に、八宏はしばらく見入ってしまった。

ダービーを来週に控えた水曜日、タイエリオットの一週前追い切りに郡司が騎乗した。

もうジョッキーになって六年目に入った男にこんな基本的なことを言うのも失礼だが、平石ら厩舎スタッフがこの数週間、厩舎に置いて必死に落ち着いて走ることを教えてきたのだ。ジョッキーが乗った途端にぶち壊せばすべてが台無しになると、「エリオットと心を合わせろよ。エリオットにスイッチが入りそうになったら、先に郡司が止めろよ」と注意した。

「はい、大事に乗ります」

郡司は言葉通り、力ませずに走らせた。全体時計は平凡だが、ラスト二〇〇メートルは十秒三と、この日のウッドチップコースでは最高の瞬発力を引き出した。

短期放牧で馬体がひと回り大きくなったロングトレインの追い切りも見た。

松木を背に、全体時計は速かったが、最後の切れ味は十一秒六だから、まだエリオットの方が上だ。

ダービーの展開を改めて予想する。エリオットは逃げ、ロングトレインは皐月賞のような後方待機では届かないと、中団につけてくるのではないか。

騎乗した松木も、調教師席から見ていた美也子も、どう作戦を立てるか頭を悩ませているはずだ。

三歳牝馬の女王を決めるダービー前週のオークス週、郡司は土日で十二、優香には十四鞍を用意した。オークスにも、二人とも人気馬ではないが、騎乗馬を探すことはできた。

優香にとっては初めてのＧⅠ、それも伝統ある牝馬の頂上戦とあって、「ずっと心臓がバクバクして、口から出そうです」と冗談を言いながらも、緊張しているのが分かった。

「たぶん最低人気の馬だから、一頭でも負かして、一つでも上の着順に持ってくればいいんだよ」

優香の心が楽になるアドバイスをしたつもりだが、それでも初めてのＧⅠを落ち着いて乗るのは難しい。

大切なのはネガティヴな感情を湧き上がらせることなく、レース当日まで平常心で過ごすことだが、彼女がなにか訊いてくれれば、どう乗れば着順を上げられるか、平田の意見を参考にしたアドバイスを送ろうと思っている。

水曜日の打ち合わせを終えて帰ろうとすると、伊勢が歩いてきた。

「おはようございます、八宏さん」

後輩なので先に伊勢が挨拶してきた。

「おはよう、伊勢やん」

挨拶を返すと急に訊きたいことを思い出した。

「伊勢やん、ちょっといいか」

すれ違う前に立ち止まって呼び止める。

「どうしたんですか」

「先週、松木が勝ったレース、伊勢やんはずいぶん喜んでいたな」

「えっ」

「勘違いしないでくれ。伊勢やんがプロとして松木の騎乗に脱帽した、そのことは理解しているから」

二人とも同じエージェントだから負けても悔しくない、そこまで馴れ合っているとは思っていない。相手を褒め称える気持ちは、時に悔しさを凌駕《りょうが》する。全力を尽くして戦っている者にしか湧き上がってこない感情だ。ただし全力だけではそうならない、フェアなプレーヤーだという条件がつく。

「八宏さんは、俺がよく松木さんを許したなと思ってるんでしょ」

「まっ、そうかな。事故の後はスポーツ紙の記事で、どんな理由があるにせよ、人に怪我をさせてはいけないと伊勢やんはコメントしてたから」

伊勢だけでなく、同じ穂村と契約する関根、そしてグリーズマンなどほとんどのジョッキーが松木を非難していた。

「あの件に関しては戒告の制裁は受けたし、松木さんはマスコミやネットでバッシングされ、騎乗数が減ったのだからもう充分でしょ」

騎乗停止の処分が出なかったのは、その場を見ていた馬場監視委員がいなかったからだ。レースでやっていたら三カ月から半年の騎乗停止処分、いやライセンスを剝奪《はくだつ》されていてもおかしくない。

「たった半年で、あそこまで祝福できるものなのか」

「勝った人におめでとうございますと言うのは、普通じゃないですか」

「勝者を称えるのは勝負事の流儀ではあるけど」

「それに普段の松木さんのトレーニングを見ていたら、認めざるをえないですよ。勝負師は孤高であるべきだと、松木さんからも言われましたし」

それは八宏が松木に言った言葉だ。必要以上に仲間とつるまず、勝負師は孤高であるべき……松木はその教えを徹底している。いやもとより彼は孤独だった。

「伊勢やんはうちの郡司については認めていないのか」

そう言うと、彼は眉を寄せて難しい顔をした。

「認めてますよ。今年のダービージョッキーの最有力候補なのに」

「前の週、郡司が勝った時はそこまで祝福していなかったよな」

「……」

「伊勢やんだけではない。グリーズマンや関西のジョッキーにしてもみんな似たようなものだった」

「八宏さんはいったい、なにを言いたいんですか」

伊勢の眉尻が下がり、当惑《とうわく》しているのが窺い知れた。

言いたいことなどない。ただ聞きたいだけだ。ジョッキーにとって、命とはそんな軽いものなのかと。

「悪い、余計なことを言った。気にしないでくれ」

そう言うと、伊勢も「取材があるので失礼します」と引き揚げていった。

関東でトップを張ってきた男の背中をじっと見つめる。

なぜか黒い疑惑が胸の中を渦巻《うずま》き出し、激しく脳が揺さぶられた。

伊勢が松木を祝福したのは、八宏とは違う形で落馬事件を見ているからではないか。

誰かに確認したくて、たくさんの顔が浮かんだ。足が向かったのは成瀬厩舎だった。

事件後、競馬関係者のほとんどが非難する中、最初に松木の味方になった、いや郡司に嫌悪《けんお》感を示したのは美也子だった。

厩舎の事務室の扉を開けっぱなしにして、パソコンに調教データを打ち込んでいた美也子は、人の気配に顔を上げた。それが八宏だったことに驚きを見せたが、すぐに表情を戻した。

「どうしたのよ、八宏、すごく怖い顔をしてるよ」

八宏は事務室に入ると、他のスタッフに聞かれたくないと、扉を閉める。

「なぁ、教えてくれ。美也子はどうしてロングトレインの鞍上から郡司を降ろしたんだ」

「そのことは話したはずよ。彼が私の指示に従わずに言い訳をしたから」

それは聞いた。それが本音なら郡司を降ろしても、松木を乗せていない。

言葉にするには勇気が要った。八宏は息を吞んでから、吐き出した。

「美也子はこう思ったんだろ？　松木が落としたんじゃない。郡司が自分から落ちたんだって」

美也子はすぐには返答しなかった。一度視線を外してから、さっきより強い目で八宏の顔をじっと見た。

間が生じた。それもずいぶん長く感じた。もう答えないと諦めかけたところ、美也子の口唇が動いた。

「そうよ、私なりにいろいろ聞いてみたの。あんなことをされて、ジョッキーは落ちるかって。私だって調教助手として馬に乗っていたから、少し想像はつくわ」

「聞いたジョッキーはなんて言ってた」

「みんな松木くんのことを非難していたわよ。あいつはすぐにカッとする。俺もレース中に肘鉄《ひじてつ》を食らわされたことがあるって」

他馬に寄られると馬が動揺するため、肘を張ってガードすることは競馬では珍しくない。八宏もやった。やられた方は、馬の首に並行していた相手の腕が、急に外に飛び出してくるのだから、肘鉄されたように見える。

八宏は、肘を張る時には注意して、近寄ってくる相手より前に出すようにしたが、わざと肘がぶつかるように張るジョッキーもいないわけではない。

「俺が聞いているのは松木が肘鉄をしたかじゃないよ。あれで落ちるか、落ちないか、他のジョッキーはなんて言ってたかだよ」

「みんなが同じ回答をしたわけではないわよ。落ちるかもしれないと言ったジョッキーもいた。だけどあれくらいじゃ落ちませんと答えたジョッキーもいた」

「不意に肘が出てきたんだぞ。しかもレースではなく勝ち負けに関係のない調教でだ。肘鉄を食らうなんて、乗り役は予測もしていない」

自分の頭で整理されていく結論と逆行するように、郡司を擁護《ようご》する。

「あれが一度目ならびっくりして落ちたかもしれないわね。松木くんと郡司くんがやりあったのは、あの日が最初じゃないわ。その前にもやってる、しかも仕掛けていくのはいつも郡司くんよ」

馬を制しきれていないと見えていた郡司の接近を、美也子は「仕掛ける」という言葉を使い、意図的だと断定した。

陽射しが優しくなった晩秋まで記憶を巻き戻す。

郡司が松木を怒らせたのは、あの一回だけではなかった。

美也子の馬に乗った松木に、レース中に接触した。また逃げ脚質の馬に郡司が競りかけた。あの時松木は、「あいつが競りかけてくるのは読めてましたよ」と言い、「八宏さんのそばで同じような厩舎の馬に乗っていると、見たくもないところが見えてくるんです」と根拠を述べた。

松木はすべて故意だと感じていたのか。

その証拠に、松木が八宏のもとを去ってから、郡司の騎乗に「誰と勝負してんだ」「俺を勝たせないためなら、大負けしても構わなかったんじゃねえのか」と不満をぶつけた。

いや、問題なのは松木が郡司の動きを予感していたことではない。

松木がそばにいれば分かると話したように、郡司もまた、そろそろ松木が手を出してくると予感していた。

そして予想通り、松木が肘を張ったタイミングで馬から飛び降りるように落ちた――。

握っていた拳が汗だくになっていく。

「八宏は小川先生に煩く言われて、毎回フェアに乗っていたから、他のジョッキーから恨まれたりしなかっただろうけど、磯原くんなんかこう言っていたわ。自分は荒いと言われているから、どこでなにをされてもいいように、つねに警戒して乗っている。だけど自分なら肘鉄どころか横から突き飛ばされても落ちないって」

フェアに乗るから恨まれない、優しい言葉が治ったかさぶたを剝がしにかかる。八宏には、勝負師としての気質に欠けていると指摘されたように聞こえた。心が現役時代に戻る。一流ジョッキーになりきれなかった悔いに苦しめられる。

「悪かった。失礼する」

「納得したの？」

「まだ一人に聞いただけだ。俺も美也子と同じようにジョッキーに聞いて回る」

そう言って厩舎を出た。

そこから先、金曜までの三日間かけて、朝の乗り運動の後に呼び止めたり、関西のジョッキーには電話をかけたりして確認した。

半年以上も前のことをどうして今になって八宏が蒸し返すのか、誰もが返答に戸惑っていた。

関根は〈聞いた時は松ちゃんもついにやらかしたかと思いましたけど、その後の郡司の態度を見てたら、あいつならやりかねないと考えが変わりました〉と答えた。他のジョッキーも〈郡司が近づいていったんでしょ？　松木さんの性格を知っていたら普通は気をつけますよ〉〈正直、あんなんで落ちるかなと思ってます〉……美也子は半々と言ったが、八宏が尋ねた概ね全員が松木を擁護した。

他に話を聞く人間は一人しかいなかった。オークス前日の土曜日、八宏は第一レースの前から調整ルームの外で待っていた。アンダーシャツ姿で出てきた松木は、八宏を見ると眉をひそめた。

「松木に話があって待ってたんだよ」

「なんですか、レース前に」

話をするのは、平田まさみのことで会話して以来、およそ五カ月ぶりだ。

「聞きたいのは落馬事件のことだよ。おまえは、郡司が自分から落ちたと思ったんだろ？　だから謝らなかった。どうして俺に言わなかった」

「いまさらそんなことを訊きにきたのですか。郡司はクビにするから、また俺と仕事をやりたい、そう謝りにきたのかと思いましたよ」

「謝ったら、俺と手を組むのか」

「どうですかね。今は穂村さんがいい馬を集めて、GⅠまで勝たせてくれましたし」

一度断ち切れた関係が、修復されることはない。なにせこの男は、八宏に仲介を頼んだ理由を、八宏なら本気でジョッキーを守ってくれるからだと言った。その八宏に事情を説明したところでまともに聞いてもらえず、一方的に非難されたのだ。裏切られたと思っている。

「そんな野暮《やぼ》なことは言わないよ。郡司にどんな狙いがあったにせよ、おまえが肘打ちしたのは事実だ。俺は、ルールを守れない時には降りると言っていたはずだ」

「相変わらず八宏さんの正義感は変わりませんね。ジョッキーの安全、ジョッキーの命……」

松木は呆《あき》れた顔で鼻から息を吐く。

人命あっての競馬だ。それくらい松木も分かっている。だから彼はメディアの前で弁解せず、しばらくの間、冷や飯を食った。

「俺は真実を知りたいだけだ。教えてくれないか」

「わざとかどうかはあいつに訊かなきゃ分かりませんよ。俺が正気を失うほどしつこく接近されて、出した肘は結構な強さで当たったから、ジョッキーによっては落ちるかもしれません」

謙虚な返答に緊張感が解かれる。

「だけど松木は落ちないと思ってんだろ」

その後の問いかけに無言だったことで、再び疑心が湧き上がった。

「頼む、教えてくれ。俺が間違っていたのなら、俺がここで謝罪するから」

「謝らなくてもいいです。さっき八宏さんが言ったように俺が肘を張ったのは事実ですから。だけど……」

そこで言葉を止めた。

「だけどなんだ？」

「落ちるとしてもあんな落馬をしますかね」

「あんな落馬とは？」

「乗り役は、自分が落ちたら放馬して迷惑がかかるから、落ちそうになっても馬にしがみつきます。それでも体を支えるものがなくなって初めて、崩れ落ちるように落馬します」

郡司は違った。飛ばされるように背中から落ちた。そのことは唯一の目撃者とも言えるスポーツ紙の記者が証言している。八宏が馬場に近づいた時も、馬場に仰向けで倒れていた。肘鉄された勢いで吹き飛ばされたのだと思っていた。他の多くの関係者もそう思ったはずだ。

八宏も知らず知らずのうちに、心の奥の金庫をこじあけ、暗い記憶を探っていた。

引退のきっかけとなった新馬戦、八宏も隣の馬に不意にぶつけられた。バイクかなにかにぶつかられたくらいの衝撃だった。

だが吹き飛ばされなかった。手綱を死に物狂いで握り、鞍がズレ、片足が鐙から抜けても、まだ落ちまいと踏ん張った。結果、下半身が馬の腹下まで勢いよく持っていかれ、気付いた時には地面に体を打ち付けていた。おそらく落ちる寸前までは手綱を離さなかったはずだ。馬の下に落ちたがために、後肢《こうし》で蹴られ、大怪我につながった……。

松木の説明に合点《がてん》がいく。なぜ今の今まで疑問を覚えなかったのか。落とされたという言葉にこだわり、ジョッキーの本能すら忘却していた。

「それで郡司が自分から落ちたと思ったわけだな」

「肘が当たった時にはまずいと思いましたよ。でも振り向いた時には、あいつが自分から落ちたと確信しました」

「だけどそんな危ないことするか」

郡司は、蹴られないよう馬から離れた安全な落ち方をしたとも言える。それでも頭を打つ危険性はあった。

「調教ですよ。軽めの指示だったし、最初から落ちる気でいたなら、俺にだってできます。あそこまで見事に騙すのは無理でしょうけどね。演技賞ものです。それより褒めるのは度胸かな」

皮肉を言う。競馬学校では鞍のない馬にも乗せられ、何度も振り落とされた。柔道の受け身から練習をした。八宏もできる気がした。

「どうして、あいつはそんなことをしたと思う」

「理由なんて簡単ですよ、もっといい馬に乗りたいからです。俺の下にいたら数をたくさん乗せられるだけで、いい馬は全部俺に持っていかれる。ジョッキーは他のスポーツと違って、四十代でも衰えないし、五十になっても一線級でいられる。あいつは、このままではいつまで経っても自分にチャンスが回って来ないと焦ったんじゃないですか」

「焦っていたのは松木の方じゃないのか」

郡司の勝ち星が増えるのを不快に感じていた。騎乗数を絞らず、空いているレースは乗せろと言ってきた。

「焦りがなかったと言えば嘘になります」松木は素直に認めた。「あいつは賢いですからね。毎日王冠での逃げ切りも、俺と八宏さんとの会話を聞いてたんですよ」

時計の話をした時、郡司は真後ろにいた。

「あの頃の郡司にそこまで時計が読めたのかな」

「読めましたよ。それこそつねに、八宏さんのアドバイス通りに乗ってきたんですから」

アドバイス通り――あの男は八宏のことを酒の席で、いつも煩く言ってくると言っていた。意味はまるで違う。

「でも郡司に限らず、ジョッキーならみんな同じことを思うはずです。自分のエージェントには、自分に一番の馬を用意してほしいと」

同じエージェントでも騎手同士はライバルだ、そう煩く言ってきたのに、ジョッキーの深層心理を忘れていた。タイエリオットとロングトレインの両方を抱えていた八宏は、松木が選ばなかった方に郡司を乗せようと考えていた。

だが郡司の思いは違った。レースを使い分けされ、全部松木に持っていかれると。

「レース前の忙しい時間に悪かったな」

第二レースでは郡司も騎乗するため、そろそろ出てくる。

「真実を知ったらどうする気ですか。言うまでもなく郡司はクビにするんでしょ?」

32

答えが出ているように松木は言った。

「それはすべて明らかになってから考えるさ」

正直、郡司が意図的に落馬したとしか考えられなくなっていた。

それでも現時点では想像でしかなく、証明できる決定打があるわけではない。

ダービーウィークの水曜、八宏は北海道浦河《うらかわ》町の墓地に来ていた。ここに師匠の小川良夫が眠っている。

水曜日は大事な追い切り日だ。タイエリオットもこの日、助手を背に最終追い切りを行った。そしてすべてが終わると、二人のジョッキーと今週の出走馬についてミーティングをするはずだった。

この三年間、一度も破ったことはなかったのに、大事なダービーウィークにあえてその決めごとを破って北海道に来たのは、今の心理状態では郡司と顔を見合って会話ができないと感じたからだ。

先週のオークス、初めてのGI騎乗となった優香は、どの専門紙を見ても印がついていなかった十八番人気の馬を五着に持ってくる好騎乗をした。

郡司は十三着に終わった。七番人気と勝ち目の薄い馬だったが、好位置につけていただけに、もったいないレースだった。平田まさみの情報は〈仮柵が移動しましたけど、やはり内は厳しいです〉だったが、郡司は相談にも来なかった。ただでさえ馬場が悪いのに内を突き、行くところ行くところで前が詰まって、脚を余したままゴール板を過ぎた。

レース後、五着に入った優香を祝福しに八宏は検量室前まで行った。

喜びに溢れる優香の横を、憤然《ふんぜん》とした郡司は健闘を称える言葉も掛けずに通り過ぎていった。

墓地の近くの花屋で買った水仙《すいせん》を洗面台まで持っていき、置いてあった大きなハサミを使って、茎を適当な長さに切る。

そのペンチのような園芸用ハサミは特殊な形をしていて、親指と人差し指だけでは太い茎がなかなか切れなかった。家に届く宅配便の段ボールを切るにはカッターを利用しているため、二本の指が動かないことでハサミ一つ使えないことを、初めて知った。

結局、左手を使って切り、花立に挿して墓前に供《そな》えた。

膝を折り両手を合わせると、穏やかな顔が浮かぶ。

——先生、今年もうちのジョッキーが皐月賞を勝って、ダービーに臨むよ。見守ってくれてありがとう。

心の中で話しかける。頑張ったな、八宏。GⅠを勝った時のようにくしゃくしゃにして喜んでいる顔が見えた。

一緒に過ごした時間のほとんどが、この笑顔だった。

それなのに、たまに見せる厳しい顔付きの方が印象に残っている。

穏やかな人がたまに怒るから効果があるとは言える。そうした時の小川は、自制が利かないほど弟子が許せなかったんだなと、今になって思う。

見習いの頃は、朝の仕事が終わると毎日、厩舎に住んでいた奥さんが作る朝食を並んで食べた。焼き魚とみそ汁とご飯という質素なメニューが多かった。

まだデビューして間もない頃、全国リーディングを何度も獲得した平賀剛を、小川は朝食に招いた。

干物《ひもの》が多かった食卓に、小川の奥さんも奮発して、脂《あぶら》ののったキンキ、いくらや鯛《たい》のあら汁と、豪華な料理が並んだ。せっかくのご馳走だったが、八宏は味も覚えていない。エージェントが同じとはいえ平賀は口も利けない神のような存在で、厩舎に来てから緊張しっぱなしだった。小川は、うちの八宏に競馬について教えてやってくれなどと平賀に言うことはなかった。小川と平賀で海外競馬について語り合っていた。

最後に食べ終えたのが八宏だった。

箸を置き、「ごちそうさまでした」と言った時、平賀の皿が目に入り、顔が真っ赤になった。キンキの骨以外、身を残さずきれいに食べていたのだ。

小川もそうだ。自分の皿だけが、見るに堪えないほど食べ残しで汚れていた。

──あの時、先生は俺に、細部まで気づかない人間にならないといいジョッキーになれないって教えたかったんだよね。口で言うよりいい方法だと、平賀さんを呼んでくれた。俺がそこそこのジョッキーになれたのは、あの日以来、先輩の普段の所作まで見たからだ。それなのに今の俺は、大事なことから目を逸らしていた。

思い浮かべたのは、無愛想《ぶあいそう》で憎たらしい顔を見せる松木だった。

露悪《ろあく》的に振る舞うのは彼の照れ隠しであり、本当の松木は歯を喰いしばってトレーニングをして、競馬に真摯《しんし》に向き合う一流のジョッキーだ。自分の目で見て知っているつもりだった。

対して郡司は優等生のうわべだけで、勝手に理想的なジョッキーを思い描いていた。

──先生ならどうする。郡司を許すかな。

そう言ってから自分を見つめ直す。八宏も郡司と同じだ。納得していないのに口先だけで謝罪していた。

──そうだよね。先生ならどうしてそんなことをしたんだって郡司に質すよね。そして郡司が正直に話して、反省したなら許す。あとは自分を信じてついてくるかだよね。

反論もしたが、八宏の小川を尊敬する気持ちは変わらなかった。だから引退するまでフリーにならなかったし、《OGAWA《オガワ》　STABLE《ステーブル》》と背中にプリントされたワインレッドのウインドブレーカーを着て、毎朝馬に乗り、重賞の有力馬に騎乗した際はインタビューを受けた。

墓前で吐き出したことで少しだけ心が楽になった。

──そうだ、美也子も平石さんもGⅠトレーナーになったよ。とっくに二人から報告されてると思うけど。じゃあ、また来るよ、先生。

そう言って立ち上がると、スマホが鳴った。優香からだった。

「おお、優香、追い切りは無事終わったか」

呑気に答えたのが、いまだかつて聞いたことのない険《けん》のある声が耳朶《じだ》に響く。

〈おじさん、今どこにいるの。大事なダービー週の追い切りにいないなんて〉

「師匠のお墓参りだよ。ダービー前だから来たんだよ」

郡司と顔を合わせたくなかったとは言えなかった。「騎乗馬についてはLINEで送ったろ」

〈おじさん、去年の松木さんが郡司先輩を落とした落馬事故について、ジョッキーに聞いて回ってるってホント?〉

「どうして優香が知ってるんだ」

〈郡司先輩から聞いたんだよ。八宏さんは俺がわざと落ちたと触れ回っているみたいだけど、お

まえ、なにか訊かれたかって〉

「触れ回ってるだと。そんなことをするか。俺は事実を確認したいだけだ」

〈やっぱりそうなんだ〉

触れ回ったことについては否定したのに、優香は呆れたような物言いになる。

「そう言われて優香はなんて答えたんだよ」

〈私はなにも聞かれてませんと言ったよ〉

「なら問題ないだろ。これは俺と郡司の問題だ」

どう決着をつけるか決めていない。本当に自分から落ちたのか、確証が取れたわけではない。

〈ダービーの前にそんなことしなくてもいいでしょ〉

「ダービー前だからこそ知りたいんだよ。タイエリオットは俺が平石さんに頼み、郡司を乗せてほしいと頼んだ馬だ」

〈郡司先輩がダービーで上手く乗れなかったら、それこそおじさんが言う公正確保に反するんじゃないの〉

耳が痛いことを言われた。動揺した郡司が大きなミスをしたら、タイエリオットのオーナー、平石をはじめとした厩舎スタッフ、馬券を買ってくれるファンに申し訳が立たない。

〈もし落ちたと認めたら、おじさんは大事なダービー前に、郡司先輩をクビにするの〉

違う、認めたらそうしないつもりだ。そう答えるより先に、優香の言葉がどこか意味ありげに聞こえた。

「優香はなにか知っているのか」

それまで威勢の良かった優香が押し黙った。

「知ってるんだな。だったら教えてくれ」

〈私は、おじさんは郡司先輩をクビにするのって聞いてるの。松木さんみたいに〉

「クビじゃない、俺が松木から離れたんだ」

〈同じことだよ、郡司先輩から離れるの〉

「あいつが認めて謝罪したら、俺は続けるつもりだ」

しこりは残るだろう。だが彼が仲介を続けてほしいと八宏を信頼するなら、郡司のために馬探しをする。

松木が言っていたように、自分のために一番の馬を用意してほしいというジョッキーの本心は理解したつもりだ。

八宏自身が、松木や郡司ほどトップに登り詰めたいという欲を欠いていたため、彼らの気持ちが分からなかった。

彼らにしても、やがては己の今の実力を知り、丸くなる。一番、野心に溢れた時期で、その野心と野心がぶつかり合ったからこそ、あのような事件が起きた。それは二人のジョッキーを平等に扱えなかった八宏の責任でもある。

「優香、なに黙ってんだよ。俺は許すと話したんだ。おまえがなにか知っているなら教えてくれ」

沈黙を破るように尋ねる。

〈私は何も知らない〉

期待した返事はなかった。


午後には新千歳《しんちとせ》空港まで戻り、羽田《はねだ》経由で夕方には自宅に戻った。マンションのエントランスに優香が立っていた。

「どうしたんだよ。俺の帰りを待っていたのか」

なにも言わない。余計なことを言って郡司から激怒されたのかと思った。尋ねるより先に優香が口を開く。

「おじさん、もしかしてエージェントをやめようとしていない」

心の隙間に生じていた思いを、二十歳も下の姪に見事に当てられた。

「そんなこと思ってないよ」

「私、嫌だからね。松木さんだけでなく、郡司先輩とも揉めて、もうエージェントをやめると言い出すなんて」

もう一度否定しようとしたが、曖昧《あいまい》な言い方では優香は納得しないと「仮に郡司との関係が途絶えたとしても、俺には優香がいる」と彼女の目を見て答えた。

正直、優香の指摘は的を射ていた。飛行機の中では何度も、自分にこの仕事はふさわしくないのではないかと自問自答した。

だが優香まで巻き込むわけにはいかない。乗れていると言ってもまだ三年目だ。やめたいという思いなど封印しろと自分に言い聞かせる。ジョッキーのセカンドキャリアを広げるために始めた仕事なのだ。短い期間でやめたら、後進が続けない。

「大丈夫だって。エージェントは絶対にやめないから」

「私のことも郡司先輩みたいに、五年以内にＧⅠジョッキーにしてくれるって約束したよね」

「ああ、約束した」

「それなら話すよ。おじさん、ミーチョで郡司先輩の祝勝会をやった帰り、どうして上ちゃんがいないか気にしてたよね」

「上茶屋くんは、用事があったんだよな」

「違うよ、上ちゃんは郡司先輩に激怒されたんだよ」

「激怒ってなんだよ」

最初に浮かんだのは、上茶屋が大学病院で八宏に遠回しに仲介を頼んできたことだ。上茶屋は郡司に相談したが、八宏の担当が一人増えることを、郡司は快《こころよ》く思わなかった。だから八宏が誘った時、怯えていた彼は逃げるように去ったのだと。

ところが優香からは想像もしなかったことを聞く。

「上ちゃんは郡司先輩に、あの時のことを言ったの。そしたら、郡司先輩が急に激怒したの」

「あの時のことってなんだよ、さっぱり話が見えないぞ」

「怒っただけじゃないよ。郡司先輩、消せって、上ちゃんのスマホを奪ったそうだから」

「消せって、それってまさか」

「あの日の追い切り、上ちゃんは撮影してたんだよ」

「その映像ってどこにあるんだ」

言ってから優香の話を思い出し、落胆した。郡司は消せと言ってスマホを奪ったと話した。他人のスマホだろうが、簡単に操作して、二度と見られないようにできる。

優香が手を出した。手にはＵＳＢメモリが握られていた。

「なんだよ、これ」

「コピーしといたから」

「どうして優香が持ってるんだよ」

「消される前に上ちゃんが送ってきたから」

「なぜ送ってきたんだ」

「分かんない。上ちゃんなりに、あの人は計算高いから私にも気を付けろと伝えたかったんじゃない。私はまだ先輩にいじわるされる域まで達してないから、全然心配してないけど」

デビュー時から計画性を持っていた郡司を尊敬していた上茶屋だが、さすがに落馬は危ないですよなどと口から出てしまったのかもしれない。郡司もまさか計画通りに進んだ最終組の調教まで撮影されているとは思っていなかっただろう。

「ありがとう、優香。見てみるよ。だけどどうして優香は心変わりしたんだ。電話では知らないと答えたのに」

「おじさんが電話で言ったからだよ。郡司先輩が認めて謝罪したら、エージェントを続けるつもりだって」

「ああ、言った。でも認めないかもしれないだろ」

映像があっても、わざと落ちたと証明できるわけではない。

「でもおじさん、今も言った。私を五年以内にGIジョッキーにする、エージェントは絶対にやめないって」

「それも言った」

「約束したんだから守ってね」

「必ず優香をGIジョッキーにする」

「そんなのはいいから、エージェントをやめないという約束は守ってね」

「約束する」

安心したのか、優香は「じゃあ」と背を向け、愛車のフォルクスワーゲンに向かって歩いていく。そのヘッドライトが点いて動き出すまで八宏は見守ったが、気持ちは早くメモリの中身を見たくて仕方がなかった。

靴を脱ぎ捨てて部屋に入り、三年も使っていないパソコンを押し入れから引っ張りだす。アダプターを繋ぎ、電源を入れた。動いてくれよと念じて待つと、時間はかかったがスタート画面が開いた。USBメモリを接続し、映像を開く。

あの日の追い切りだった。

明るくなってきた時間帯の馬場を三頭が並走している。

一番内の馬に乗るのが平石厩舎の助手、真ん中が松木、外が郡司だ。

郡司の馬は終始ふらふらして走っていた。

乗り役の力でここまで頼りない走りができるわけではないから、元からこういう馬なのだ。

次第に松木の馬に向かってよれていく。だが郡司は両手で手綱を持ったまま走っている。レースでは鞭で修正しないと審議の対象になるが、これは追い切りなので問題はない。

馬はさらによれて、松木の馬と接触した。その時、松木の肘が急に出て、郡司が吹き飛ばされる。

想像していた以上に強烈な肘打ちに見えた。この映像を見れば、郡司が自分から落ちたと話したジョッキーも、考えを改めるのではないか。放馬させないよう馬にしがみつく間もないほどだった。

刹那《せつな》、あることが気になって映像を戻した。

もう一度、その日の追い切りの最終組であった三頭が四コーナーを回ってくるところから再生する。

追い切りでは大外を通ることが多いが、この時は平石の指示で、三頭とも馬場の真ん中を走っている。

ゴール板まで距離がある。郡司の馬はフラフラしているが、松木の馬とは幅がある。

そこで全身に鳥肌が立った。

間違いない、郡司は自分から落ちにいった――。

眠れない夜が続いた。

本命馬に自分の担当ジョッキーが乗る時の、いつものひりひりした緊張感とは違う。恐怖と戦っているかのような悍《おぞ》ましさを覚えた。

郡司に会い、わざと落ちたのかと訊く。彼が明らかな嘘をついたり、言い訳がましいことを言ったりしたら、その場で関係は終わる。

優香が言ったように、ダービー前にそれをする必要があるのか。わざとではないと嘘をつこうが、彼は平常心でいられないだろう。十八人のジョッキーのうち一人でも、いつもと違う気持ちで騎乗した時点で、そのレースは八宏が言う公正競馬ではない。その公正さを八宏が壊すとしたら、八宏自身が競馬に従事してはいけなくなる。

ただ、ダービーが終わるまで、素知らぬ顔で見過ごすことはできなかった。

なぜなら八宏が早まった行動をしたせいで、郡司はすでに平常心から遠い精神状態でいるからだ。

スマホを開くと、ダービーに向けた最終追い切りの様子がネットニュースに掲載されていた。

タイエリオットは調教助手が乗り、前半一〇〇〇メートルを比較的ゆっくり、そして最後の六〇〇メートルからペースを上げ、ラスト二〇〇メートルは十秒七という驚異的な時計を出したそうだ。公式会見で平石も〈過去最高の出来です〉と強気なコメントをしていた。

さすが平石だ。タイエリオットの前進気勢を一旦リセットし、スタミナを温存しながら走ることを思い出させた。

会見には郡司も出席していた。

〈これだけの馬に乗せていただくオーナー、厩舎のスタッフに感謝してます。馬の能力を信じ、力を発揮するレースをしますので、応援よろしくお願いします〉

あざとさが透けて見えたが、今は郡司を見る八宏のレンズの度数が合っていないから、そう映るだけ。ある意味、勝負師がレース前に語るには理想的な、当たり障りのない発言をしていた。

ロングトレインは二週連続、松木が騎乗して最終追い切りを行った。皐月賞の直線で郡司が鞭で何発も叩いたタイエリオットとは異なり、馬に負担をかけずに直線だけのレースをしたロングトレインは、ジョッキーのことを、嫌がることをする者だと認知していないのだろう。

ただし追い切りの評価は、どのメディアも辛口だった。

タイエリオットと比較すれば全体時計もラストの時計も劣っていた。

もう充分ロングトレインの体は仕上がっている。だから最終追い切りはさっと流すだけでいい。すべて美也子の計画通りに来ていると、八宏は感じ取った。

公式会見では美也子も松木も〈タイエリオットは強いけど、ロングトレインも能力があるので楽しみにしている〉などと当たり障りのないコメントをしていた。

記者は対タイエリオットを想定してどう乗るか、作戦的なことも執拗《しつよう》に問うたようだが、松木は〈これからじっくり考えます〉と本音を隠した。

松木ほどのジョッキーなら、いくつもの引き出しを用意した上で、一旦頭をリセットしてゲートに入り、ゲートを出てから作戦を練ることもできる。だがタイエリオットのデビュー戦に騎乗し、あの馬の潜在能力の高さを把握している松木は、勝てる作戦はいくつもないと、ある程度絞ってくる。

まずは松木の作戦を考え、そうしてきた時どうしたら勝てるか、郡司になりきって考えてみた。

いつもなら自分のジョッキーを信じ、こう攻めてきてもこう対処すれば抑えられると、スローモーションでも見るように考えつくのだが、この日はどうやっても勝てる気がしなかった。

ダメだ、自分のメンタルにまで罅割《ひびわ》れが生じている。

33

ダービー前日の土曜日は、あいにくの雨となった。

この日、優香は絶好調で、一、二、七レースと三勝を挙げた。

郡司は八レースに騎乗して、そのうち四頭が一番人気だった。

八宏は四頭とも勝つ計算を入れていたが、二着二回、三着二回、残りの四頭はすべて着外と一勝もできなかった。関東リーディングで一勝差につけていた伊勢が五勝の固め打ちをしたため、抜かれただけでなく一気に離された。

郡司からは前週のオークスを引きずっているかのような迷いが窺える。最大のストロングポイントであるゲート出の速さが見えず、八レースのうち半分で出遅れて後方からになっていた。迷いが馬に伝わっているから、馬も集中力を欠いている。幾度となく前も詰まった。周りが見えていないため、すべて後手に回っている。

翌ダービー当日。昨夜のうちに雨は上がっていたが、馬場は完全には回復せず「やや重」、芝が湿っているだけでなく、コースはところどころ、でこぼこしていて、けっしていい状態ではなかった。

郡司から訊かれることもないだろうが、昼の時間に平田に電話を入れた。

〈お電話をお待ちしていましたよ〉

郡司が不調なのは彼女にも分かっているのに、いつも通りの声が返ってきた。

「今日の馬場はどうかな。昨日の雨の影響が残っているように感じるけど」

〈皆さんが言っているほど悪くはなく、ダービーの勝ち時計は例年なみになるはずです。馬場は内から五、六頭目の付近が境界線になります〉

「ハイペースで逃げた場合、上がり三十五秒で残るには、どれくらいがリミットだと思う?」

〈ダービーをハイペースで逃げ切る気ですか?〉

「作戦は平田さんでも答えられないよ。部外者に言うわけにはいかない」

〈そうですね。私の意見も参考程度にとどめておいてくれた方が、気が楽です〉

「五十九秒くらいがギリギリか」

〈はい。ただし大事なのはそこから先で、今日の馬場はバックストレッチが傷んでいるので、そこから速くなると、スタミナを消耗するかもしれません〉

「ありがとう。助かる」

午前中の第三、四レース、一番人気になったこの日も、郡司は六、八着と敗れていた。成績だけ見れば昨日より悪い。

第四レースはダートでのレースだったため、砂が泥となって飛び跳ねて、レースが終わると顔が真っ黒になる。

検量室のガラス窓の向こうで郡司が顔を洗っている。洗い終え、タオルで顔を拭《ふ》いていると、ガラス越しに八宏が立っているのが見えたようだ。八宏は顎でしゃくった。郡司は検量室の外に出てきた。

「調子がよくないみたいだな」

よくないどころか、大スランプだ。郡司は「これくらい勝てないことは過去にもありましたし、気にしてませんよ」と強がった。

「俺にアドバイスを聞きたいんじゃないのか」

訊かれなければ答えないマイルールを破る。そうでもしないと彼はこのスランプを打開できない。

「教えてくれるんですか」

勝っている時は訊いてこなかったくせに、そう言う。人間なんてそんなものだ。勝てないと何にでもいいからすがりたくなる。

「ただし条件はある。おまえが、俺が探っていると感じていることだ。その真相を郡司の口から話してほしくて、こうして会いに来た」

郡司は唇を嚙んだ。まだ素直になりきれていないようだ。無理やり答えさせては無意味だと、話を替えた。

「長所の近くに欠点がある」

「えっ」

唐突《とうとつ》に言われて、郡司は目を瞠《みは》った。

「松木が言ってたんだよ。まだ一緒にやってた時だ。郡司が競りかけてきて、松木は二番手に控えた。松木は郡司がそうするのが分かっていたと話した。その時に言った言葉だ」

松木の名前を出したことで、郡司はいっそう不信感を募《つの》らせただろう。だがライバルの考えを知っておくのは、これから戦う大一番に向け、悪いことではない。

「郡司で言うなら思い切りの良さが時には欠点になると思ったくらいで、俺はその言葉の意味をよく分かっていなかった」

「……………」

「今回の事件の映像で、松木がなぜそんなことを言ったのか理解できたよ」

そこで一旦、息を呑む。上茶屋が撮影した映像を記憶のスクリーンで再生させてから言葉を継いだ。

「おまえ、あの調教、一度、背後を確認してるな」

「えっ、いや」

「ごまかさなくてもいい。俺は映像で見た。どうしてそんなことをした」

郡司はコーナーを曲がり、直線の真ん中くらいまで走って顔を外側から後ろに向けた。

追い切りは他の組とは間隔を空けて走るので、通常、後ろは気にしない。そもそもあの日の調教は最終組だった。

「理由は一つしかないよな。三頭併せの外だから、外に落ちれば安全だ。だが万が一、後ろから馬が来ていたら踏まれる危険性がある。だからわざわざ後ろを確認したんだろ」

「………」

「普通のジョッキーがもし同じことを企《くわだ》てても、調教なら背後は気にしない。だがおまえの長所は思い切りがいいだけでなく、なにごとも慎重に進める点だ。慎重さという長所が、調教であるのに、おまえに普段と異なる行動を取らせた」

口を結んで聞く郡司の瞳は揺れていた。

「その通りです。姑息《こそく》なことをして、すみませんでした」

意図的に落馬したことを認めた。「あれをした理由は、松木さんばかりにいい馬が……」

「いいよ、理由なんて。俺は郡司が認めて謝ってくれれば水に流すと決めてきたから」

遮《さえぎ》るように八宏は制した。そう決めてここに来たのだ。謝った以上、暗闇でもがき続けている郡司を救い出すことが優先だ。

「郡司は朝日杯を勝ってから一度も俺に訊きに来なかったよな。どうしてだ。GIを勝ったから河口八宏は馬さえ集めてくれればいい。それ以外は不要だと思ったのか」

「不要なんて思ってません。ただ俺はもとから人に指図されることは好きではないんで」

「指図なんかしてないだろ。郡司が悩んだ時だけ、俺ならこうすると答えただけじゃないか」

「でも八宏さんは、危険な競馬をするなとかフェアに乗れとかうざいんで」

うざい——さすがに頭に来た。だが郡司は自分が発した言葉が八宏にどう響いているかも感じていないようだった。

「だとしたらアドバイスを求めなかったことを今は後悔してるんじゃないか」

すぐには答えなかった。幾ばくかの間を置いてから「そうですね」と小声が届いた。

「今は俺を信頼できるか」

「もちろんです。だからエージェントをお願いしたんですから」

軽く聞こえたが、ここでいちいち注意するからうざいなどと言われるのだと聞き流した。

「なら話すよ。俺に馬場と時計のアドバイザーがいることは知ってるな」

「競馬ゼットの女性トラックマンですよね」

「彼女が言うには、前半の一〇〇〇メートル、五十九秒までなら問題ないと話していた。ただし注意点は、そこから先も十二秒台でペースは上げないこと。そうすればタイエリオットは、ラスト六〇〇を三十五秒台でまとめられる。そのペースで流れたら、タイエリオットをかわせる馬はいないだろう」

「俺もそう思います」

郡司の表情が緩む。八宏はすぐに先を続けた。

「ただし、松木が皐月賞と同じレースをしてくるとは思うなよ」

ここ数日、松木ならどういう作戦で来るか、考えた末の結論を述べる。

「どういう意味ですか」

「後方待機策ではタイエリオットには勝てないと考え、前めにつけてくると俺は思っている」

「前めって、どのあたりですか」

「前めと言ったら前だよ、もしかしたら後ろからタイエリオットの尻尾《しっぽ》を突っつき、郡司にペースを上げさせようと仕掛けてくるかもしれない」

「相変わらず嫌らしい人ですね」

嫌らしいのは郡司も同じだ。何度も松木の邪魔をした。だがそれは見ている者には知りえないプロフェッショナル同士の駆け引きといってもいい。それ以上のことをすれば失格となる、白と黒の境界線を、勝利するために走る……。

「突っつくどころか、真横まで接近してくる可能性もあると思う」

「タイエリオットをかわして逃げるってことですか。俺がスローに落としたのを逆手にとって」

「いいや、松木はそこでぴたっとペースを止める」

「そんなことできますか」

「去年の天皇賞がそうだったじゃないか」

「あれは実力が図抜けていたクエストボーイです。三歳馬だし、今日はダービーですよ」

「松木でなくとも郡司でもできるさ」そう言って郡司に自信を与えてから「だから少しばかり前に出られたとしても郡司はペースを上げるな。せっかく一〇〇〇メートル五十九秒台のペースを守っても、そこから上げたら松木の思うつぼだ」

松木が意図しているのは、郡司の長所である思い切りのよさを欠点として逆手に取って、ペースを乱させること。だとしたらこちらは、松木の長所を欠点に変えてやればいい。

他騎手の特徴を見抜くのに長《た》けている松木は、その分析力に絶対的な自信を持っている。接近すれば郡司は必ず動くと決めている。郡司がびくともしなければ、今度は松木が焦る番だ。

丁寧に説明したというのに、郡司は黙ったまま、八宏の顔を見つめていた。

「なんだよ、その顔は。さては俺を信用していないな」

「そんなことはありません」

一度は否定してから「先週、松木さんと親しそうに話していたのを見たと記者の人に聞いたので」と言った。レース前に話したのは何人かに目撃された。

「俺が郡司を負けさすためにこんなアドバイスをしに来たと疑っているのか」

「ちょっと気になったので」

「そんなの俺が許すわけないじゃないか。俺がこの仕事をする上でもっとも大事にしていることは解《わか》ってるだろ」

公正確保だ。それを無視した時点で自分は競馬界から離れる。

「ありがとうございます。いい参考になりました」

「そうだ。参考程度でいい。レースというのは、馬に乗っている者にしか分からないことがあるんだから。最終決断するのは郡司だ」


パドックが終わり、大歓声に包まれてダービーの本馬場入場が始まった。

いつ見てもダービーはいい。二十年でダービーに乗れたのは六回と、キャリアの三分の一にも満たないが、乗り馬がいなくても胸が昂った。

ホースマン全員の希望と夢が詰まった一戦だ。誰が勝とうが歓喜のシーンを目に焼き付け、乗ることを当たり前に感じないことにはいつまで経っても勝てないと、毎年見てきた。

ゼッケン番号二番のタイエリオットが本馬場に登場した。ひときわ大きな歓声に包まれる。落ち着いている。一番人気にはなったが、ファンはスタミナに不安を感じているのか三・三倍、ロングトレインは三・七倍と、その差はわずかだった。追い切りでロングトレインが豪快なパフォーマンスを見せていれば、皐月賞馬でありながら、人気は逆転されていたかもしれない。

ゼッケン番号十五番のロングトレインもどっしり構えていた。二頭ともプラス体重。ギリギリまで追い込むより、ふっくらさせた方が成長途上の三歳馬にはいい。平石も美也子もベストな状態に仕上げた。

「いよいよですね。いつ見てもダービーは緊張します」

ダービーの騎乗はなく、八宏の隣で見ることになった優香が声を弾ませる。

「いつ見てもじゃないだろ。ジョッキーなんだから乗らなきゃ」

「はい、ここにいちゃダメですね」

笑顔を浮かべてペロリと舌を出す。

「俺が集められなかったんだから俺の責任だけど」

「まだ三年目で百も勝っていないのに無理ですよ、オークスに乗せてもらっただけでも感謝してます。でも八宏さんが五年以内にGIジョッキーにしてくれると言ったから安心してますけど」

やめるなと念を押すように言った。郡司と話したことは、優香には話していない。

「優香は疑い深いな。俺を信じろよ」

「はい、分かりました、八宏さん」

すでに八宏の心根から、エージェント引退は消えていた。

郡司がこの後も自分に馬探しを任せるか、それは彼が決めることだが、優香は続ける。

それでも自分が言った約束を果たせるか、いささかの不安はある。

松木がいたから、松木が乗れない馬を郡司に回して勝たせられた。今、優香が勝てているのには、郡司のおさがりも含まれている。

松木に続いて郡司もいなくなれば、これまで通り質の高い馬を集められるかは分からない。それでも俺はこの仕事を続ける。

国歌斉唱で起立し、心の中で歌詞をなぞっていく。これもいつものことだ。ＧⅠレースに騎乗する際、八宏はこうやって自分の心を整えた。

正面スタンド前に設置されたゲートに、各馬が集まってきた。

もう一度、タイエリオットを確認する。トレーナーを脱ぎたいほど暑くなってきたが、馬は発汗していない。双眼鏡で郡司の表情を窺った。顔色も戻っている。八宏のアドバイスは届いているのだろうか。うざいと言われたのだ。ただ今の郡司には、唯一の勝てる光が見えたはずだ。

松木も確認した。憎たらしいほど自信に満ちた顔をしていた。さすが松木だ。動揺がない。

観衆がざわつき始めた。ファンファーレが鳴ると、拍手が沸いた。ジョッキーにも馬にも届いている。同じ年に生まれたおよそ七千頭のひと握り、十八のゲートを勝ち取った馬たちは嫌がることなく、まっすぐゲートに向かって脚を踏み出す。

「郡司先輩、どうしますかね」

「ハナに行くに決まってるだろ、今まで行かなかったレースなんかなかったんだから」

「違いますよ。他の馬が競ってきた時です。その時は控えるのかなと」

他が競ってくるはずがない。タイエリオットに絡んでいけば自滅することは、ダービーに乗るトップジョッキーなら全員考える。唯一、違う考えをしている男を除いて。

「お喋りしてると、始まるぞ」

十八番の馬がゲートに入り、係員が離れる。八宏は左手でストップウォッチを構えた。ゲートが開く。スタートボタンを押す。

馬が飛び出していき、歓声が大きくなる。好スタートを切った郡司は迷いなくハナに立つ。最初の二〇〇メートルを通過したところでスプリットボタンを押す。十二秒ジャスト。例年と比較して速い。だが通常、前半で一番速くなる次の二〇〇メートルを十二秒〇と、郡司は同じラップを踏んだ。次の二〇〇も同様だ。いいぞ、郡司、おまえの計算で合っている。このペースなら最初の一〇〇〇メートルは六十秒台と、平田が言ったリミットより一秒余裕を持って走れる。

大観衆がどよめく。外枠で、真ん中より後ろで最初のコーナーを回ったロングトレインが、二番手まで上がってきたのだ。松木はタイエリオットの真横まで並びかけた。

八宏が予想していた通り、松木は、俺はここにいるぞと顔を見せにきた。

昨秋の天皇賞の再現。あの時は松木の狙い通り、郡司がペースを上げた。今回は無駄な手だ。ジョッキーだった者として、八宏には松木の胸の内が見えていた。

これも長所の近くにある欠点の一つ。確かに松木の技術は高い。だが彼は時として自分の策に酔う。

郡司、気にするなよ。松木の方が無理な脚を使っている。今はタイエリオットの息を整えておけ。少しくらいロングトレインに前に出られようが、ペースを崩すな。

一〇〇〇メートルの通過は六十秒ジャスト。大歓声に包まれた舞台でも、郡司の体内時計は精密機器のように正確だった。

マッチレースのような様相に場内の観客は興奮しっぱなしだが、八宏は冷静だった。ここから焦るのは松木の方だ。郡司が動かないことに戸惑い、自らタイエリオットのペースに引き込まれたと気づく。

その時だ。想像もしていないことが起きた。

郡司が馬に勢いをつけて松木を離しにかかったのだ。

――おい、郡司、なにやってんだ。

一馬身、ロングトレインより前に出る。

――参考意見でいいなどと言ったのが悪かったのか。それともおまえが、これが正しいと判断したのか。その判断は明らかに間違ってるぞ。ここで動くということは、松木が仕掛けた罠《わな》に自分から嵌まりにいったようなものだ。

あっと言う間に、その差は二馬身、三馬身へと広がった。

郡司がペースを上げたこともあるが、差が開いたのは、一度並びかけた松木がロングトレインのペースを弱め、馬に息を入れたからだ。

握ったストップウォッチの表示は次の二〇〇メートルを十一秒七、次は十一秒五と、明らかに速くなっていた。

反して松木は、他の馬が抜いていっても落としたペースを守り、四コーナーを五番手で回る。

前半で脚を溜めた分、タイエリオットも二四〇〇メートルの最後まで力を出し切れるかもしれない。しかし早く動いた分だけ、松木のロングトレインに差される。八宏の胃はきりきりと締め付けられる。

〈各馬直線コースに向きました。先頭は逃げるタイエリオット。まだ五馬身以上ある〉

場内アナウンスが響く。

観衆の多くの目には、郡司に手応えが残っているように映っているのだろう。

だが八宏には見えていた。

馬が勢いを失いかけていることを感じて、郡司は焦っている。これではゴールまで持たないと、慌て始めている。

――なぜ俺を信じてくれなかったんだ。アドバイスを求めなかったのを後悔してたんじゃなかったのか。俺の言った通りの展開になったじゃないか。俺はおまえを許したんだぞ。おまえは俺を信用しなかったのか。

〈心臓破りの坂を駆けあがっていく。依然《いぜん》として先頭はタイエリオット。だが坂を上がり切って後続との差が縮まってきた。外からロングトレインが来た〉

松木が馬上で手綱を押す。寸分の狂いもない騎乗姿勢で、ひたむきにタイエリオットを追いかける。一方の郡司は馬上でダンスするようにフォームが乱れている。

〈タイエリオットも粘る、まだ二馬身リード〉

「勝負あったな、俺たちの負けだ」

「えっ」

優香が振り返る。俺たちじゃない、俺の負けだ。

不信の道を選んだ郡司は、暗がりに迷い込んだ子供のように、自分が今どこを走っているのかすら分からなくなっている。

〈ロングトレインが迫る。先頭はまだタイエリオット。その差はほとんどなくなった。ロングトレインが一気にかわした。松木篤之、二度目のダービー制覇に向けてロングトレインを追う〉

もはやレースを観ていられず、八宏は目を伏せた。ジョッキーが困った時に灯りとなって照らしたい、そう思ったことじたい、思い上がりでしかなかったのか。

——先生、俺は一度、壊れた人間関係を立て直すことはできなかった。でももう一度、ジョッキーと信頼関係を築けるエージェントとして出直すから。

目を開き、失敗を目に焼き付けておこうと、ゴール前に視線を向けた。

先頭で入線した松木が、遠慮ぎみにガッツポーズをしている。さすが松木だ。完璧な騎乗だった。

視線を動かすと、闇雲に追い続けている郡司のタイエリオットは、息が上がったまま、後続馬の波に飲み込まれていった。

執筆にあたり、ご助言をいただきました。
・松本浩志さん（騎乗依頼仲介者、競馬エイトトラックマン）
・山縣賢悟さん（サンケイスポーツレース部長）
ありがとうございました。

この物語は、二〇〇〇～二〇〇二年にアメリカ、フランスに拠点を移した武豊騎手から、「海外では騎手エージェント（騎乗依頼仲介者）の多くは元ジョッキーが務めているんですよ」と聞いたのが発想の出発点となっています。
日本でもエージェントという職業が、引退したジョッキーのセカンドキャリアの選択肢の一つになればいいと、私は願っています。

——本城雅人

本書は書下ろしです。
本作はフィクションです。実在の人物、組織、事件等とは一切関係ありません。

——編集部

切りとり線

あなたにお願い

この本をお読みになって、どんな感想をお持ちでしょうか。次ページの「100字書評」を編集部までいただけたらありがたく存じます。個人名を識別できない形で処理したうえで、今後の企画の参考にさせていただくほか、作者に提供することがあります。

あなたの「100字書評」は新聞・雑誌などを通じて紹介させていただくことがあります。採用の場合は、特製図書カードを差し上げます。

次ページの原稿用紙（コピーしたものでもかまいません）に書評をお書きのうえ、このページを切り取り、左記へお送りください。祥伝社ホームページからも、書き込めます。

〒一〇一―八七〇一　東京都千代田区神田神保町三―三
祥伝社　文芸出版部　文芸編集　編集長　金野裕子
電話〇三（三二六五）二〇八〇　www.shodensha.co.jp/bookreview

◎本書の購買動機（新聞、雑誌名を記入するか、○をつけてください）

＿＿新聞・誌の広告を見て	＿＿新聞・誌の書評を見て	好きな作家だから	カバーに惹かれて	タイトルに惹かれて	知人のすすめで

◎最近、印象に残った作品や作家をお書きください

◎その他この本についてご意見がありましたらお書きください

１００字書評

灯火

住所

なまえ

年齢

職業

本城雅人（ほんじょうまさと）
1965年、神奈川県生まれ。明治学院大学卒業。産経新聞社記者を経て、2009年『ノーバディノウズ』が第16回松本清張賞候補となりデビュー。同作で第1回サムライジャパン野球文学賞大賞を受賞。2017年『ミッドナイト・ジャーナル』で第38回吉川英治文学新人賞受賞。2018年『傍流の記者』で第159回直木三十五賞候補。近著に『四十過ぎたら出世が仕事』『二律背反』（祥伝社刊）、『あかり野牧場』『友を待つ』『黙約のメス』（祥伝社文庫刊）など多数。

灯火《とうか》

令和７年３月20日　　初版第１刷発行

著者———本城雅人《ほんじょうまさと》
発行者——辻　浩明
発行所——祥伝社《しょうでんしゃ》
〒101-8701　東京都千代田区神田神保町3-3
電話　03-3265-2081（販売）　03-3265-2080（編集）
03-3265-3622（製作）
印刷———堀内印刷
製本———ナショナル製本

ISBN978-4-396-63677-7　C0093
祥伝社のホームページ・www.shodensha.co.jp

その外科医は、
正義か、悪か――。

黙約のメス

肝移植のやりたがり屋と非難された外科医。
彼の目的は、名誉やエゴだったのか？

人間の尊厳を見つめる本格医療小説！

本城雅人